KB058176

대나무가 우는 섬

대나무가 우는 섬

송시우

장편소설

시공사

차례

바늘 상자 속에
넣어둔 눈알

옛날 옛적에 아버지는 멀리 귀양을 떠나고 계모와 단둘이 사는 소년이 있었습니다. 어느 날, 서당에서 돌아온 소년은 수심에 잠겨 있는 계모를 보고 무슨 일이 있느냐고 물었습니다. 계모는 "네 아버지가 큰 병이 들어 돌아가시게 생겼다는 기별이 왔지 뭐냐. 산 사람의 눈알을 먹어야 낫는다고 하는데 그걸 어떻게 구한단 말이냐"라고 말하며 한숨을 쉬었습니다. 그러자 효성 깊은 소년은 그 자리에서 제 눈알 하나를 빼어 계모에게 주며 아버지께 보내달라고 했습니다. 계모는 웃으며 눈알을 받고 나서는 비단 주머니에 싸서 바늘 상자 속에 넣어두었습니다.

며칠 후 계모는 또 서당에서 돌아온 소년을 맞으며 말했습니다. "네 아버지에게 다시 기별이 왔는데, 워낙 병이 중하여 눈알 하나로는 낫지 못하고 하나가 더 필요하다고 하는구나." 이에 소년은 "그럼 제 눈을 마저 빼드려야지요" 하고는 하나 남은 눈알을 빼서 계모에게 주었습니다. 계모는 이번에도 소년의 눈알을 비단 주머니에 싸서 바늘 상자 속에 넣고는, 소년을 업고 나와 집에서 아주 먼 강가에 내다버렸습니다. 눈이 없는 소년은 집을 찾지 못하고 더듬거리며 돌아다니다가 강물에 빠져 떠내려갔습니다. 그러다 어떤 섬에 닿아 가까스로 땅으로 기어올라 살아남았습니다.

소년이 도착한 섬에는 큰 대나무 밭이 있었습니다. 대밭에서 맑은 퉁소 소리가 은은하게 퍼져 나왔습니다. 소년은 대나무를 하나하나 손으로 짚어가면서 소리가 나는 쪽으로 더듬어 갔습니다. 한참이 지나 소년이 어떤 대나무를 손으로 잡자 소리가 뚝 그쳤습니다. 소년은 그 대나무를 베어 퉁소를 만들어 불었습니다. 그랬더니 소년이 들었던 소리와 똑같은 맑고 구슬픈 소리가 새어 나왔습니다. 소년은 그 자리에서 밤낮으로 퉁소를 불었습니다.

하루는 어떤 원님이 대밭을 지나다가 퉁소 소리를 듣고 감탄하여 사령을 시켜 퉁소를 부는 사람을 찾아오라고 했습니다. 사령은 대밭에 들어가 소년을 찾아 업고 원님께 데리고 왔습니다. 원님은 소년에게 퉁소를 불어보라고 시켰습니다. 소년이 부는 고운 퉁소 소리에 근방을 지나던 사람들이 모여들었습니다. "너는 어디 사는 누구이며 왜 눈이 멀게 되었느냐? 퉁소는 누구한테서 배웠느냐?" 원님이 묻자 소년은 자신이 이렇게 된 사연을 고했습니다.

마침 모인 사람들 중에 소년의 아버지가 끼어 있었습니다. 소년의 아버지는 사람들을 헤치고 들어가 소년을 부둥켜안았습니다. 원님은 소년과 그 아버지의 사연을 듣고 감동하여 나라에 상소를 올려 아버지의 귀양을 풀어주도록 했습니다.

귀양에서 풀려난 아버지는 소년을 업고 집으로 돌아왔습니다. 계모는 자신이 버린 소년이 살아 돌아온 것에 깜짝 놀라며 잘못을 고백하고 용서를 구했습니다. 소년의 눈알은 어찌했느냐는 아버지의 물음에 계모는 바늘 상자 속에 넣어둔 비단 주머니를 꺼내어 풀어 보였습니다. 소년의 두 눈알은 하나도 썩지 않고 그대로 있었고, 아버지가 눈알을 소년의 눈에 도로 넣으니 소년은 다시 앞을 볼 수 있게 되었습니다.

소년의 아버지는 계모의 소행이 괘씸하여 죽이려고 하였으나, 소년이 간곡히 말리며 같이 잘 살아보자고 하여 계모를 살려두었습니다. 소년의 마음씀씀이에 감동한 계모도 자신의 잘못을 크게 뉘우쳤습니다.

그 뒤 세 식구는 서로를 위하며 잘 살았다는 것이 '바늘 상자 속에 넣어둔 눈알'이라는 제목의 민담 내용입니다.

계모와 전처소생 간의 갈등은 동서양을 막론하고 구비 문학에 단골처럼 등장하는데, 여기서도 역시 반복됩니다. 헤어진 혈육(아버지와 아들)이 재회한다는 설정에서는 건국신화에서의 신위 확인이 연상되고, 병을 낫게 하는 데 필요하다는 이유로 신체를 훼손하는 부분은 고대부터 내려오는 인신공양의 풍속을 상징합니다. 계모가 소년의 눈알을 버리지 않고 여성성과 결합을 상징하는 바늘 상자에 고이 보존해두었다는 점도 의미심장한 부분입니다.

　무엇보다 이 이야기의 독특한 점은 계모의 크나큰 악행에도 불구하고 가족 간의 용서와 화해로 끝난다는 것입니다. 소년의 신체는 원형을 회복했고 귀양 가서 부재했던 아버지도 가족의 자리로 돌아왔습니다. 어떻게 보면 계모의 흉계가 아버지와 아들을 만나게 하고 부(父)의 부재를 해결하도록 이끌었다고 할 수 있습니다. 고난을 거쳐 잃은 건 없고 오히려 얻은 게 많습니다. 그러니 소년은 계모를 용서함으로써 더 완전한 가족을 완성하는 것입니다.

　비슷한 내용의 다른 결말도 있습니다. 전남 승주군에 내려오는 〈전실 자식 눈 뺀 계모〉라는 민담이 그렇습니다. 이 버전에서는 마지막에 아버지가 계모를 추궁하여 소년의 눈알을 찾아내는데, 이 사연을 들은 소년의 몸종(또는 마을 아낙네들)의 눈물에 두 눈을 담갔다가 넣자 아들의 시력이 회복됩니다. 그 뒤 아버지는 계모를 불태워 죽입니다. 부정적인 모성(계모)과 대비되는, 지모신의 생산성을 상징하는 모성(몸종 또는 아낙네들의 눈물)이 신체를 재생시키자, 부정적인 모성은 죗값을 치르고 사멸되는 유형입니다.

　그리고 또 하나 매우 독특한 버전의 이야기가 있습니다.

　제가 찾아본 바로는 아직 학계에 보고된 적이 없는 사례입니다. 저는 최근 민담 채집을 겸해 섬 여행을 갔다가 우연히 이 이야기를 발견하고 무척 흥분했습니다.

경남 통영에서 뱃길로 1시간 20분쯤 걸리는 곳에 호죽도라는 섬이 있습니다. 도처에 대나무 밭이 무성한 작고 고요한 곳입니다. 예로부터 좋은 대나무가 자라는 섬이라고 해서 호죽도라 불렸다고 합니다. 여객선이 하루에 한 번만 오가는데 그나마도 일기가 안 좋으면 빼먹기 일쑤인 낙후된 섬입니다.

민담에 나오는 섬과 유사한 배경을 지닌 호죽도에서는 무슨 이유인지 이 이야기에서 '눈알'만 '혀'로 바뀌어 전승되고 있었습니다. 계모가 소년의 혀를 뽑아 바늘 상자에 넣고 말 못하는 소년을 강물에 빠뜨렸다는 것입니다. 말을 할 수 없는 소년은 퉁소를 불어 자신의 한을 표현하고 이것이 섬을 지나던 원님의 귀에 닿습니다. 원님 앞에서 소년이 부는 퉁소 소리는 사람의 말로 변하여 그간의 사연을 고하게 됩니다. 이외 앞뒤 줄거리는 원래 민담의 내용과 유사합니다.

채집에 도움을 주신 어르신들도 왜 유독 호죽도에서만 '눈알'이 '혀'가 되었는지 알지는 못했습니다. 단절과 고립이라는 섬의 특성과 관련된 것은 아닌지 조심스럽게 추측해봅니다. 섬사람에게는 자신의 억울함을 육지의 권력에 고할 수 있는 '목소리'를 잃는 것이 더 치명적인 신체 훼손이 아니었을까요?

호죽도는 1970년대만 해도 인구 400여 명에 달하는 부자 섬이었다고 합니다. 그러나 1980년대 들어 어장이 감소하면서 지금은 80여 명의 주민만이 섬을 지키고 있습니다. 주민은 대부분 노인들입니다. 젊은 사람들이 빠져나간 섬에는 활기가 없었습니다.

마침 제가 방문했을 때는 섬 한복판에 공사가 한창이었습니다. 개인 사업자가 땅을 사들여 연수 목적의 시설을 짓고 있다고 했습니다. 관광객이 들르지 않는 주민 위주의 섬에 처음으로 들어서는 관광시설이었습니다.

"젊은 사람들이 들어와 터 잡고 살아야제. 잠깐 있다 가는 사람들이 북적이면 뭐 하노."

어르신들은 공사 현장을 보며 회의적인 표정으로 고개를 저었습니다. 호죽도 주민들은 여전히 자신들을 대변할 어떤 '목소리'를 갈구하는 것처럼 보였습니다…….

–블로그 〈샤로니의 민담 따라 둥둥〉에서 발췌

통영항

———

바람이 세차게 불었다. 통영 여객 터미널 전광판에는 풍랑주의보로 모든 노선의 운항을 중단한다는 안내가 떴다. 선착장에 정박한 크고 작은 여객선들이 너울에 출렁거렸다. 인적이 끊긴 바닷가에 갈매기가 끼룩거리며 날았다. 큰 어선 몇 척만이 여차하면 돌아갈 기색으로 가까운 바다에서 조업을 하고 있었다.

약속 시각까지는 아직 1시간가량 남아 있었다. 임하랑은 멀미를 할까 걱정됐지만 그래도 뭘 좀 먹어두기로 했다.

"들어오이소."

임하랑이 다가오는 걸 본 식당 여자가 가게 문을 활짝 열었다. 임하랑은 빈 식탁으로 다가가 의자에 더플백을 내려놓았다. 긴 생머리에 깊게 눌러 쓴 야구모자를 벗고 메뉴판을 올려다보았다. 메뉴는 오직 한 가지라서 고르고 말 것도 없었다.

임하랑은 충무김밥을 주문하고 의자를 끌어당겨 앉았다.

"배 타러 왔습니꺼?"

식당 여자가 걱정이 담긴 표정으로 물었다.

"네."

"우짜지. 파도가 이래 심해가 아래께부터 배 운행을 안 하는데. 터미널에 전화를 먼저 해보지 그라셨습니꺼?"

식당 여자는 김에 싼 밥 열 덩어리와 오징어무침, 어묵볶음과 섞박지를 하얀 종이에 담아 금방 내왔다.

"괜찮아요. 여객선 말고, 개인 배를 탈 거라서요."

안쪽 제일 끝 식탁에서 혼자 식사를 하던 늙수그레한 남자가 임하랑을 힐끔 쳐다보았다. 왜소한 체구에 지저분한 하와이안 셔츠를 걸친 노인이었다. 정수리까지 벗어져 올라간 앞머리, 듬성듬성 남아 있는 머리카락엔 염색물이 반쯤 빠져 있었다. 오른쪽 광대 부근에 퍼진 동전 두 개 크기의 검은색 모반이 눈에 띄었다. 노인은 마주쳐 오는 임하랑의 시선을 못 본 척 피하며 식당 여자를 향해 외쳤다.

"아지매, 여기 소주 한 잔 주이소. 안주 뭐 있습니껴?"

메뉴라고는 충무김밥밖에 없는 식당에서 신기하게도 소주를 팔았다. 노인은 오징어무침과 섞박지를 안주 삼아 소주를 따라 마셨다.

2시에 정말 배가 뜰까?

임하랑은 김밥 한 덩이를 입에 넣어 우물거리며 스마트폰 화면을 만지작거렸다. 이 시각 남해 거제 지역 풍랑주의보. 태풍의 북상 속도도 심상치 않았다.

"그쪽에 곧 태풍 지나간다고 하던데, 3박 4일이나 묵는다고? 얘가 겁도 없이 갔다가 섬에 갇히면 어떡하려고 그래?"

어젯밤 짐을 싸는 임하랑을 보며 기숙사 룸메이트가 한심하다는 듯이 말했다. 누구라도 한 방에 사는 친구가 일면식도 없는 사람의 초대에 응해 들어본 적도 없는 섬에 가겠다고 한다면 같은 반응을 보일 것이다.

"그럼 며칠 더 있는 거지, 뭐. 무인도도 아니고 굶어 죽거나 떠내려가진 않을 테니 걱정 마."

임하랑은 태연하게 받아쳤다.

룸메이트가 흥분했다.

"그럼 수업은? 2학기 개강한 지 얼마나 됐다고 빼먹으려고 그래?"

임하랑은 더플백 위로 옷가지를 한 무더기 던지며 말했다.

"됐어. 이게 더 재밌을 것 같아!"

"학점은?"

"구멍만 안 나면 돼."

"아무튼 엉뚱해. 아아, 안 그래도 이상한 애에게 이상한 메일이 와가지고 이게 대체 뭔 일이냐."

임하랑은 한 손으로 스마트폰을 잡고 흔들어 보였다.

"이게 있잖냐. 뭐가 걱정이야? 섬 구석구석까지 핸드폰과 인터넷 빵빵 터지는데. 몸이 고립된다고 해도 네트워크상으로는 다통한다고. 엄밀한 의미에선 고립이 아닌 거지."

"거기, 다 처음 보는 사람들일 거잖아?"

"그렇겠지."

"하랑아!"

룸메이트는 임하랑의 어깨를 잡아 돌리고 얼굴을 가까이 들이밀었다. 임하랑은 룸메이트의 커다란 얼굴이 눈앞에 오자 순간 움찔했다.

"널 아끼는 친구로서 말하는 거니 잘 들어. 제발 모르는 사람 앞에서 말할 땐 머릿속으로 이게 저격인지 아닌지 한 번만 생각해보고 말해. 괜히 처음 본 사람들에게 돌직구 하고 원한 살 짓 하지 말라고. 알아들어?"

"으응."

"나야 널 아니까 이해하지. 모르는 사람은 너의 무신경한 팩트 폭력이 굉장히 악의 있어 보여. 알지?"

"그으래."

"언제나 솔직할 필요는 없어. 알았지?"

"알았다고오오."

"가서 또 이상한 춤 같은 것도 추지 말고. 응?"

"알았으니까 이제 그만해."

그렇게 친구의 걱정을 뒤로하고 내려왔건만, 바다 상태가 생각보다 험했다. 서울에서 통영까지 4시간이나 걸려 내려왔는데 여행이 취소된다면 맥이 빠질 것 같았다. 호죽 죽향 연수원 설립자인 정명선이란 사람은 오늘 아침 통화에서도 걱정 말고 내려오라고 했다. 풍랑경보도 아니고 주의보가 떴을 뿐이라고, 전세해놓은 개인 어선은 틀림없이 운항할 거라고 장담했다. 하지만 현재 태풍 '세라'도 필리핀에서 북상 중이었다. 며칠 안에 한반도 남해가 태풍 영향권에 들 확률이 50퍼센트였다.

임하랑은 스마트폰 화면을 넘겨보며 동그란 은테 안경을 살짝 들어 올렸다. 눈꼬리가 위로 올라간 눈매가 순간 날카로워 보이다 곧 장난스럽게 반짝였다.

섬에는 무슨 장치가 준비되어 있을까? 나 말고 또 어떤 사람들이 오는 걸까? 배역이 정해져 있는 사람들이 뭔가 유치한 연극이라도 하는 건가? 방 탈출 게임의 배경을 섬으로 옮겨다 놓은 걸까?

뭐 하나 확실한 게 없었지만 빈약한 정보는 오히려 묘한 기대감을 주었다. 마침 방학이 끝나고 이전과 다름없는 학사 일정이 반복되는 데 따분함을 느끼던 참이었다. 룸메이트의 말이 옳았다. 정명선은 충동적인 호기심에 무턱대고 몸을 맡기는 임하랑의 성향을 짐작하고 초대장을 보낸 것인지도 모른다.

식당을 나와 주변을 걷다가 임하랑은 오후 1시 45분쯤 약속 장소를 향해 걸어갔다. 여객 터미널 주차장을 지나 가장 오른쪽 지점 선착장에 어선 '덕분호'가 대기하고 있을 거라고 했다. 덕분호는 눈에 잘 띄는 곳에 있었다. 좌우에서 흔들리고 있는 다른 어선에 비하면 규모가 꽤 컸다. 까맣게 그을린 얼굴에 배가 툭 튀어나온 50대 남자가 선착장에 서서 담배를 피우고 있었다.

"이거, 2시에 호죽도 들어가는 덕분호 맞아요?"

임하랑이 물었다.

"잘 찾아왔고마. 올라타소."

선장은 마지막 담배 연기를 내뿜고 꽁초를 바닷물에 던졌다. 선장의 시선이 이내 임하랑의 뒤쪽으로 옮겨갔다.

"어르신도 호죽도 갑니꺼? 마, 타이소."

임하랑은 선두에 댄 고무 타이어를 밟고 배에 올랐다. 얼핏 뒤를 돌아보았다. 충무김밥 집에서 보았던 하와이안 셔츠를 입은 노인이 고개를 마냥 아래로 처박고 다가왔다. 노인은 등산 모자를 푹 눌러쓰고 작은 부직포 배낭을 한쪽 어깨에 걸쳤다. 몸집이 왜소할 뿐 아니라 키도 작았다. 160cm가 채 될까 싶었다. 작고 깡마른 몸에서는 왠지 인생에 대한 비관과 초라함이 느껴졌다. 노인은 임하랑은 본체만체 조타실 뒤 선실로 쑥 들어갔다. 선실은 어구와 각종 배 살림살이로 가득했다. 어구를 치우면 일고여덟 명 정도는 끼어 탈 수 있을 것 같았다.

"그리고 그거! 최근에 발표한 신곡 그거 뭐죠? 순희! 맞죠? 위안부 할머니 이야기 쓴 거 말예요. 저 그거 듣고 울었잖아요. 가사도 멜로디도 완전 감동이에요."

먼저 온 누군가 대화를 나누고 있었다.

임하랑은 갑판을 지나 선미로 다가갔다.

젊은 남녀 둘이 바다를 향해 난간에 기대서 있었다. 단발머리를 초록색으로 염색한 늘씬한 여자는 검은색 기타 가방을 둘러 멨다. 청록색 노스페이스 점퍼를 입은 통통한 남자가 인기척을 느끼고 먼저 고개를 돌렸다.

"아, 손님이 더 타셨구나. 안녕하세요."

남자가 고개를 까딱였다. 뽀얗고 투실한 얼굴에 곱슬머리를 투 블록으로 밀었다. 서른 중반쯤으로 보였다.

"안녕하세요."

임하랑이 마주 고개를 까딱거렸다.

초록머리 여자가 몸을 돌리고 섰다. 온라인 게임 속 여전사처럼 사선으로 날카롭게 자른 옆머리, 몸에 딱 붙는 검은 셔츠에 은색 바람막이 점퍼를 입고 카키색 카고 바지를 입었다. 귀 밑으로 복잡한 문양의 메탈 귀고리가 찰랑거렸다. 보통사람과는 구별되는 유니크한 패션과 미모. 낯이 익었다.

곱슬머리 남자가 임하랑의 궁금증을 해결해주었다.

"여기는 가수 나리 씨. 아실까 모르겠네요. 요즘 되게 핫 하신 분인데."

"아, 알아요. 알죠. 그럼 알죠."

임하랑이 고개를 끄덕이자 나리는 양 볼에 보조개를 패며 웃었다. 요즘 한창 주목받는 여성 솔로 가수 나리였다. 작사 작곡은 물론이고 프로듀싱 능력까지 갖추었다고 인정받는 젊은 아티스트가 거짓말처럼 눈앞에 서 있었다. 임하랑과는 비슷한 나이일 것이다. TV에서나 보던 유명 연예인을 만나다니, 임하랑은 멍

하니 나리의 얼굴을 바라보다가 뒤늦게 자기소개를 했다.

"저는 임하랑이라고 합니다."

"임······화랑이요?"

나리가 작은 얼굴을 갸웃하며 눈웃음을 쳤다. 발랄한 미모가 빛났다. 같은 여자인 임하랑마저 마음이 조금 설렐 지경이었다.

"아니요. 하랑이요. 하하하 웃을 때 하."

"하랑. 임하랑······."

나리가 임하랑의 이름을 몇 번 입안에 굴려보았다.

"아, 이름 예쁘다. 느낌 있어요!"

나리는 고른 치아를 드러내며 미소 지었다.

"부모님께서 이름 지으실 때 생각 많이 하셨을 거 같다. 그렇죠?"

"글쎄요. 비교 분석할 데이터가 없어서 그 점은 뭐라 말할 수가······."

"실례지만 하시는 일이 뭔지 여쭤봐도 됩니까?"

곱슬머리 남자가 임하랑에게 물었다.

"저요? 대학생인데요."

"아아, 대학생!"

남자가 뭐 대단한 사실이라도 들은 양 고개를 끄떡거렸다.

"그렇다면 전공이?"

"물리학이요."

남자가 포동포동한 볼에 바람을 불어넣었다. 뭔가 마음에 들지 않는 눈치였다.

나리가 작게 웃었다.

"여기는 최혁봉 씨. 작가님이세요."

"아, 네. 전 최혁봉이라고 합니다. 역사소설을 쓰고 있습니다."

최혁봉이 스스로를 뿌듯하게 여기는 표정을 지었다.

"최근에 《붉은 검의 노래》라는 소설을 발표했고요, 작년에는 《소설 광해》라고 비운의 조선왕 시리즈 4편을 썼죠. 아, 그 시리즈 1편인 《소설 정종》이 제 소설 중에 제일 알려진 거라고 할 수 있는데, 혹시 아시려나요."

"모르겠는데요."

임하랑이 말했다. 정말 몰라서 모른다고 하는, 사심 없는 목소리였다.

그러나 최혁봉의 표정은 구겨졌다.

"아, 뭐…… 소설은 잘 안 읽으시나보군요. 요즘 젊은 사람들은 아무래도 영상 매체에 더……."

"소설 좋아하는 편인데요."

최혁봉이 말을 돌렸다.

"아무튼 저랑 나리 씨랑 먼저 와서 얘기를 나누다 보니, 혹시 여기 우리 같은 대중 예술가들이 모이는 것 아닐까, 그런 추측을 했어요."

"그래요?"

임하랑은 어깨를 한번 으쓱하고는 말을 이었다.

"제 뒤에 탄 할아버지는 예술가 같아 보이진 않았는데요."

"할아버지?"

최혁봉이 눈썹을 치켜올렸다. 임하랑 외에 배에 오른 사람이 더 있으리라고는 생각하지 못한 듯했다. 나리와의 대화에 어지간히 푹 빠져 있었나보다.

선두 쪽이 기울며 배가 흔들렸다. 커다란 배낭을 멘 근육질 남자와 이어서 파마한 머리를 뒤에서 하나로 묶은 얌전한 생김새의 여자가 배에 오르고 있었다. 근육질 남자가 파마머리 여자의 트렁크를 받아 배에 옮겨주었다.

선착장에서는 다시 담배를 입에 문 선장이 휴대전화를 귀에 붙이고 소리쳤다.

"7명이 탄다고? 8명에서 7명으로? 이번엔 진짭니껴. 확정된 겁니껴?"

선장이 담배 연기를 뿜으며 눈살을 찌푸렸다.

"1명이 늦게 온다고예? 이따 한 번 더? 하이구야, 그기 될지 모르겠네. 지금도 사실 무리하는 기라 안 합니껴. 풍랑주의보 떴다 말임니더. 내도 이거 아니었으면 마, 배 안 띄웠을 겁니더. 내 배가 15톤이 넘어가 그렇지, 아니면 이 날씨에 법적으로 띄우지도 몬 한다 안 했습니껴."

파마머리 여자는 트렁크를 들고 선실로 들어갔다. 근육질 남자는 갑판에 서서 바닷바람을 맞다가 선미에 모인 사람들을 보더니 고개를 갸웃거리며 다가왔다. 길쭉한 말상에 눈이 부리부리했다. 남자의 시선은 특정한 한 사람을 향했다.

"혹시 실례지만…… 가수 나리 씨?"

목소리가 굵었다.

"네. 나리예요. 반갑습니다."

나리가 말했다. 주목받는 게 익숙한 사람 특유의 여유가 느껴지는 태도였다.

"아! 역시! 이럴 수가!"

남자가 부리부리한 눈을 더 크게 떴다.

"영광입니다! 이런 데서 연예인을…… 제가 진짜 좋아하는데. 아이고!"

남자가 배낭 앞주머니를 뒤적이더니 명함을 꺼내 내밀었다.

"저는 영화 일 하는 신만수라고 합니다."

나리를 필두로 최혁봉과 임하랑도 신만수의 명함을 하나씩 받아 들었다. 영화 제작사의 프로듀서라는 직함이 달려 있었다. 영화사 피디도 대중 예술가에 속하는 걸까. 임하랑은 궁금했다. 최혁봉은 뒷면에 출간작 목록이 빽빽하게 적힌 명함을 돌렸다. 조금 먼저 인사를 나눴다고 임하랑에 대한 소개까지 맡아서 해 주었다.

선장은 전화 상대편, 아마도 연수원 주인인 정명선이란 사람과 얘기가 끝난 모양이었다. 부루퉁한 얼굴로 휴대전화를 바지주머니에 넣었다. 그 뒤로 바가지 머리를 노랗게 염색한 깡마른 남자가 트렁크를 끌고 달려오는 모습이 보였다. 임하랑은 시간을 보았다. 오후 2시 6분이었다.

노랑머리 남자가 숨을 헐떡거리며 배에 오르는 걸 끝으로 선장이 선실과 갑판을 돌아보며 손님들 머릿수를 세었다. 선실에 들어간 하와이안 셔츠 노인과 파마머리 여자, 선미에 모여 선 임하랑, 나리, 최혁봉, 신만수, 그리고 마지막으로 도착한 노랑머리 남자. 모두 7명이었다.

"다 왔으니까 출발합니더. 파도가 쎄가 좀 흔들릴 깁니더. 이짝에 구명조끼 있으니까네 하나씩 입으이소. 마, 안쪽으로 붙어 서이소!"

선장이 선착장에 매어놓은 줄을 풀며 소리쳤다. 조타실로 들어가는 선장의 뒷목이 석탄같이 까맸다.

"선장님! 얼마나 걸릴까요?"

신만수가 소리쳐 물었다.

"1시간 쪼매 더 걸릴 겁니더."

부르릉, 엔진 소리와 함께 배가 후진했다. 선착장과 사이가 적당히 멀어지자 선장은 익숙한 솜씨로 배를 돌렸다. 갑판에 나와 있던 사람들이 선실 벽으로 붙어 섰다. 임하랑은 야구모자가 날아가지 않도록 한 손으로 누르고 바람을 맞았다.

높은 파도에 덕분호는 줄곧 뒤뚱거리며 앞으로 나아갔다. 임하랑은 선미 쪽 갑판에 앉아 항구가 점점 멀어져 보이지 않는 점이 되는 과정을 지켜보았다. 다른 사람들은 선실과 갑판을 오가며 가끔씩 짧은 대화를 나눴다. 엔진과 파도 소리 때문에 힘껏 소리쳐야 대화가 가능했다.

"여기 있었네!"

최혁봉의 목소리였다. 임하랑이 고개를 들었다. 최혁봉과 마지막으로 배에 탄 노랑머리 남자가 주황색 구명조끼를 입고 구부정하게 서 있었다.

"이거 입어요!"

임하랑은 최혁봉이 내미는 구명조끼를 받아 들었다.

"혹시 모르니까요! 안전제일!"

노랑머리 남자가 말했다.

맞는 말이었다. 임하랑은 고맙다고 말하고 팔을 구명조끼에 끼워 넣었다.

"이쪽은 이윤동 씨! 웹툰 작가시래요!"

최혁봉이 노랑머리 남자를 임하랑에게 소개한 뒤 노랑머리를 향해 힘껏 외쳤다.

"이분은 대학생이고, 임하랑 씨! 물리학을 전공하신다고!"

얼추 비슷한 나이로 보이는 최혁봉과 이윤동은 그새 좀 친해진 듯싶었다. 뚱뚱이와 홀쭉이 콤비. 이윤동은 여드름이 숭숭 난 얼굴에 언뜻 봐도 도수가 굉장히 높아 보이는 뿔테 안경을 썼다. 샛노란 머리는 바가지를 엎어놓고 자른 것 같은 스타일이었다. 영촌스러웠지만 스스로는 만족스러운 듯 자신만만한 얼굴이었다.

"대학생이면…… 어디 통해서 초대받아 오신 거죠?"

이윤동이 소리쳤다.

"네?"

임하랑이 귀를 쫑긋 세우고 되물었다.

"얘길 나누다 보니까, 이윤동 작가는 M포털웹툰작가연대에, 저는 역사소설가협회에 초대장이 와서 대표로 온 거더라고요!"

최혁봉이 말했다. 아까 나리와 대중예술가 운운한 것도 그렇고, 다른 사람과 공통점 찾는 걸 꽤나 좋아하는 듯했다. 임하랑이 대답을 하려는 찰나 누군가 비칠거리며 다가오는 기척에 모두의 눈길이 그쪽에 쏠렸다. 신만수와 이어서 배에 오른 파마머리 여자가 이쪽으로 오고 있었다. 약간 마른 체격이었고 옅게 화장을 했다. 작은 얼굴에 눈코입이 가늘어서 조금은 흐릿한 인상이었다. 나이는 40대 초반 정도로 보였다. 여자가 얼굴을 찌푸리며 뭐라고 말을 했는데 파도 소리에 가려 들리지 않았다.

"뭐라고요? 크게 말하셔야 들려요!"

이윤동이 손가락으로 제 귀를 두드리며 외쳤다.

"어지…… 어지럽다고요!"

여자가 손으로 머리를 짚었다. 그때 배가 높은 파도에 부딪혀 크게 기우뚱거렸다. 나란히 서 있던 최혁봉과 이윤동이 어구구, 소리를 내며 넘어져 갑판에 굴렀다. 파마머리 여자는 선실 바깥벽에 몸을 붙이고 서서 겨우 나동그라지는 걸 면했다.

최혁봉과 이윤동은 낄낄거리며 서로를 붙잡고 일어서다가 두어 번 더 넘어졌다. 최혁봉의 노스페이스 점퍼가 말려 올라가 달덩이같이 허연 배가 드러났다. 이윤동의 운동화 한 짝이 벗겨져 갑판에 굴렀다. 그 소동에 임하랑도 쿡쿡 웃었다. 자빠지는 건 개그의 본질이다. 소설가와 웹툰 작가는 잘 어울리는 개그 커플이었다. 파도 소리와 웃음소리가 섞였다.

한참 후에야 상황이 진정되었다. 네 명이 선미 쪽 갑판에 가깝게 모여 앉았다. 파마머리 여자가 자기소개를 했다. 이름은 진정란이라고 했다.

"작은 회사 다녀요."

누군가 직업을 묻자 진정란이 답했다.

"대단한 건 아니고, 동남아 공예품을 수입해서 파는 곳이에요."

"무역 일 하시는군요?"

최혁봉이 말했다.

"뭐 무역이라고 할 것도 없고. 그냥 서너 명 일하는 조그만 회사예요."

"여긴 어떻게 초대받고 오셨어요?"

이윤동이 물었다.

"아, 전 호죽도가 처음이 아니에요."

또 큰 파도가 밀려왔다. 네 사람은 이번에는 요령껏 균형을 잡으며 일렁임이 멈출 때까지 버텼다.

멀미가 더 심해지는지 진정란이 하얗게 질린 얼굴로 말을 이었다.

"작년에 섬에 방문했을 때 보니 연수원을 막 짓고 있었어요.

그 얘기를 블로그에 썼더니 거기 주인이 봤나봐요. 제 블로그가 방문자 수가 꽤 되거든요. 연수원을 시범 운영하는데 와달라고 메일을 보냈더라고요. 공짜로 먹여주고 재워준다니까 뭐 블로그에 후기도 올릴 겸 가보자 싶었죠. 아유. 그런데 날씨가 왜 이 모양이죠?"

1시간 넘는 운행시간 내내 배는 요동쳤다. 진정란은 선실 바깥벽에 머리를 기대고 거의 정신을 잃었다. 최혁봉과 이윤동도 얼마 안 가 말을 잃고 각자 갑판에 쭈그려 앉아 끙끙거렸다. 임하랑은 무릎에 턱을 대고 앉아 널브러진 사람들을 살펴보았다. 이 사람들이 사전에 어떤 구체적인 역할을 부여받고 섬으로 향하는 것 같지는 않았다. 아까 연수원 시범 운영에 초대되었다는 말이 나왔는데, 모두 같은 목적일까.

입도의 험난한 과정에 끝이 보였다. 눈앞에 나타난 절벽이 섬의 한쪽 면인 듯했다. 날카롭게 깎인 절벽의 단면이 압도적이었다. 덕분호는 절벽을 돌아 낮게 고개를 숙인 선착장으로 다가갔다. 섬 중앙에는 녹색으로 우거진 산이 솟아 있었다. 산자락에 옹기종기 모여 있는 빨갛고 파란 지붕이 눈에 들어왔다.

호죽도였다.

좋은 대나무가 자라는 섬.

파도 소리에 섞여 바람에 흔들리는 대나무 소리가 들리는 것 같았다. 멀미에 시달린 창백한 얼굴이 하나둘 갑판으로 나와 살았다는 표정으로 목적지의 풍경을 바라보았다.

방파제의 콘크리트 블록에 앉아 있던 갈매기가 날아올라 배 위를 빙빙 돌았다.

호죽 죽향 연수원

━━━━━━━━━━

선장은 7명의 손님들을 짐과 함께 내려놓고 바로 배를 돌렸다.
선착장에 일없이 나와 있던 섬 노인들이 우르르 들어온 외지인
들을 물끄러미 바라보았다. 몇몇이 인사를 건넸지만 바닷바람에
주름이 깊게 팬 노인들은 별 반응을 보이지 않았다.

"이쪽으로 올라가면 되는 것 같은데요?"

신만수가 오른쪽으로 난 오르막길을 가리켰다. '호죽 죽향 연
수원 600m'라는 이정표가 세워져 있었다. 근육질의 영화사 프
로듀서가 앞장섰다. 나머지 사람들도 각자의 짐을 메거나 끌며
걸음을 옮겼다. 하와이안 셔츠를 입은 노인은 일행에서 두어 걸
음 떨어져 제일 뒤에서 따라왔다. 등산 모자를 눌러 써 광대에
퍼진 모반을 가리고 내키지 않는 듯 어적어적 걸었다. 숫기가 없
는 건지 누구와도 어울리고 싶지 않은 건지 노인은 줄곧 타인의
시선을 피하는 태도를 보였다. 젊은 사람들도 굳이 노인과 어울

리려고 애쓰지는 않았다.

오르막길을 따라 산자락을 반 바퀴 돌자 기묘한 형태의 신축 건물이 눈에 들어왔다.

"와, 진짜 상당히 난해한 디자인이네."

최혁봉이 코웃음을 쳤다. 호죽 죽향 연수원에 대한 첫 평가였다.

"와아, 뭐야, 이거."

"우주 정거장이야, 뭐야."

"이야, 끝내주네."

다들 뒤이어 한 마디씩 내뱉었다.

낙후된 섬 풍경과는 동떨어진 우주선 같은 건물이었다. 은색으로 마감된 돔형 건물과 길쭉한 직사각형의 2층 건물이 북쪽 방향으로 놓여 있었다. 돔은 직사각형 건물보다 좀 더 높았다. 돔의 중간 부분과 직사각형 건물의 2층이 구름다리로 연결되어 있었다. 단순하게는 기차가 연상됐다. 앞쪽에 놓인 돔이 기다란 직사각형 건물을 끌고 가는 기관차 같았다.

'연수원'이란 명칭에서 무미건조한 사각형 건물을 상상했던 임하랑은 오히려 신선했다. 돔이 특히 인상적이었다. 돔 형태의 지붕을 올린 건물이 아니고 건물 자체가 완전한 돔형이었다. 특수한 건축 기술로 만들어진, 디자인에 무게를 둔 건물이었다. 돔은 겉면에 튀어나온 곳 없이 매끈했다. 꼭대기에서 2m쯤 아랫부분에 유리창이 빙 둘러쳐져 있었다. 저 유리창들은 열리는 걸까? 안에 천체 관측 장비라도 있는 걸까? 임하랑의 머릿속에 궁금한 것들이 하나둘 자리를 잡았다.

직사각형 2층 건물은 숙소 같았다. 중앙에 현관이 있고 양옆으로 녹색 통유리창이 나 있었다. 유리 색이 짙어 내부는 보이지 않았다. 2층에는 작은 유리창이 규칙적으로 늘어서 있었다. 건물 외벽은 돔과 같은 은색이었다.

"역시 대나무가 많네요. 저거 대나무 맞죠?"

나리가 건물 뒤를 가리키며 손을 뻗었다.

바람이 불었다. 건물 뒤에 우거진 녹색 숲이 출렁거렸다. 사락사락 대나무가 서로 잎과 줄기를 비비는 소리가 들렸다. 연수원은 뒤쪽에 언덕을 맞대고 있었다. 굵다란 왕대가 경사지부터 빽빽하게 들어찼다.

하늘이 낮게 으르렁거렸다. 당장이라도 비가 쏟아질 것 같은 기운이 엄습했다.

"아, 빨리 들어가야 할 것 같은데. 그런데 어떻게 들어가지?"

임하랑의 옆에서 트렁크를 끌고 걷던 진정란이 중얼거렸다.

"문이 열려 있지 않을까요?"

이윤동이 바가지 머리를 긁적이며 말했다. 일단 입구에 가까이 가서 확인해볼 수밖에 없었다. 멀미와 바람에 시달려 모두 지쳐 있었고 쉬고 싶은 얼굴이었다. 7명이 연수원 부지로 들어서자, 직사각형 건물의 현관이 열리고 작고 뚱뚱한 할머니가 툭 튀어나왔다.

"이제들 오나? 바람 씨게 부는데 욕봤다."

쪼글쪼글 주름진 할머니의 목소리는 확성기라도 갖다 댄 것처럼 컸다. 워낙 목청이 좋아서 맨 뒤에 있는 사람에게까지 또렷하게 들렸다. 모던한 신축 건물에서 빨간 조끼에 꽃무늬 일바지 차림인 할머니가 나와 맞이하자 일행은 뻣뻣하게 웃었다.

부조화. 이 섬은 온통 부조화 일색이었다.

"안녕하세요."

하나둘씩 고개를 숙여 관리인으로 보이는 할머니에게 인사했다. 하와이안 셔츠 노인만 저만치 떨어져 딴청을 피웠다.

"이, 일단 안에 드가라. 이짝 네모난 데가 숙소동이라 카는 데고……."

할머니가 다음으로 돔을 가리켰다.

"저짝 바가지 엎어놓은 것 같이 생긴 데가 식당이다. 내 찬찬히 구경시켜줄 거구마. 내는 이 섬에 사는 홍가 할매다. 건물 주인이 내보고 나흘 동안 손님들 밥해주고 청소하라 캐서 내 이카고 있다. 기냥 할매라고 부르면 된다. 뭐 불편한 기 있으면 말 하고."

홍 할머니는 듬성듬성 금니가 박힌 치아를 드러내며 사람 좋게 웃었다.

일행은 숙소동 안으로 이동했다.

"주인장은 없는 건가?"

최혁봉이 수군거렸다.

"정명선 씨? 그런가본데요. 주인장 없이 저 할머니랑 우리만 지내는 건가봐요."

이윤동이 대꾸했다.

"우아, 이게 다 뭐야?"

먼저 들어간 사람 몇이 탄성을 질렀다. 한발 늦은 임하랑은 신만수의 어깨 너머로 앞을 살폈다. 벽에 걸린 대나무 바구니와 활이 눈에 들어왔다.

"다 대나무로 만든 건가봐요?"

나리가 한쪽에 기타 케이스를 내려놓으며 말했다.

"이거 완전 내 취향인데!"

진정란이 황홀한 표정으로 외쳤다. 동남아 공예품 수입 회사에서 일한다고 하더니 이런 쪽에 관심이 많은 모양이었다.

숙소동 1층은 층고가 높았다. 3m는 훌쩍 넘어 보였다. 정문에서 봤을 때 왼편 안쪽 귀퉁이에 ㄱ자 모양으로 벽에 붙은 전시대가 있었다. 유리관으로 덮인 전시대에는 각종 대나무용품들이 진열되어 있었다. 활, 바구니, 대나무발, 죽창, 낚싯대 같은 크거나 긴 물건은 벽에 걸어 놓았다. 근사한 구경거리였다. 작은 대나무 박물관이라고 불러도 좋을 듯했다. 모두의 발길이 전시대 쪽으로 향했다.

대나무만큼 쓰임이 많은 나무도 없구나. 임하랑은 새삼 느꼈다. 실패, 참빗, 귀이개, 비녀, 붓대, 붓통, 곰방대, 퇴침, 부채, 삿갓, 죽립, 대자리, 죽부인 같은 생활용품부터 조리, 키, 찬합, 바구니, 소쿠리, 채반 같은 부엌용품, 낚싯대, 통발 같은 어업용품과 피리, 퉁소, 대금 같은 악기류, 죽창, 활, 화살, 화살통 같은 무기류 등 다양한 용도의 물건이 오밀조밀 배치된 것을 보니 절로 그런 생각이 들었다.

"문화재는 아니고 재현한 용품이에요. 그래도 대단한데요! 이만큼 갖춰놓기가 쉽지 않을 텐데."

참빗과 쥘부채를 들여다보던 진정란이 임하랑에게 말을 걸었다. 과연 전시물들은 손때가 묻은 것처럼 보이게 만들어졌을 뿐 진짜 옛날 물건은 아닌 것 같았다.

길고 곧다. 가늘게 쪼개진다. 탄성이 있어 구부릴 수 있다. 표면이 차갑다. 단면을 날카롭게 깎아낼 수 있다. 안이 비어 있어 울리면 소리가 난다. 대나무라는 것은, 이토록 특성이 많아서 활용도가 무궁무진하다.

"저건 뭐죠?"

임하랑은 양 끝에 한자가 적힌 대나무 막대 열 개를 가리켰다. 전시품에는 따로 설명이 달려 있지 않았다.

"음…… 점치는 도구 같은데요? 십간지 점이요. 양 끝에 적힌 게 갑을병정무기경신임계. 보이죠?"

진정란이 진지한 표정으로 허리를 굽혀 그 아이스크림 막대 같은 것을 들여다보았다.

다른 사람들도 전시 물품 구경에 한창이었다. 저마다 관심 있는 분야에 몰려 있는 듯했다. 나리는 대나무 악기 쪽에 눈길을 두었고, 최혁봉과 이윤동, 신만수는 무기가 전시된 곳에 서서 이러쿵저러쿵 담소를 나눴다.

"이게 편전이라고 하는 겁니다."

전문 분야를 만난 역사소설가 최혁봉이 도슨트처럼 설명했다. 최혁봉은 끄트머리에 새의 깃이 달린 30cm 정도 길이의 화살을 가리켰다. 활이 걸린 벽 아래 전시대였다.

"되게 짧죠?"

최혁봉이 통통한 손가락을 벌려 공중에서 편전의 길이를 쟀다. 두 뼘도 안 됐다.

"이렇게 작아서야, 활에 안 걸릴 거 같은데요?"

신만수가 벽에 걸린 활을 힐끔 올려다보고는 말했다.

"맞습니다. 그래서 여기 있는 통아를 활에 대고 쓰죠."

편전 옆에 반으로 쪼갠 길고 좁은 대나무 통이 있었다. 그것을 통아라고 부르는 모양이었다.

"활에 이 통아를 먼저 걸고 통아의 굴곡에 편전을 넣어 시위를 당기는 겁니다. 통아가 활의 통로가 되어주는 거라고 보시면 됩니다. 그러니까 통아가 없으면 편전이 아무리 많아도 쏠 수가 없죠."

"흠…… 이렇게 짧은 화살로 사람을 죽일 수 있나요?"

노랑머리 이윤동이 질문을 던졌다.

"그럼요!"

최혁봉은 마치 자신의 수집품을 자랑하는 듯 뿌듯한 표정이었다.

"무게가 적게 나가는 대신 속도가 빠르기 때문에 살상력이 큰 활에 뒤지지 않아요. 편전은 조선의 아주 특색 있는 기밀 무기였어요. 통아의 안쪽에서 발사되기 때문에 멀리서 보면 발사가 되었는지 안 되었는지 확인이 어렵거든요."

임하랑도 어느새 무기 파트에 섞여 활과 화살을 구경했다.

"속도가 빨라서 살상력이 크다고요?"

신만수가 이해가 안 되는 듯 고개를 갸웃거렸다.

"적중률만 확보된다면 짧은 화살이 긴 화살보다 사거리도 길고 더 위력적일 수 있죠."

임하랑이 불쑥 끼어들었다.

"이동하는 물체의 에너지는 질량에 비례하고, 속도의 제곱에 비례하니까요. 짧아서 무게가 적게 나가는 대신 속도가 빠르니까 에너지가 큰 거예요."

세 남자의 시선이 일순 임하랑에게 향했다.

"아하, 맞다. 물리학 전공하신다고 하셨죠."

신만수가 어색하게 웃었다.

최혁봉은 옳다구나, 하고 박수를 짝 쳤다.

"정답! 편전은 보통 활보다 사거리가 길어서 전투에 아주 유리했죠. 옛날 자료를 보면 1000보 이상, 그러니까 한 1km 이상을 날아갔다고 하는 기록이 있는데 그건 좀 과장된 것 같고요. 통상 200m에서 300m는 날아갔다고 합니다. 제대로 꽂히면 갑옷을 꿰뚫을 정도로 강력한 무기였죠."

"저건 죽창이네요."

임하랑은 활 옆에 비스듬히 걸린 기다란 대나무 창을 가리켰다.

"끝이 굉장히 날카로워요."

"네. 민중의 무기, 죽창이죠. 날카롭기는 칼날 못지않아요. 그런데 생각보다 그렇게 튼튼한 무기는 아니에요."

최혁봉은 표면이 검고 반질반질한 죽창을 바라보며 말을 이었다.

"한두 번 찌르면 쪼개지거든요. 살상력은 높지만 거의 일회용 무기라고 봐야 하는 거죠. 그래서 쉽게 쪼개지는 걸 막기 위해 기름을 바르고 불에 굽기도 했어요. 이것도 그런 처리 과정을 거쳤나봅니다. 그래서 표면이 이렇게 거무죽죽한 거죠."

"음. 벽에 걸린 건 좀 만져봐도 되나?"

신만수는 말을 꺼내는 동시에 죽창과 활의 표면에 살며시 손가락을 대었다.

"우리 이 낚싯대로 낚시해도 될까요? 안 되겠죠?"

이윤동이 덩달아 벽에 걸린 대나무 낚싯대를 만져보며 웃었다. 그러고는 그 아래 전시대를 내려다보았다.

"그런데 이건 뭐지? 대나무 사이에 뜬금없이?"

펜촉 모양의 검은 쇳덩이를 보고 하는 말이었다. 쇳덩이에는 작은 구멍이 뚫려 있었다.

"아, 그거 낚시 추예요. 봉돌이라고 하죠."

신만수가 말했다. 낚시에 일가견이 있는지 신이 난 목소리였다.

"꽤 큰데요. 100호는 넘겠어요. 아, 100호 봉돌이 375g인데 이 건 좀 더 나갈지도 모르겠네요. 아마 갈치 잡이에 쓰지 않았을 까……."

"갈치요?"

임하랑이 물었다.

"네. 제가 여기 오기 전에 검색해보니 이 섬이 1980년대만 해 도 갈치가 많이 잡혔다고 하더라고요. 갈치는 깊은 바다에 살아 서 무거운 봉돌을 써서 낚아야 하거든요. 그물보다는 낚시로 하 나하나 낚아야 비늘이 상하지 않죠. 예전에는 대나무 낚싯대에 이 봉돌을 걸어서 갈치를 잡았나봅니다. 와, 어떻게 여기 묵는 동안 배 빌려서 낚시 좀 할 수 있으려나? 사실 내가 온 목적이 그 건데."

신만수가 낚싯대를 채는 시늉을 하며 입을 쩝쩝 다셨다.

그때 후드득 빗방울 떨어지는 소리가 들렸다. 모두 뒤를 돌아 보았다.

통유리창에 굵은 빗발이 뚝뚝 꽂혔다. 어느새 사위는 한층 어 두워져 있었다.

"비 온다."

누군가 말했다.

"비 떨어지기 전에 도착해서 그나마 다행인 건가."

이어지는 말에는 걱정이 담겨 있었다. 모두들 북상하는 태풍 에 대한 소식을 들었을 터였다.

비 오는 걸 보니 기분 탓인지 한기가 느껴졌다.

임하랑은 뒤늦게 오기로 한 손님이 무사히 올 수 있을까, 하는 생각을 했다. 아까 배에서 들은 내용으로는 덕분호 선장이 한 번 더 손님을 싣고 오기로 한 것 같은데.

걱정스런 침묵이 흐르는 동안 임하랑은 숙소동 1층을 둘러보았다. 정문으로 들어와 왼편에는 '세미나실'이라고 적힌 방이 있었다. 세미나실과 전시대 사이 중앙에는 대형 소파 세트가 놓여 있고, 건물 오른편은 강당이었다. 강당에는 육중한 쌍여닫이문이 나란히 두 개 나 있었다. 연수원을 이용하는 사람들이 대형 강연을 하는 장소로 쓰임직했다. 오른편 안쪽 끝에는 긴 경사로가 나 있었다. 2층으로 통하는 통로인 것 같았다.

정문에서 오른쪽 귀퉁이에는 '관리인실'이라고 쓰인 방이 있었는데, 문이 열려 있었다. 누군가 안에 들어가 움직이는 기척이 났다. 임하랑은 로비에 모인 사람들 중 빠진 사람을 확인했다. 하와이안 셔츠를 입은 노인이 없었다.

노인은 전시물 구경도 마다하고 관리인실에 들어가 무엇을 보고 있는 걸까?

바닥을 때리는 빗소리가 실내까지 고요히 스며들었다.

"이거 열어봐도 될까?"

진정란이 혼잣말처럼 말했다. 진정란은 전시대 유리관 위에 덩그러니 놓인 작은 대나무 상자를 만지작거렸다. 손바닥만 한 크기의 상자로 위에 뚜껑이 덮여 있었다. 임하랑도 처음부터 저 상자가 눈에 걸렸다. 왜 저 상자만 따로 유리관 위에 두었는지 궁금했던 터였다.

짧은 망설임을 끝내고 진정란이 상자의 뚜껑을 열었다. 빨간 실크 천이 들어 있었다. 어떤 작은 물건을 곱게 감싸고 있는 모양새였다.

"어머!"

무심히 붉은 천을 들춰보던 진정란이 상자를 내던졌다. 분리된 상자와 뚜껑, 빨간 실크 천이 여기저기 떨어졌다. 진정란이 뒷걸음을 치다가 주저앉았다. 알사탕만 한 하얀 구슬 두 개가 바닥에 튀어 또르르 구르다 멈췄다.

눈알이었다. 핏발이 선 사람의 안구.

동공과 홍채로 층이 진 눈동자에 나뭇가지 같은 혈관 줄기와 신경 다발이 얽힌 안구 두 알.

마치 그 장면에 맞추기라도 한 듯 섬광이 번쩍였다. 쿠쿠쿠쿵, 하늘이 쪼개지는 소리가 들렸다. 거센 바람과 빗소리가 뒤를 이었다. 담이 센 임하랑도 가슴이 덜컥 내려앉았다.

진정란은 천둥소리에 더 놀란 듯 가슴을 부여잡고 숨을 골랐다. 시선은 바닥의 모형 안구에 고정되어 있었다. 아까 뱃멀미를 앓을 때처럼 얼굴이 하얗게 질렸다.

"아악!"

나리가 몇 박자 늦게 날카로운 비명을 질렀다.

"뭐야, 이거?"

최혁봉이 모형 안구 두 개를 집어 들었다.

"깜짝 선물이라고 놓아둔 건가?"

한 박자 늦게 이윤동이 빈정거렸다.

"워매, 내 깜짝 놀랐다. 읎는 아 떨어지는 줄 알았다. 아이고, 흉타. 봐라. 물 한잔 먹고 한숨 돌리라."

손님들이 전시품을 구경할 동안 하릴없이 소파에 앉아 쉬고 있던 홍 할머니가 종이컵을 들고 헐레벌떡 다가왔다.

진정란은 숨을 고르며 컵을 받아들었다. 물을 마시고 홍 할머니의 부축을 받아 일어섰다. 멍한 표정이었다.

"이건 바늘 상자 속에 넣어둔 눈알……."

진정란이 중얼거렸다.

임하랑은 눈을 번뜩이며 진정란의 입술을 주시했다.

이제 괜찮다고 말하며 사람들의 걱정에 답하는 진정란의 표정은 한결 가라앉았다. 홍 할머니는 빈 종이컵을 들고 다시 뒤로 물러났다. 사람들이 대나무 상자를 주워 제자리에 놓으며 웅성거렸다.

"저, 그게 무슨 말씀이시죠?"

틈을 타서 임하랑이 물었다.

진정란이 당황한 듯 눈을 끔뻑거렸다.

"네? 뭐요?"

"방금 전에 바늘 상자…… 뭐라고 하신 말씀이요."

약간의 긴장감이 흘렀다. 가까이 있던 나리도 진정란이 중얼거리는 말을 들었는지 귀를 쫑긋 세웠다. 모두의 관심이 진정란에게 쏠렸다.

"아……."

진정란은 이마를 잔뜩 찌푸리며 망설이다가 말을 이었다.

"민담 제목이에요. 〈바늘 상자 속에 넣어둔 눈알〉이라는 민담이 있는데…… 제가 운영하는 블로그에 이 섬하고 그 민담에 대한 글을 쓴 적이 있어요."

진정란은 우리나라 민담에 대한 블로그를 운영한다고 했다. 전공을 하지는 않았지만 대학 때부터 관심이 있어서 지금껏 취미 삼아 공부하고 있다는 것이다. 설명하는 걸로 봐서는 아마추어 연구자쯤 되는 것 같았다. 틈나는 대로 민담 채집 여행을 떠나고 관련된 글을 꾸준히 블로그에 올린다고 말했다. 작년에 호죽도를 방문한 것도 민담을 채집하기 위해서였다. 진정란은 자기가 블로그에 올린 글을 읽어보는 게 이해하기 빠를 거라며 사람들에게 블로그 이름을 가르쳐주었다.

샤로니의 민담 따라 둥둥.

호기심을 느낀 사람들이 각자 스마트폰을 꺼내 들고 검색을 시작했다.

임하랑을 비롯해서 그 자리에 있는 사람들이 관련 게시물을 빠르게 읽었다. 다들 〈바늘 상자 속에 넣어둔 눈알〉이라는 이야기를 처음 들어본다고 했다. 임하랑도 마찬가지였다. 전실 자식을 갖다 버리려고 흉계를 꾸미며 눈을 빼버린 새어머니. 익숙한 모티브이면서도 신체를 훼손하는 내용은 서양의 잔혹동화를 읽는 듯 잔인하고 야릇했다.

"이 민담의 내용이 호죽도에서만 '눈알'이 '혀'로 변형돼서 전승되고 있다고요? 그러니까 '바늘 상자 속에 넣어둔 혀'로?"

임하랑이 고개를 갸웃했다.

"풋."

최혁봉이 코웃음을 쳤다.

"그러면 혀를 넣어 놨어야지. 하긴, 혀 모형은 구하기 어려울 거 같네요. 근데 왜 하필 깜짝 선물이 이거죠? 정명선이란 그 분 민담 마니아인가?"

"어쨌든 놀라게 하는 데는 대성공! 마침 음향효과도 도와줬고 말이죠. 천둥소리요."

신만수가 최혁봉의 손에서 모형 눈알을 받아 들어 저글링을 했다.

"아, 진짜 깜짝 놀랐네. 하느님이 음향을 다 넣어주시고."

이윤동이 비 오는 풍경을 바라보며 휘파람을 불었다. 나리도 여유를 찾은 듯 미소를 지었다. 다들 가벼운 말로 상황을 마무리하려는 분위기였다.

임하랑은 꾸준히 진정란의 표정을 살폈다.

진정란은 무언가 더 할 얘기가 있는 듯, 말을 할 듯 말 듯 불안한 표정으로 눈을 아래로 깔고 아랫입술을 깨물었다.

무언가가 더 있다.

그리고 그 의미는 작지 않다.

임하랑의 눈빛이 미묘하게 빛났다.

단지 손님들을 놀라게 하려는 의도로 민담의 내용을 빌어 모형 안구를 놓아둔 것은 아닐 것이다. 모형 안구는 일부러 요란하게 발견되도록 설치되었다. 기획된 퍼포먼스였다. 진정란이라는 저 여자는 여기에 깔린 의미를 더 알고 있다. 임하랑은 직감했으나 나중에 기회를 봐서 떠보기로 하고 일단 입을 닫았다. 관리인실에서 하와이안 셔츠 노인이 나와 한 귀퉁이에 섰다. 저 노인은 왜 관리인실 따위가 궁금했던 걸까. 이 난리를 치는데도 동요하지 않고 있다가 이제야 나와 보는 건 뭘까. 임하랑의 시선 한쪽구석에 노인이 불편하게 자리 잡았다.

"고마 2층으로 올라가서 짐들 풀어라. 방이 많으니까네 아무데나 맘에 드는 데 들가면 된다. 몇 호인지 말해주면 내가 키 줄테니까네. 짐 풀고 나오면 내가 저기 식당 구경시켜줄 거구마."

홍 할머니가 안쪽 끝에 난 경사로를 향해 손을 휘휘 저었다.

돔
————

2층으로 올라가니 중앙에 긴 복도를 사이에 두고 서쪽에 8개, 동쪽에 9개의 객실이 나왔다. 총 17개였다. 문은 다 노루발이 걸린 채 조금씩 열려 있었다. 손님들은 각자 이 방 저 방 들어갔다 나오며 구경했다. 방의 구조는 동일했다. 모두 2인실로 침대 2개와 옷장 2개, 작은 책상 2개, 텔레비전, 미니 냉장고가 갖춰져 있으며 화장실 겸 욕실이 하나씩 딸려 있었다. 신축 건물답게 깔끔했고 갈색 톤의 벽지는 따뜻하고 안정된 느낌을 주었다.

손님들은 각자 원하는 방을 하나씩 차지했다. 2인실을 독방으로 쓸 수 있으니 호사였다.

임하랑은 203호를 선택하고 들어갔다. 더플백을 침대에 던져 놓고 우선 욕실에 들어가 손을 씻고 나왔다. 책상에 노란 종이와 볼펜이 놓여 있는 것이 눈에 띄었다. 종이는 까끌까끌한 재질이었고 두꺼웠다. 세어보니 총 6장이었다.

손님 여러분, 호죽 죽향 연수원 시범 운영 모니터링에 응해주셔서 감사합니다. 3박 4일 동안 호죽 죽향 연수원을 마음껏 이용하시고 다음 항목에 체크해주세요. 1번 전자제품 사용에 문제는 없으셨습니까, 2번 냉난방은 적절히 가동되었습니까, 3번 필요한 용품은 적절히 갖추어져 있습니까, 4번 식사의 양과 질에 만족하십니까, 5번 건물의 구조와 디자인에 대한 생각은 어떠하십니까, 6번 파손되거나 고장 난 곳이 있습니까, 7번 장애인을 위한 편의 제공이 적절합니까…….

체크리스트 형식의 객관식 질문이 52문항이었고 주관식 문항도 몇 개 있었다.

임하랑은 심각한 표정으로 설문지를 노려보았다.

저는 앞으로 우리 호죽 죽향 연수원을 찾아주시는 손님들에게 가상의 범죄 상황을 제시하고 풀게 하는 이벤트를 운영하고자 합니다.

정명선이 보낸 이메일의 문구가 떠올랐다.

가상의 범죄 풀이를 우리 연수원의 테마 이벤트로 발전시키고 싶습니다. 임하랑 님께서 정식 오픈 전 호죽 죽향 연수원에 오셔서 이벤트를 체험하고 문제점이나 감상을 말씀해주신다면 좋겠습니다. 숙식은 무료로 제공되며 소정의 사례비도 드리겠습니다.

임하랑은 이메일 말미에 적힌 휴대전화 번호로 전화했다. 40대 중후반으로 짐작되는 탁한 목소리의 남자가 전화를 받았다. 호죽 죽향 연수원 설립자 정명선. 임하랑은 자신을 어떻게 알았고 왜 자신에게 이런 제안을 하느냐고 물었다. 정명선은 임하랑이 경찰청 과학수사의 날 행사에서 열린 모의 범죄 해결 대회에서 대상을 수상했다는 사실을 알고 있었다. 추리 퀴즈 모바일 게임 랭킹에서 종종 아시아권 1위에 오른다는 것도 알았다. 대학신문에 짧게 인터뷰 기사가 나온 것을 본 적 있다고 했다.

사람들을 신축 연수원 모니터링을 해달라는 구실로 불러놓고 모의 범죄 사건을 일으키고는 나에게 풀어보라고 하는 건가? 그럼 문제 설정과 진행은 어떻게 하는 걸까. 모니터링 목적으로 왔다는 사람들 중에 관련자가 숨어 있는 걸까? 아니면 각각의 사람들에게 비밀 지령을 내려 앞으로의 역할을 부여하게 될까?

"뭐가 뭔지 모르겠지만 재밌으면 좋겠다."

임하랑은 설문지를 팔랑팔랑 넘기며 혼잣말을 했다.

"물리 법칙이나 수학 문제를 가지고 노는 것도 물론 재미는 있다만…… 정서적 동기가 없는 사건 풀이는 뭔가 자극이 부족해. 심심해."

설문지 마지막 장에는 연수원의 평면도와 간략한 구조 설명이 있었다.

"다들 고마하고 나온나!"

홍 할머니가 소리쳤다. 임하랑은 평면도가 나온 장을 집어 들고 나머지 설문지는 원래대로 책상에 놓아두고 방을 나갔다.

복도에 손님들이 다 모였다.

"이, 여기 2층에서 저짝 식당으로 바로 갈 수 있다. 다리로 연결돼 있는 기라. 식당에도 문이 있긴 한데……."

홍 할머니가 오른쪽 엄지를 공중에 대고 찍는 시늉을 했다.

"그짝 문은 내 이 손꾸락을 대야만 열리게끄럼 돼 있는 기라. 내 손꾸락만 된다. 그니까 앞으로 식당으로 올 직에는 기냥 여기 2층에서 건너와야 할 기다. 알았제?"

홍 할머니가 앞장서 걸어가 복도 끝에 달린 문을 열었다. 구름다리가 나왔다. 구름다리는 천장과 양옆이 다 막힌 동굴 같은 통로였다.

빗줄기가 구름다리 천장을 딱딱 때렸다. 일행의 발소리가 통로를 울렸다. 돔형 건물로 난 문을 열자 삼각형 모양의 현관이 나왔다.

돔은 층이 나뉘지 않고 하나로 탁 트인 공간이었다. 곳곳에 LED 조명을 켜놓아 환했다. 현관에서 오른쪽으로 약 45도 방향으로 바닥까지 닿는 경사로가 이어져 있었다.

돔은 광활한 느낌이 들 정도로 넓었다. 임하랑은 돔 내부를 한 바퀴 둘러보며 얼추 크기를 가늠해보고 손에 든 평면도로 눈을 옮겼다. 돔은 반지름이 8m인 정확한 반구형이라는 설명이 있었다. 그러니까 바닥의 지름은 16m고 높이는 8m인 것이다.

일행은 줄지어 경사로를 내려왔다.

바닥까지 일직선으로 이어진 경사로의 각도는 꽤 가팔랐다. 내려갈수록 가속도가 붙어 걸음이 빨라졌다. 임하랑은 경사로의 난간을 잡고 속도를 조절하며 천천히 내려갔다. 머릿속으로 경사로의 각도가 얼마나 될지 재빨리 계산해봤다. 경사로 밑변이 약 9m쯤 된다는 가늠을 하고 탄젠트 공식을 대입했다. 각도가 20도 안팎이 될 것 같다는 결과가 나왔다.

"역시, 여기도 대나무인 건가!"

웹툰 작가 이윤동이 외쳤다. 바닥에 길고 짧은 죽창 수십 개가 솟아 있는 걸 보고 하는 말이었다. 장식 용도의 미술 설치물인 듯했다. 경사로에서 내려다보이는 방향으로 벽 가까이에 설치되어 있었는데, 죽창 각각의 굵기와 높이가 다양했다. 한 손으로는 감싸 쥘 수 없을 만큼 굵은 것, 총채처럼 가느다란 것, 사람 키를 훌쩍 넘는 것, 눈높이에 미치지 않는 작달막한 것 등을 나름의 조화에 따라 원형으로 모아 세워 놓았다. 가장 높은 것들은 3m 남짓 되어 보였다. 하나같이 보기만 해도 눈이 찌릿할 정도로 끄트머리가 날카로웠다.

설치물의 둘레에는 화분 네 개가 바닥에 박혀 있었다. 경사로와 같은 방향으로 앞뒤에 두 개가 있고 90도 각도로 양옆에 두 개가 있는 구조였다. 화분에는 작은 대나무를 한 무리 심어놓았다.

"저거이 난쟁이조릿대다. 대나무는 대나무인데 딱 저만큼만 자라는 새끼 대나무다."

임하랑의 시선이 화분에 오래 머무르는 것을 보고 홍 할머니가 알려주었다.

일행은 경사로를 내려가 왼쪽으로 돌았다. 거대한 대나무 화

호죽 죽향 연수원 평면도

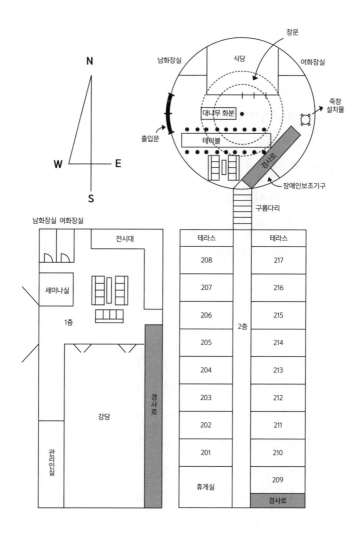

N

W — E

S

창문

식당

남화장실

여화장실

죽창 설치물

대나무 화분

테이블

출입문

경사로

장애인보조기구

구름다리

남화장실 여화장실

전시대

세미나실

1층

강당

경사로

관리인실

테라스

208

207

206

205

204

203

202

201

휴게실

2층

테라스

217

216

215

214

213

212

211

210

209

경사로

분이 먼저 눈에 들어왔다. 폭이 1m가량 되는 대형 화분이었는데, 돔의 중심에서 서쪽으로 약간 비켜난 곳에 놓여 있었다. 기다란 왕대가 돔 천장을 찌를 듯이 높고 울창하게 뻗었다. 대나무 숲을 일부 떠다가 건물 안에 옮겨놓은 것 같았다.

"밖에 대나무 천지인데 뭐 하러 안에까지 이렇게 심어놨을까? 여기 대나무가 너무 흔하잖아."

최혁봉이 중얼거렸다.

남쪽에는 대형 테이블이 있었다. 무늬 결이 살아 있는 묵직한 원목 테이블로 가로로 길게 놓였다. 테이블을 사이에 두고 9개의 등받이 의자가 서로 마주 보았다. 여러 명이 책을 읽거나 회의하기 좋은 테이블이었다. 테이블을 중심으로 남쪽에는 소파 세트가, 북쪽으로는 대형 화분 건너 '식당'이라고 적힌 내실이 있었다. 식당은 불투명한 유리 패널로 벽과 천장을 세운 유리박스 모양의 방이었다. 식당 양옆에는 남녀화장실이 있었다.

"아침은 8시, 점심은 1시, 저녁은 7시에 줄 꺼구마. 알았제? 8시, 1시, 7시. 그 시간에 알아서 이쪽으로 오면 된다."

홍 할머니가 식당 문을 열어 보였다. 안쪽엔 조리실과 배식구, 문 쪽엔 4인용 식탁과 의자로 채워진 공간이었다. 안이 비치는 식당용 냉장고에는 술과 음료가 가득 차 있었고 그 옆 작은 탁자에는 커피와 차 세트가 갖춰져 있었다.

천체 관측 기구라도 있지 않을까 기대했던 임하랑은 조금 실망했다. 독특한 외형에 비해 내부 구조는 별거 없었다. 죽창 설치물과 그 주변의 조릿대 화분, 대형 대나무 화분 말고는 별다른 장식품도 없었다. 기껏 식당으로 쓰려고 외관을 애써 반구형으로 지은 것일까. 이만큼 디자인에 중점을 둔 건물이라면 좀 더 기능적인 용도로 써야 하는 것 아닐까. 이건 뭐, 고급 레스토랑 주방에서 라면 끓여 먹는 꼴이다.

"저 문은 안에서는 열리나요?"

나리가 돔 출입문을 가리키며 물었다. 서쪽에 반투명 유리로 된 출입문이 나 있었다. 양옆으로 슬라이딩 방식으로 열리는 문이었다.

"이, 그려. 안에서는 요거 누르면 열린다."

홍 할머니가 문 옆에 달린 스위치를 가리켰다.

"근디 밖에서는 알제? 내 손꾸락만 찍어야 열린다. 기술자가 그렇게 해놓고 갔다."

다시 엄지를 내밀며 홍 할머니가 금니를 드러내고 웃었다. 자기만 문을 열 수 있다는 사실이 은근 흐뭇한 모양이었다.

"다들 위에 봐요. 와, 엄청 쏟아지네."

신만수가 말했다.

사람들이 일제히 고개를 들었다. 돔의 천장에서 2m쯤 내려온 부분에 유리창이 원을 그리며 둘러쳐져 있었다. 통유리는 아니고 은색 창틀로 나뉜 유리창이 가로로 죽 연결되어 있는 구조였다. 유리창에 빗물이 줄줄 흘러내려 바깥 풍경이 모호한 색깔 덩어리로 어른거렸다. 돔은 숙소동에 비해 방음이 잘 되는 모양이었다. 빗소리가 들리지 않았다. 유리창은 머리 위에서 소리 없이 빗줄기를 끊어주는 투명 방패 같았다. 안전한 실내에서 험한 자연 현상을 관망하는 상태가 주는 기묘한 안도감과 쾌적함.

"할머니, 저 유리창. 혹시 열리나요?"

임하랑이 야구모자를 벗고 긴 머리를 쓸어내리며 물었다. 습기에 머리가 눅눅해진 기분이었다.

"열린다."

홍 할머니가 식당 벽에 붙은 스위치를 손가락으로 가리켰다. 납작하고 네모난 바를 아래위로 올리고 내리는 형태의 스위치였다.

"저거 내리면 찬찬히 열리는데 지금은 이래 비 오니까네 열면 안 되겠제? 난중에 비 그치면 한번 해봐라. 스르르 소리 내면서 유리창이 마, 꽃잎파리처럼 열린다. 햇볕 잘 들어오고 좋다."

"저 고리는 뭐죠?"

이어서 임하랑은 손가락으로 천장을 가리켰다. 돔의 가장 높은 곳, 천장 중앙에 은색 갈고리가 붙어 있었다. 후크 선장의 갈고리 손 같았다.

홍 할머니는 쪼글쪼글한 눈살을 찌푸렸다.

"고리라꼬? 저런 게 와 붙어 있나? 내는 잘 모르겠는데."

"샹들리에를 매달려고 한 거 아닐까요?"

진정란이 천장을 향해 고개를 꺾고 말했다.

"그러려다가 계획이 바뀌었거나 아니면 아직 준비가 안 됐거나……."

"하긴 아직 CCTV도 설치되지 않은 걸 보면 공사할 데가 더 남았나보네요."

각자 몇 호실에 자리를 잡았는지 말하고 홍 할머니에게 카드 모양의 열쇠를 받았다. 홍 할머니는 집에 들러서 잠시 일을 보고 오겠다며 자리를 떴다. 돔 출입문 옆에 놓아둔 커다란 우산을 들고 출입문 버튼을 눌렀다. 1층 출입문이 열리고 닫히는 사이 쏴아, 하는 빗소리가 일시에 들렸다가 사라졌다.

하와이안 셔츠 노인이 조용히 경사로를 올라 숙소동으로 갔다. 다른 사람들은 돔에 남아 더 둘러보며 대화를 나눴다.

"휠체어가 있네?"

경사로 밑에서 어정거리던 최혁봉이 말했다. 경사로 뒤쪽으로 남는 공간에 투명 플라스틱 칸막이가 쳐 있고, 안에 장애인 보조기구와 구급용품이 비치되어 있었다. 휠체어 2개, 목발 1쌍, 지팡이 2개, 심장제세동기, 접이식 들것, 붕대와 소독약 따위가 들어 있는 구급상자. 임하랑은 방에서 본 설문지에 장애인을 위한 편의 제공과 관련된 항목을 떠올렸다. 설립자 정명선은 장애인 접근성 부분에 신경을 많이 쓰는 사람인 것 같았다. 선착장에서 연수원까지 올라오는 길이 오르막길이어도 울퉁불퉁한 곳 하나 없이 판판했고 건물에는 문턱이 없었다. 숙소동 1층과 2층을 연결하는 길도, 구름다리와 돔의 바닥을 연결하는 길도 계단이 아닌 경사로였다. 다만 모순적인 면이 있다면 돔의 경사로는 매우 급해서 휠체어가 올라가기는 어려워 보인다는 것이었다. 누군가 뒤에서 밀어주지 않으면 수동 휠체어가 올라가긴 불가능한 각도였다. 단순한 디자인을 추구하다 보니 정작 기능적인 면을 놓친 것일까.

"기립형 휠체어는 고장. 절대 사용하지 마시오."

최혁봉이 휠체어에 붙은 경고 문구를 읽었다. 다른 하나보다 좀 더 구조가 복잡해 보이는 휠체어의 팔걸이에 경고를 적은 종이가 매달려 있었다.

"여기 장애인도 없는데 사용할 일이 뭐가 있다고?"

"기립형 휠체어? 휠체어면 휠체어지 기립형은 또 뭐예요?"

나리가 초록색 머리를 뒤로 넘기며 무심히 물었다.

"휠체어에 앉은 사람이 일어선 자세로 있을 수 있게 직립하는 휠체어예요."

영화 프로듀서 신만수가 답했다. 신만수는 아직까지 나리의 미모에 매혹되어 있는 듯 한없이 다정한 눈빛과 말투로 말을 이었다.

"영화 촬영 장소로 장애인 시설을 섭외한 적이 있어서 그때 알게 됐죠. 휠체어 생활을 하는 장애인들도 가끔 기립 자세를 취해줘야 혈액 순환이나 그런 것에 도움이 되고 허리 통증도 예방된다고 하더라고요."

"그런데 뭐가 고장 났다는 거죠?"

이윤동도 흥미로운 얼굴로 기웃거렸다. 그사이 최혁봉은 플라스틱 칸막이를 열고 문제의 기립형 휠체어를 꺼냈다.

"이런 것도 모니터링에 들어가는 걸 테니까……."

최혁봉이 호기심을 합리화하며 휠체어에 털썩 앉았다. 역사소설가의 퉁퉁한 몸이 휠체어를 가득 채웠다.

"한번 시험해보죠. 뭐 어떻게 하는 거지, 이거?"

최혁봉은 앉은 채로 상체를 이리저리 뒤틀며 휠체어에 장착된 장치들을 만져보았다.

"원래는 다리벨트와 가슴벨트를 매야 돼요."

신만수가 말했다. 다리벨트는 휠체어의 발받침 부분에 감겨 있었고, 가슴벨트 끈은 최혁봉이 등에 깔고 앉은 상태였다. 신만수는 휠체어의 바퀴가 굴러가지 않도록 잠그고 왼쪽 바퀴 부근에 달린 레버에 손을 댔다.

"장애인은 하체 힘으로 서서 버틸 수가 없으니까 다리와 상체를 고정한 다음 작동해야 하는 건데요……. 어디 보자, 아마 이게 기립 레버인 것 같은데……."

신만수가 레버를 위쪽으로 당겼다.

덜컥, 하는 소리와 함께 최혁봉의 몸이 앞으로 퉁 튕겨 나갔다. 주변에 모여든 사람들이 놀라 뒷걸음쳤다. 신만수가 레버를 당기는 것과 동시에 휠체어가 순간적으로 기립한 것이었다. 최혁봉의 무거운 몸이 잠깐 공중에 떴다. 역사소설가는 에구에구 소리를 내며 몇 발짝 발을 놀리다가 식당 벽에 부딪혀 자빠졌다. 텔레비전 예능 프로그램에서 의자가 벌떡 튀어 올라 사람을 공중에 튕겨내는 장면과 흡사했다.

"아하, 이게 문제구나."

신만수가 튀어나간 최혁봉은 아랑곳하지 않고 일자로 선 등받이가 끄떡끄떡 흔들리고 있는 휠체어를 들여다보았다.

"원래는 안전하게 천천히 올라가게 되어 있거든요. 윙, 소리 나면서 아주 천천히. 그게 고장 났나보네."

"아이구. 나 죽네."

최혁봉이 목과 팔뚝을 이리저리 만지며 앓는 소리를 냈다. 나리가 입을 가리고 웃었다. 이윤동도 최혁봉의 팔을 잡고 일으키며 헤헤거렸다. 노란 바가지 머리에 여드름투성이 얼굴로 히죽거리는 모습이 영락없이 장난꾸러기 소년 같았다.

"최 작가님, 역시 아무 물건이나 함부로 만지고 장난치면 안 되는 법!"

"장난친 게 아니라!"

최혁봉이 항의했다.

"고장이라고만 하고 뭐가 고장인지는 안 써놓으면 이거, 응? 이거, 안 되는 거잖아요!"

뭐가 안 된다는 건지는 모를 일이지만 다들 적당히 웃음을 참으며 최혁봉을 달랬다. 배에서부터 소설가와 웹툰 작가는 자빠지고 서로 붙들고 일어나는 걸 반복했다. 지금도 이내 둘이 한 덩어리로 뭉쳐서 툭탁거렸다.

임하랑은 기립형 휠체어의 레버를 살짝 당겨보았다. 등받이가 내려가지 않았다. 이번엔 레버를 당긴 채로 등받이를 손으로 밀었다. 일자로 선 등받이와 의자 부분이 풀썩 주저앉으며 휠체어가 다시 원형으로 돌아갔다. 레버의 제어 기능이 확실히 고장 난 것이다. 이대로는 다리와 가슴벨트를 하고 사용한다 하더라도 위험할 것 같았다.

신만수가 휠체어를 다시 플라스틱 칸막이 안에 넣었다.

"그러니까 하지 말라는 건 하지 말아야 돼요."

기다란 테이블에 앉아 있던 진정란이 말했다. 진정란은 아까 모형 눈알 소동 때문인지 많이 지친 모습이었다. 눈 밑에 그늘이 져 있었다. 임하랑은 진정란의 맞은편 의자에 앉았다. 평소 습관 대로 다리를 꼬려고 한쪽 다리를 들었다가 앞에 있는 무언가에 발끝이 쿵 닿았다. 임하랑은 턱을 당겨 테이블 아래를 힐끔 보았다. 테이블 밑이 판자로 막혀 있었다. 테이블 다리 자체가 길쭉한 직육면체 상자였다. 길쭉한 직육면체 상자 위에 그보다 너비와 길이가 긴 테이블 상판을 올려놓은 꼴이었다.

임하랑은 판자에 닿지 않게 몸을 뒤로 빼고 다리를 꼬았다.

나리가 진정란과 의자 몇 개를 사이에 두고 떨어져 앉았다. 나리는 줄곧 메고 다니던 기타를 케이스에서 꺼내 무릎에 올려놓고 조용히 줄을 골랐다. 한쪽에 모여 선 남자들의 대화 소리와 나리의 기타 소리가 잠시 돔을 채웠다.

기타 줄을 뜯으며 나직이 허밍을 하는 나리의 목소리가 고왔다.

"바늘 상자 속에 넣어둔 눈알……."

임하랑이 무심한 척 말을 꺼냈다. 시선은 앞에 앉은 진정란을
향했다.

"아까 말씀하신 그 민담이랑 이 섬이랑 좀 더 관련이 있을 것
같은데요."

"네?"

진정란이 지친 얼굴을 들어 임하랑을 보았다.

"왜 그렇게 생각해요?"

"그냥 느낌이에요."

나리가 기타 줄을 퉁기던 손을 멈췄다.

임하랑은 계속했다.

"아까요. 뭔가 더 할 말이 있으신 것 같다는 느낌을 받았어요.
말할까 말까 망설이시는 것 같던데요."

"후훗."

진정란은 어깨를 으쓱하고 미소를 흘렸다.

"별거 아니에요. 괴담 같은 이야기죠. 마을 전설 같은 이야기."

"그런 게 있어요? 뭔데요? 얘기해주세요."

나리가 진정란과 임하랑이 있는 쪽으로 의자를 끌어당기며
관심을 보였다.

"어머, 나리 씨까지?"

진정란이 얇게 다듬은 눈썹을 치켜올렸다. 임하랑은 야구모
자를 벗어 테이블에 놓았다. 다소 매서운 눈빛을 머금은 눈매가
드러났다. 긴 머리 독수리. 학과생들 사이에 널리 퍼진 임하랑의

별명이었다. 임하랑의 모바일 게임 닉네임이기도 했다.

"작년에 왔을 때 얼핏 들은 이야기예요. 왜 이 섬에서 민담의 내용이 그런 식으로 변형되었는지, 왜 소년의 훼손되는 신체가 눈이 아니라 혀로 바뀐 건지 궁금해서 여기저기 묻고 다녔는데, 어떤 할아버지가 말씀하시더라고요. 호죽도에서 나고 자란 분이셨는데⋯⋯."

서서 대화를 나누던 남자 3명도 어느덧 진정란의 말에 귀를 기울이는 눈치였다.

"수십 년 전 할아버지가 젊었을 적에 이 섬에서 살인사건이 났대요. 그런데 사건을 목격한 남자애의 입을 막으려고 누가 남자애에게 몹쓸 짓을 했다고, 빙초산을 먹여 성대와 혀에 화상을 입혀서 말을 못 하게 만들었다고 했어요."

"에엥? 정말요?"

최혁봉이 말하며 다가와 앉았다. 이윤동과 신만수도 뒤를 이었다. 손님들 모두가 진정란을 중심에 두고 긴 테이블에 모여 앉았다.

나리가 흡, 하고 숨을 몰아쉬며 입을 막았다.

"진짜로요? 어떻게 애한테 그런 짓을⋯⋯."

"범인이 목격자 입을 막으려고 그런 거예요? 어떤 사건이었죠? 와, 그런 건 들어본 적이 없는데? 섬에서 벌어진 살인사건이라!"

이윤동이 흥분을 감추지 않고 마른 몸을 앞으로 기울였다. 아까 대화중 얼핏 나온 이야기로 이윤동은 추리 만화를 주로 그린다고 했다. 미스터리 마니아인 모양이었다.

"자세한 건 몰라요. 할아버지가 괜한 말을 했다고 하면서 더 이상 말씀을 안 하시더라고요. 뭐랄까, 해서는 안 될 말을 실수로 흘린 듯 당황하셨어요. 그래서 더 묻지를 못하겠더라고요."

사람들의 주목을 받자 피로가 달아난 듯 진정란의 얼굴에 생기가 돌았다.

"오호, 재밌는데? 그런 일이 있었던 게 사실이라면."

임하랑이 검지로 턱을 톡톡 두드리며 말을 이었다.

"'바늘 상자 속에 넣어둔 눈알'이라는 민담의 변형과 관련이 있을 거예요. 섬사람들이 그 빙초산 사건에 대해 말하는 걸 금기시하는 것도."

"제 짐작도 그래요. 집단 죄의식이 민담에 반영된 게 아닐까……."

"집단 죄의식이요?"

나리가 어떻게 그런 일이 있을 수 있는지 여전히 믿지 못하겠다는 얼굴로 물었다. 진정란이 답했다.

"남자애에게 몹쓸 짓을 해서 말을 못하게 만들고, 그 사건이나 살인사건 자체에 대해 뭔가 섬사람들이 암묵적으로 덮고 넘어간 게 있지 않을까……. 그래서 섬사람들이 민담의 얘기를 변형하는 걸로 남자애에 대한 죄책감을 표현하고 용서를 구한 게 아닐까. 제 상상이에요. 집단 죄의식이 민담에 반영되는 예는 흔히 있거든요."

"'바늘 상자 속에 넣어둔 눈알'에서는 나중에 소년의 훼손당한 신체가 복구되잖아요? 소년의 아빠가 눈알을 다시 넣으니까 볼 수 있게 되고."

임하랑이 은테 안경을 살짝 들어 고쳐 쓴 다음 테이블 위로 양손을 모아 쥐었다. 진정란이 임하랑을 향해 힘차게 고개를 끄덕였다.

"네, 맞아요. 소년은 눈을 되찾고 귀양 갔던 아버지도 되찾았고, 계략을 꾸민 새어머니도 용서해서 화목한 가족을 이루죠. 행복해지는 거예요."

"그러니까 섬사람들은 이야기에서나마 남자애를 회복시키고 행복하게 만들어서 죄의식을 상쇄한 거라는 말이죠. 현실에서는 방치했던 정의를 민담에서 실현하는 걸로 대체하는 거네. 그래서 민담의 '눈알'이 이 섬에서는 '혀'로 바뀐 거라고 추측해볼 수 있죠. 섬의 남자애는 목소리를 잃었으니까."

신만수가 부리부리한 눈으로 임하랑을 빤히 보았다.

"임하랑 씨는 대체 어떤 사람이에요? 와, 이과생이 문과에도 완전 정통하네?"

"에이. 그냥 평범한 이과생 취급하면 안 돼. 소설도 많이 읽는다더만요."

최혁봉이 살짝 감정이 실린 말투로 말했다.

임하랑은 이야기에 집중했다.

"수십 년 전 일이라 해도, 이렇게 외진 섬에서 살인사건이 일어났다면 당시로서는 큰 사건이었겠죠. 언론에서 크게 다뤘을 것 같은데. 아닌가?"

임하랑의 눈빛이 머금은 신호가 진정란에게 가 닿았다.

진정란이 피식 웃었다.

"정말 하랑 씨는 도대체 정체가 뭐야. 못 당하겠네. 맞아요. 서울 가서 제가 찾아봤죠. 도대체 예전에 무슨 살인사건이 났었나."

"그렇지! 안 찾아봤을 리가 없지! 나 같아도. 무슨 사건이에요? 네?"

당장이라도 받아 적을 기세로 이윤동이 달려들었다. 맛있는 음식을 눈앞에 둔 대식가처럼 게걸스러운 눈빛, 흥미로운 소재를 찾은 미스터리 창작자의 눈빛이었다.

"인터넷에서 옛날 신문을 한참 검색해서 찾았어요. 무려 40년 전. 지금으로부터 딱 40년 전에 사건이 있었더라고요. 1979년에 호죽도에 살던 청년이 자기 집에서 살해당했어요. 날카롭게 깎은 대나무에 찔려서."

자기가 한 말의 효과를 살피는 듯 진정란은 말을 끊고 사람들을 둘러보았다.

"대나무에 찔려 죽어요? 그러니까…… 저런 죽창 같은 걸로?"

동쪽 벽 부근에 놓인 죽창 설치물을 가리키며 이윤동이 말했다.

"그건 자세히 모르겠는데요. 피해자가 집에서 대나무 공예품을 만드는 청년이었대요. 범인은 동네 남자였어요. 피해자의 집에서 피해자와 싸우다가 그 자리에 있던 공예품 중 하나를 들어 찔렀다고 하더라고요. 당시 섬 개발과 관련한 찬반 문제로 서로 갈등이 있었대요. 이 섬 일부를 군사용지로 수용한다는 말이 당시 있었던 모양인데……."

진정란의 목소리가 작게 잦아들었다.

"그런데 기사가 그렇게 많지 않았어요. 목격자 남자애가 있었다는 거, 남자애가 빙초산을 먹어서 다쳤다는 내용은 어디에도 나와 있지 않았고요. 범인은 사건이 일어난 그날 바로 잡혔어요. 범인이 목격자 남자애에게 빙초산을 먹일 여유가 있었다면 그 시간에 도주를 했겠죠?"

"목격자 남자애에 대한 기사는 없었다고요?"

이윤동은 실망한 기색이었다.

"섬 할아버지가 말한 살인사건이 그 사건이 아닐 확률은?"

임하랑이 말했다.

"저도 그렇겠거니 하고 한참을 더 찾아봤어요."

진정란이 고개를 끄덕이며 말을 이었다.

"그런데 아무리 찾아도 호죽도에서 일어난 살인사건은 그거 한 건밖에는 없더라고요. 적어도 인터넷에서 검색되는 기사는……."

"흠, 뭐지……."

최혁봉이 고민 가득한 얼굴로 끙끙거렸다.

"여기 묵는 동안 더 알아봅시다! 그 할아버지를 다시 찾아보자고요."

이윤동이 두꺼운 안경알 안쪽의 눈을 또록또록 굴렸다.

"아니면 연수원 설립자에게 물어봐도 되겠네. 그 양반도 이런 배경을 다 알고 아까 그 눈알 장난을 쳐놓은 거 아닐까요? 아, 그래도 일단 그 할아버지부터 다시 찾아서 살살 말을 끌어내면……."

흥분을 가라앉히려는 듯 신만수가 이윤동이 앉은 쪽 테이블을 톡톡 두드렸다. 이어서 굵은 손가락으로 천장을 가리켰다.

전혀 수그러들 기미가 보이지 않는 빗줄기.

"아, 네네. 비 그치면요. 어허. 저거 언제까지 내릴까요. 내일은 그치면 좋겠는데?"

일순 이윤동의 관심은 비에 대한 걱정으로 옮겨간 듯했다. 이윤동은 팔짱을 낀 채 천장을 올려다보며 입술을 굳게 닫았다.

꿈꾸는 듯한 표정으로 이윤동이 일어나 식당 쪽으로 걸어갔다. 웹툰 작가는 노랑머리를 갸웃갸웃하며 식당 벽에 붙은 스위치를 들여다보았다. 아까 전 홍 할머니가 가르쳐준 천장 유리창을 여는 스위치였다. 그러더니 다른 사람들에겐 말도 없이 네모난 바를 덜컥 아래로 내렸다.

위잉, 소리를 내며 천장 유리창이 바깥쪽으로 열리기 시작했다. 당장 빗줄기가 사람들 머리 위로 들이쳤다.

"앗! 뭐 하는 거예요!"

나리가 잘 손질된 초록머리를 손으로 가리며 소리를 질렀다.

"빨리 닫아요!"

"여기 다 젖잖아!"

"미쳤나! 왜 이래요!"

너 나 할 것 없이 소리쳤다. 이윤동은 그제야 당황한 듯 네모난 바를 위로 올렸다. 그러나 창문의 동작은 멈추지 않았다. 은색 창틀로 나뉜 부분이 갈라지면서 꽃잎처럼 벌어졌다. 사람들은 비가 들이치지 않는 돔의 가장자리로 물러났다. 빗물이 삽시간에 테이블과 바닥과 경사로를 흠뻑 적셨다. 창문은 한번 스위치를 내리면 중간에 멈추는 일 없이 끝까지 다 열리도록 설계된 모양이었다. 열릴 만큼 열린 다음에야 다시 같은 소리를 내며 천천히 닫히기 시작했다. 나팔꽃이 피고 지는 모습을 고속 카메라로 찍은 것처럼 돔의 창문은 완전히 피었다 지는 데 족히 40초는 걸렸다.

흥건한 바닥에 서서 이윤동이 어쩔 줄 몰라 했다. 얼굴이 붉게 달아올라 여드름이 더 두드러졌다.

"아니, 왜 비 오는데 창문을 열고 난리입니까?"

최혁봉이 버럭 소리를 쳤다.

"죄…… 죄송합니다. 조금만 열고 바로 닫을 수 있을 줄 알고…… 비가 얼마나 오나 살짝만 느껴보려고……"

"그럼 밖으로 나가보면 되잖아! 아우 씨! 미리 말이라도 하든지!"

최혁봉이 거침없이 반말을 내뱉으며 화를 냈다.

"이윤동 작가님, 지구엔 중력이라는 것이 있다고요! 가리는 물체가 없으면 빗방울은 아래로 떨어진단 말예요! 그러면 어떻게 돼요? 젖겠죠!"

임하랑도 짜증 실린 목소리로 외쳤다.

하지만 마냥 비난만 하고 있을 겨를이 없었다. 곧 저녁 식사 준비를 위해 홍 할머니가 들이닥칠 것이다. 인심 좋아 보이는 할머니였지만 손님들이 식당 건물을 이 지경으로 만들어놓은 것을 보면 어떻게 변할지 모를 일이었다. 경상도 사투리로 욕이라도 실컷 늘어놓을까 무섭다.

임하랑과 진정란은 숙소동으로 건너가 수건을 가져올 수 있을 만큼 다 가져왔다. 그사이 화장실에서 대걸레를 찾은 이윤동과 신만수가 부지런히 바닥과 경사로를 훔쳤다. 나머지 사람들은 수건으로 각종 집기에 묻은 물기를 닦았다. 이런 일이 익숙지 않아 보이는 나리도 도우려는 시늉을 했지만 신만수와 최혁봉이 말리며 자기 몸을 더 부지런히 움직였다.

사람들은 쉴 새 없이 화장실을 들락거리며 수건이 까매질 때까지 빨아 짜고 닦기를 반복했다. 나리도 수건 한 장을 받아들고 테이블을 깔짝깔짝 닦기는 했다. 창문이 원형으로 빙 둘러쳐져 있는지라 빗물이 들이친 영역도 넓었다. 사람들은 몸에 훈김이 날 때까지 공동책임을 느끼며 뒤처리를 했다.

다행히 홍 할머니가 오기 전까지 그다지 티가 나지 않을 정도로 청소가 끝났다.

늦게 온 손님

녹초가 되어 방에서 잠든 임하랑은 홍 할머니의 목소리에 깼다.
숙소동 2층 복도에서 홍 할머니와 어떤 남자가 대화를 나누고
있었다. 짜랑짜랑한 홍 할머니의 목소리에 비해 남자의 말소리
는 나직했다.

"샤워부터 해야겠네요, 할머니. 흠뻑 젖어서."

"하이고마. 그래라. 이 비를 뚫고 배가 안 뒤집히고 온 게 다행
이다마. 이 방 쓰라. 1시간 뒤에 저짝 문 통해서 식당으로 내려와
저녁 묵고."

덕분호 선장이 기어이 손님 한 명을 더 태우고 오는 데 성공
한 모양이었다. 임하랑은 뉴페이스가 궁금했다. 시간을 보니 오
후 6시 7분이었다. 곧 식사자리에서 볼 수 있겠지. 임하랑은 다시
노곤한 잠으로 빠져들었다.

"임하랑 씨? 자요? 밥 먹으러 가요!"

노크하며 부르는 소리에 임하랑은 눈을 번쩍 떴다. 진정란의 목소리였다.

눈을 한 번 감았다 뜬 것 같은데 7시였다. 임하랑은 용수철처럼 튀어 올라 안경을 쓰고 손으로 헝클어진 머리를 대충 다듬었다. 구름다리 쪽으로 걸어가는 사람들의 발소리가 들렸다. 임하랑은 서둘러 방을 나섰다.

식당에 들어서니 새로운 얼굴이 바로 눈에 띄었다. 스포츠형으로 깎은 짧은 머리에 턱이 각진 남자였다. 이마가 살짝 벗겨지기 시작했고 후줄근한 청색 폴로셔츠를 입었다. 4인용 식탁 3개를 붙여 모두가 둘러앉을 수 있도록 자리를 만들었는데 그 한가운데에 앉아 있었다.

"임하랑 씨 왔어요? 여기 앉아요. 이분은 좀 전에 오셨어요."

뉴페이스 맞은편에 앉은 최혁봉이 자기 옆 의자를 두드렸다.

"공치수라고 합니다."

남자가 스스럼없는 태도로 이름을 말했다.

"《탐사주간》 기자시래요. 시사주간지."

최혁봉이 대신 소개를 마치고 공치수를 향해 얼굴을 돌렸다. 《탐사주간》이라면 진보적인 시사 잡지로 임하랑도 익히 알고 있는 매체였다.

"이쪽은 임하랑 씨. 물리학과 대학생이시고. 오늘 만나서 얘기 나눠본 바로는 엄청 똑똑한 학생이야. 지식이 엄청나. 허허. 뭐, 소설을 좋아하지만 역사소설은 잘 안 읽는 것 같고."

"그럼 웹툰은 봐요?"

옆 식탁에 앉아 있던 이윤동이 끼어들었다.

"웹툰 좋아하죠. 그런데 이윤동 작가님 만화는 본 적이 없네요. 이름은 살짝 들어본 것 같기도 한데. 뭐, 묻기 전에 말씀드리는 거예요."

임하랑은 이윤동의 표정이 이지러지는 걸 알아채지 못하고 식탁에 깔리는 음식을 바라보았다. 엄청나게 배가 고팠다.

커다란 회 접시가 세 개 놓였다. 홍 할머니의 이웃이 어제 낚시로 잡은 우럭과 노래미, 참돔이라고 했다. 미역 초무침, 바지락전, 게 무침, 삶은 새우, 김 같은 해산물 반찬에 배추김치, 오이김치, 깻잎무침이 식탁마다 한 벌씩 푸짐하게 깔렸다. 마지막으로 홍 할머니가 부엌에서 펄펄 끓는 생선 매운탕을 들고 와 휴대용 가스레인지 위에 놓았다. 밥과 수저, 앞 접시와 컵은 몇몇이 일어나 함께 날랐다.

"아이고. 할머니, 이건 반찬이 아니라 안주잖아요?"

신만수가 장난스럽게 시비를 걸며 냉장고에서 소주와 맥주를 한 손에 두 병씩 들고 꺼내왔다. 대형 냉장고에 든 술은 4일 내내 먹어도 남을 듯 양이 충분했다.

"안주고 반찬이고 간에 술은 그짝에서 양껏 꺼내 먹고 밥도 모지라면 더 퍼먹고 그래라. 난중에 설거지거리만 저짝 싱크대에 폭 담가놓고. 알았제?"

홍 할머니가 조리실 안쪽을 가리키며 말했다.

"같이 안 드세요? 오소, 할매요. 내 한잔 따라 드릴게."

신만수가 홍 할머니 말투를 흉내 내며 불쑥 소주잔을 내밀었다.

"치아라 마. 날 궂어서 내는 일찍 집에 들어가야 쓰겠다."

홍 할머니는 젊은 남자의 넉살에 싫지 않은 기색을 보이면서도 밥이든 술이든 집에 가서 먹겠다고 못을 박았다.

임하랑은 김이 펄펄 오르는 하얀 쌀밥을 입에 넣고 반찬 몇 개를 집어 먹었다. 경상도 음식답게 간이 셌지만 하나하나 다 신선하고 맛이 있었다. 회를 뜨고 남은 생선뼈를 넣어 끓인 매운탕이 어찌나 시원한지 감탄이 절로 나왔다. 피로가 녹진하게 풀리는 기분이었다. 임하랑은 설문지에 식사 부분은 아주 좋았다고 써야겠다는 생각을 했다. 설문지가 진짜 사용될지 어떨지는 모르겠지만.

"할머니, 이 섬에서 40년 전에 살인사건이 났다는데, 아세요?"

부지런히 음식을 입에 넣다 말고 사람들이 일제히 이윤동을 바라보았다. 빗물 소동으로 사람들의 지탄을 받은 후에도 살인사건에 대한 이윤동의 호기심은 가라앉지 않은 모양이었다. 식탁 끄트머리에 앉자마자 소주부터 연달아 비우던 하와이안 셔츠 노인이 눈살을 찌푸리며 고개를 들었다. 노인은 등산 모자를 벗은 상태였다. 반쯤 벗겨진 머리와 광대의 모반이 드러났다.

홍 할머니의 반응을 기다리며 임하랑은 입에 든 음식을 꿀꺽 삼켰다.

"뭐라? 살인사건?"

"40년 전, 그러니까 1979년에 여기서 살인사건이 났다고 하던데요."

"글카면 내는 모른다. 그땐 내가 여기 없었제."

홍 할머니는 대수롭지 않은 듯 말했다. 홍 할머니는 본래 통영 어시장에서 남편과 장사를 하다가 24년 전 남편의 고향인 호죽도로 이사 왔다고 했다. 자식들은 일찍이 뭍으로 가고 7년 전 남편이 죽고 나서는 혼자 살고 있다. 생전에 남편으로부터도 다른 주민들로부터도 살인사건 얘기는 들어본 적이 없다는 것이다.

음식을 마음껏 꺼내먹고 재밌게 놀라고 한 번 더 당부한 뒤 홍 할머니는 집으로 갔다. 가기 전에 혹시나 문제 있으면 연락하라고 신만수에게 연락처를 남겼다. 건장하고 친화력 좋은 신만수가 어느새 홍 할머니에게는 손님들의 대표자로 지정된 것 같았다.

"이 날씨에 용케 오셨네요? 우리 올 때만 해도 배 엄청 흔들리고 난리 났었는데. 아유, 멀미 나 죽을 뻔했어요."

매운탕 국물을 떠먹으며 최혁봉이 공치수에게 말을 걸었다.

"아, 장난 아니었죠. 근데 제가 젊을 때부터 여기저기 많이 쏘다니다 보니 이골이 나서 이 정도야, 뭐. 배 모는 선장님이 고생하셨죠. 제가 아침에 급한 일이 생겨서 늦는 바람에 폐를 끼쳤습니다. 그래도 기왕 밀린 휴가 내고 오기로 결심했는데, 어떻게든 오고 싶어서 떼 좀 썼습니다."

공치수가 너스레를 떨었다. 짐짓 나이가 많은 척했지만 끽해야 40대 초반 정도로 보였다. 최혁봉이나 이윤동보다는 고작 서너 살 형뻘일 것이다.

"이 날씨에 선장님은 한 명 더 데려다주려고 배를 왔다 갔다 한 거예요? 고생스럽게. 돈이나 많이 받으셨을까 모르겠다."

공치수의 왼쪽에 앉은 진정란이 말했다. 입이 짧은지 진정란은 벌써 식사를 끝내고 수저를 놓은 상태였다.

"저 혼자는 아니었어요. 남자 한 명이 더 타서 저는 여기 같이 오는 줄 알았거든요? 그런데 도착하자마자 언제 사라졌는지 금세 보이지 않더라고요."

"어? 그래요? 오는 길에 육지 나간 주민이라도 태우셨나?"

밥 한 공기를 다 비운 최혁봉이 자기 잔에 소주를 따르며 말했다. 임하랑과 나리도 맥주 한 잔씩을 서로 따라주고 건배를 했다. 수줍게 얌전을 떨기는 했지만 나리도 다른 사람들과 떠들썩하게 밥 먹는 자리를 꺼리지는 않는 것 같았다. 식사 자리가 슬슬 술자리로 변해갔다.

"글쎄요. 왠지 섬 주민으로는 보이진 않던데……. 제가 호죽죽향 연수원 가시냐고 말을 붙여봤는데 아무 대꾸도 안 하더라고요. 말 건 사람 민망하게. 까만 점퍼에 모자를 푹 눌러썼는데, 방금 출소한 사람 같았어요. 허허, 얼굴에 뭐 흉터 같은 것도 있고 분위기가 음울하더만요. 그래서 뭐 저도 그 뒤론 생깠죠. 아네. 저도 소맥 한 잔 말아주세요."

신만수가 익숙한 솜씨로 소주와 맥주를 섞어 한 바퀴 죽 돌렸다. 사람들은 빈 밥그릇과 접시를 치우고 맛있는 안주에 본격적인 술판을 벌였다. 8명이 실컷 먹고도 남을 만큼 회가 접시에 몇 겹으로 수북이 깔려 있었다. 술을 못 마시는 사람은 한 명도 없었다. 노인과 신만수, 공치수는 주당인 것 같았고 나리도 제법 마셨다. 진정란도 조금씩이나마 꾸준히 맥주를 비웠다.

"저는 맥주만."

임하랑이 선언했다. 식탁에 빈 술병이 빠르게 늘었다.

사람들의 목소리가 커졌고 농담과 웃음이 터졌다. 홍 할머니에게 들킬 새라 땀띠 나게 빗물을 닦아냈던 낮의 상황을 재현하며 신만수와 최혁봉이 낄낄거렸다. 이윤동도 노랑머리를 긁적이며 웃었다. 최혁봉이 기립형 휠체어에서 튀어나가 바닥을 굴렀던 얘기도 다시 나왔다. 하와이안 셔츠 노인도 중간중간 피식 웃으며 자리를 지켰다. 신만수가 냉장고에서 부지런히 술을 꺼내 노인에게 따라주었다. 알코올이 노인의 마음을 편하게 해주었는지 노인은 묻는 말에 간간히 대답하며 술자리에 섞여들었다.

"내는 부산에서 택시운전 하는 조동욱이라캅니다."

노인이 그제야 짧게 자기소개를 했다. 임하랑은 낮에 충무김밥집에서 들은 이후 처음으로 노인의 목소리를 들었다.

한바탕 서로의 직업에 대한 얘기가 이어졌다. 가수, 역사소설가, 웹툰 작가, 영화사 프로듀서, 물리학과 대학생, 공예품 무역회사 직원, 택시운전사, 주간지 기자. 손님들의 직업과 나이와 성별의 분포가 다양했다.

직업에 있어 단연 주목을 받는 사람은 가수 나리였다.

"제가 제일 먼저 왔거든요. 두 번째로 나리 씨가 배로 걸어오는 걸 보고 눈이 튀어나올 뻔했습니다. 와, 연예인은 역시 다르더라고요. 후광이 반경 5m는 퍼져서 따라오던데요?"

최혁봉이 양손으로 커다란 원을 그리며 말을 이었다. 통통한 뺨에 술기운으로 인한 홍조가 떠 있었다.

"제가 나리 씨 얼마나 좋아하는데. 진짜 팬입니다. 아니, 어떻게 여기에 이런 인기스타가 오셨지? 섬에 지은 연수원 모니터링하는 게 그렇게 대단한 일인가 싶더라고요."

"저도요, 저도요. 저 배 타자마자 나리 씨 딱 알아보는 거 봤죠? 그나저나 요새 가장 핫하신 분 아닙니까? 이런 데 올 시간이 있어요? 매니저도 없이 혼자 막 와도 되는 거예요?"

신만수가 동조하며 나리에게 동경 어린 눈빛을 보냈다.

조용히 미소 지으며 찬사를 받던 나리가 옆에 놓아둔 기타를 들어 무릎에 올렸다. 가수는 기타를 한시도 몸에서 떼어놓지 않는 것 같았다. 식사를 하러 오면서도 빼놓지 않고 메고 왔다.

"한 곡 할까요?"

취기가 도는지 살짝 나른해진 목소리로 나리가 말했다. 사람들이 환호했다. 최혁봉은 엄지를 치켜올렸고 신만수는 술잔을 기울이던 걸 멈추고 요란하게 박수를 쳤다.

시끌벅적하던 돔이 일시에 조용해졌다.

나리가 몇 번 목소리를 다듬고는 가장 최근에 발표한 신곡을
불렀다.

나는 수줍은 아이 순희

봄이면 붓꽃 담뿍 피는

마을에 살았죠, 보랏빛 제비꽃

우리 엄마가 생각나

겨울밤 이야기, 뛰놀던 친구들, 예쁜 구름

이젠 볼 수 없어

그날 이후 모든 걸 나는 잃어버렸어요

이름도 잃고서 나는 갇혀버렸어요

난 돌아가고 싶어요 매일 나는 그리워하며 울어요

난 집에 가고 싶어요 매일 나는 입을 막고서 울어요

우리 집에 제발 오지 말아요

죄 없는 나를 해치지 마세요

꽃을 찾아 내게 오지 말아요

나는 아무런 잘못이 없어요

우리 집에 제발 오지 말아요

짓밟기 위해 빼앗지 마세요

나는 수줍은 아이 순희

봄이면 붓꽃 담뿍 피는

마을에 살았죠, 보랏빛 제비꽃

우리 아빠가 생각나

이제 볼 수 없어 아름다운 건 모두 빼앗겨

느리고 슬픈 곡조였다. 나리의 약간 취한 목소리가 곡의 감성에 더 잘 배어들었다. 배에서 최혁봉이 감상을 말하며 팬심을 드러냈던 〈순희〉란 제목의 노래였다.

노래가 끝나고 2초쯤 뒤에 박수가 터졌다. 장중한 곡조와 무거운 내용의 가사에 다들 장난기를 빼고 숙연해졌다. 직접 작사 작곡한 곡에 종종 사회성 강한 메시지를 담는 젊은 가수 나리의 정체성이 드러나는 곡이었다.

"가슴이 아프네요. 너무 슬퍼요."

진정란이 손으로 눈가를 찍어냈다.

"아, 전. 나리 씨 이 노래 나오고서 말이죠. 〈우리 집에 왜 왔니〉라는 동요가 사실 일본군이 위안부를 물색하는 내용이라는 걸…… 애들이 알아야 하나 어쩌나 고민되더라고요."

가장 박수를 길게 끌었던 신만수가 말했다.

"딸이 올해 다섯 살인데, 그 노래를 곧잘 부르거든요."

"우리 어렸을 때는 그런 내용일 거라고는 전혀 생각 못 했죠. 애들끼리 우르르 모여 서로 한 소절씩 불러가면서, 다들 그렇게 놀았잖아요?"

진정란이 쓸쓸하게 말했다.

임하랑도 어릴 적 동네 친구들과 손을 잡고 '우리 집에 왜 왔니' 놀이를 했던 기억이 났다. 두 패로 나뉜 아이들이 서로 마주 보고 선다. 같은 패끼리는 손깍지를 단단히 낀다. 우리 집에 왜 왔니, 왜 왔니, 왜 왔니. 한 쪽 패가 노래를 부르며 쳐들어가면 다음 소절에는 다른 쪽 패가 밀고 들어온다. 꽃 찾으러 왔단다, 왔단다, 왔단다. 마지막 소절까지 다 부르면 가위 바위 보를 해서 이긴 편이 상대편 한 명을 데리고 오는 식으로 놀이는 계속된다.

"일본에도 같은 놀이가 있어요."

진정란이 맥주를 한 모금 마시고 말을 이었다.

"일본 아이들도 〈하나이치몬메〉란 노래를 부르며 비슷하게 놀아요. '하나이치몬메'란 직역하면 '1푼어치 꽃'이라는 뜻인데, 헐값에 팔리는 소녀를 뜻하죠."

역시 아마추어 민속학 연구자다웠다.

"헐값에 팔리는 소녀요?"

임하랑이 물었다.

"네. 지역마다 가사가 조금씩 다른데 보통은 이렇죠. 이겨서 기뻐, 하나이치몬메, 져서 분해, 하나이치몬메, 어떤 아이가 갖고 싶어? 저 아이가 갖고 싶어, 저 아이는 모르겠어, 상담해보자, 그래보자."

임하랑이 미간을 찡그렸다.

"흠…… 여자아이를 파는 내용인가요?"

"그렇다고들 해요. 에도 시대에 흉년이 들면 가난한 농부들이 자기 딸을 유곽의 포주에게 팔았대요. 그런 상황에서 포주가 여자아이를 두고 흥정하는 내용이라고. '하나이치몬메'라는 노래와 놀이가 우리나라로 건너와서 '우리 집에 왜 왔니'로 바뀐 거라는 속설이 있어요. 또 그게 우리나라의 역사적 배경과 만나서 일제강점기에 일본군이 위안부를 모집하는 내용으로 해석되는 거죠."

"어쩌다 그런 내용의 노래가 아이들이 즐기는 노래와 놀이가 되었는지, 생각하면 소름끼쳐요."

나리가 말하며 고개를 설레설레 저었다.

공치수가 진정란의 빈 잔에 맥주를 따라주었다. 임하랑도 남은 맥주를 들이켜고 한잔 더 받았다.

"아까도 '바늘 상자 속에 넣어둔 눈알' 얘기하면서 나왔지만…… 집단 죄의식의 반영인 것 같아요. 같은 맥락이죠. 여아 매매에 대한 죄의식이 노래라는 방식으로 표현되고, 그 노래를 아이들이 따라 부르게 되면서 놀이가 된 게 아닐까. 어느 나라나 노래와 놀이는 아이들 사이에서 가장 활발히 퍼지니까요. 소문을 내려면 소문의 뜻이 담긴 노래를 아이들에게 가르치면 된다는 말도 있잖아요."

진정란은 마주 앉은 사람 너머 아득한 곳을 바라보며 덧붙였다.

"그러니까 하나이치몬메는, 딸을 유곽에 팔 수밖에 없었던 자기 처지를 자조하며 노래로 만든 것 아닐까요? 딸을 판 자신도 나쁘지만, 그것보다 가난한 집의 딸을 사는 사회의 관행이 더 나쁘다. 그런 관행이 없었다면 자기도 딸을 팔지 않을 텐데, 없으면 모를까 있으니까 다른 식구들 먹고 살려면 어쩔 수 없다. 그런 자기합리화가 동반된 억울함을 나타내는 것일 수도……."

조동욱이 스스로 따른 소주를 꿀꺽 소리를 내며 들이켰다. 잠시 침묵이 흘렀다.

"아무튼 노래 너무 멋졌어요. 나리 씨."

진정란이 말하며 씁쓸하게 웃었다.

나리는 기타를 벽에 기대놓고 다시 와서 앉았다. 무거워진 분위기를 바꾸려 자연스레 화제가 옮겨갔고 웃음이 터졌다. 식탁 위로 사람들의 머리가 모였다.

손님들은 다시 본격적으로 술을 마시기 시작했다. 직업도 나이도 다양한 그들은 대화상대를 바꿔가며 술기운에 떠들썩하게 얘기를 나눴다.

호죽도에 도착한 첫날 밤 돔에서 열린 만찬은 꽤 늦게까지 계속되었다. 돔의 불빛이 사람들의 대화 소리와 웃음소리를 감싸고 환하게 빛나는 가운데 바깥에는 점점 세찬 비바람이 몰아쳤다.

바람에 휩쓸리는 대나무 숲이 서럽고 음산한 소리를 내며 울었다. 육지에서 온 손님들은 알지 못하는, 섬이 품고 있는 긴 시간과 그 시간 동안 쌓인 한이 내는 소리였다.

새벽의 환상

———————

이윤동은 새벽에 눈을 떴다. 빗물 섞인 바람이 휘잉 소리를 내며
창문을 두드렸다. 오늘밤 태풍이 온 건가. 아니면 내가 태풍이 오
는 꿈을 꾸고 있는 걸까. 오늘 처음 본 사람들과 함께 섬에 고립
된 추리 만화가에 대한 꿈을 꾸는 걸까. 그렇다면 곧 무슨 일이
벌어지겠지.

　전형적이지만 여전히 유효한 소재다. 익숙하지만 식상하지는
않다. 눈 덮인 산장. 태풍으로 갇힌 섬. 클로즈드 서클. 화인처럼
명징한 미스터리의 원형. 이 꿈을 기억해서 만화 스토리로 써야
겠다. 잠에서 깨면 잊기 전에 꼭 적어놔야지.

　방 불을 켰다. 잠옷 대용으로 입은 티셔츠와 반바지 차림으로
이윤동은 창문을 향해 다가갔다. 빗물 젖은 유리창에 이윤동의
검은 실루엣이 비쳤다. 이윤동은 214호에 묵었다. 대나무 밭이
있는 언덕과 맞닿은 방이었다. 창 유리에 대나무가 바람에 미친

듯 흔들리는 모습이 어른거렸다.

식당 정리를 마치고 다 함께 숙소동으로 건너올 때 구름다리 통로를 울리는 빗소리와 바람 소리에 놀랐던 기억이 났다. 술 마시는 사이 비바람이 한층 사나워졌다. 태풍의 북상 속도가 빨라졌대요, 곧 태풍주의보 발령된다는데요. 누군가 스마트폰을 들여다보며 말했다.

"내일도 관광이고 뭐고 다 틀렸네요."

이윤동이 말했다. 관광은 둘째 치고 4일 후 이 섬을 나갈 수는 있는 걸까. 설마 괜찮겠지 했는데. 연수원 주인은 왜 하필 이때 날짜를 잡아 판을 벌인 걸까. 일행은 신음 같은 소리를 내며 구름다리를 지나 각자의 방으로 들어갔다. 이윤동은 옷을 갈아입고 이를 닦았다. 급작스런 졸음이 눈꺼풀을 내리눌러 참을 수가 없었다. 생각보다 무척 피곤했던 모양이다. 양칫물을 뱉자마자 침대에 몸을 던지고 잠에 빠졌더랬다.

그런데 지금이 몇 시지?

이윤동은 트렁크를 열었다. 일산에서 통영으로 내려오는 버스에서 먹다 남은 과자와 콜라 캔을 꺼냈다. 이윤동은 침대에 앉아 모호한 눈빛으로 정면을 응시하며 과자를 우적거리고 콜라를 마셨다. 과자 부스러기가 무릎에 떨어졌다. 양칫물이 묻은 입가에 콜라가 흘러내렸다.

다 먹은 과자봉지를 손으로 우그러뜨리고 이윤동은 일어섰다. 긴 바지로 갈아입고 티셔츠에 운동복 재킷을 걸쳤다. 트렁크에서 접이식 우산을 꺼내 손에 들고 방 밖으로 나갔다. 복도를 지나 숙소동 1층으로 내려갔다. 1층 현관은 열려 있었다. 이윤동은 3단 접이 우산을 펼치고 비바람 속으로 뛰어 들었다.

숙소동 뒤쪽으로 채 돌아가기도 전에 우산이 바람에 뒤집어졌다. 사선으로 들이치는 비로 이윤동의 몸 반쪽이 금세 젖었다. 이것이 꿈이라면 환각을 느끼고 있는 것이리라. 몸이 으슬으슬 추웠고 젖은 바지가 다리를 휘감는 감각, 비가 몸을 때리는 감각이 생생히 느껴졌다. 이윤동은 뒤집어진 우산을 버리고 언덕을 향해 걸어갔다. 언덕을 꼭 올라가고 싶었다. 언덕에 올라 아래를 내려다보고 싶었다. 우다다쾅쾅. 천둥이 내리쳤다.

이윤동은 발목에 달라붙는 진흙을 털어가면서 언덕을 올랐다. 본래 곱슬머리인 노랑머리가 비에 젖어 꼬불거렸다. 대걸레 같은 금발을 머리에 얹고 이윤동은 부지런히 걸음을 뗐다.

"아! 기분 좋다!"

이윤동은 바람에 꺾여 떨어진 대나무 막대를 하나 주워 미끌미끌한 바닥을 짚었다.

"나 만화가 이윤동이야!"

웃음이 터져 나올 것 같았다. 어둡고 싸늘했지만 이것은 꿈이니까 괜찮아. 소리를 지르니 뱃속에서부터 힘이 솟았다.

"언젠가 걸작을 그려서 세상을 놀라게 할 몸이지!"

대나무 숲 사이로 호죽 죽향 연수원이 드러났다. 숙소동이 먼저 모습을 보였다. 이윤동의 방 외에는 2층 방 불이 모두 꺼져 있었다. 1층 로비는 야간 등을 켜놓아 희미하게 빛났다.

이윤동은 손에 든 대나무 막대를 지휘봉 삼아 공중에 휘둘렀다. 온몸은 흠뻑 젖었지만 기분은 이상할 정도로 좋았다.

"역사는 잊힐지언정 이야기는 남는다!"

만약 꿈이 아닐지라도 이렇게 비 오는 날 새벽에 내가 외치는 소리를 듣고 시끄럽다고 타박할 사람은 없으리라. 이윤동은 이 지역을 지배하는 신이라도 되는 양 만족감으로 가슴이 충만했다.

어느덧 언덕의 정상까지 올랐다. 돔의 외형이 보였다.

"이야기는 남아!"

돔의 상부에 둘러쳐진 유리창이 밝게 빛났다. 불이 환하게 켜져 있었다. 이 새벽에 누가 돔에 있는 걸까. 우리가 불을 안 끄고 나왔나?

"어이! 거기 누구냐! 내가 누군지 알아?"

이윤동은 대나무 막대를 치켜 올리며 아래를 굽어보았다. 잔뜩 고양된 마음이 풍선처럼 부풀어 올랐다. 무슨 일이든 다 할 수 있을 것만 같았다. 전지전능한 신이 된 느낌이었다.

비바람이 몰아치는 어둠 속에 돔 유리창만 유독 환하게 빛났다.

그때였다.

잔뜩 일그러진 얼굴이 돔 유리창에 철썩 달라붙었다.

사람의 얼굴 껍질을 벗겨 내던진 것처럼 유리에 붙은 주름진 얼굴이 입을 뻐끔거렸다. 공포영화에 나오는 좀비같이 마르고 썩은 얼굴.

"어…… 헉……."

이윤동은 대나무 막대를 떨어뜨리고 그 자리에 털썩 주저앉았다. 다리가 후들거렸다. 비명이 이상한 신음으로 변해 이 사이를 뚫고 나왔다.

환각이 너무 생생해서 꿈이라고 믿기 어려울 지경이었다.

이윤동은 두려움에 얼어붙었다. 공포에 사로잡혀 시선을 다른 곳으로 돌리지도 못했다.

돔 유리창에 붙은 사람의 얼굴이 쓱 사라졌다. 갑자기 나타났던 것처럼 갑자기 없어져버렸다.

이윤동은 주먹으로 눈을 비볐다. 환영을 본 것인가. 꿈속에서 환영을?

등 뒤가 서늘했다. 이윤동은 사라진 얼굴이 다른 곳에서 또 불쑥 나타날지도 모른다는 생각에 소스라치게 놀라 뒤를 돌아보았다. 사락사락 대나무가 바람에 춤을 추었다. 그 사이에서 당장이라도 사람의 얼굴 껍질이 나타날 것만 같았다. 축지법을 하듯 성큼성큼 눈앞에 다가올 것 같았다.

이윤동은 벌떡 일어나 언덕 아래까지 한달음에 내달렸다. 얼굴과 옷에 진흙이 튀었고 그것을 비가 씻어 내렸다. 이윤동은 멈추지 않고 숨을 헉헉거리며 숙소동 2층 자기 방까지 달렸다.

아무래도 꿈이 아닌 것 같았다.

수건으로 머리를 박박 닦았다. 방금 보고 온 장면을 머릿속에서 지워버리려는 듯 힘주어 수건을 머리에 비벼댔다. 내가 혹시 미쳐서 헛것을 본 것 아닐까. 정신착란이 온 걸까. 허구의 세계에 너무 몰입해 있다가 결국 미쳐버린 것일까.

한기가 든 몸이 덥혀지면서 급작스러운 졸음이 몰려왔다. 수마가 강력한 힘으로 손을 뻗어 기진맥진한 이윤동의 몸을 압박했다.

공포도 벼락같이 떨어지는 졸음을 이기지는 못했다.

이윤동은 흠뻑 젖은 흙투성이 몸으로 침대에 고꾸라져 잠이 들었다.

둘째 날 아침

——————

임하랑은 갈증 때문에 깼다. 사막을 삼킨 것처럼 목이 말랐다. 물을 마시려고 몸을 일으키는 순간 꼬챙이로 쑤시는 듯한 두통이 밀려왔다.

"아앗!"

소리를 지르며 임하랑은 손으로 머리를 감싸 쥐었다. 입에서 욕지거리가 비어져 나왔다. 퉁퉁 부은 눈꺼풀은 누렇고 찐득한 눈곱으로 찰싹 달라붙어 있었다. 임하랑은 거의 기어가듯 욕실로 들어가 얼굴에 물을 끼얹었다. 눈곱이 떨어지고 가까스로 눈이 떠졌다. 세면대의 물을 손으로 받아 마셨다. 어찌나 목이 마른지 생수를 찾을 여유가 없었다. 손바닥에 고인 물에 입을 대고 한참을 꿀꺽거렸다.

어제 대체 얼마나 마셨기에 이래?

또 다시 밀려드는 두통에 관자놀이를 꾹꾹 누르며 임하랑은 생각했다. 평소 주량만큼 마신 것 같은데 이렇게 강한 숙취라니. 이해가 되지 않았다.

문득 임하랑은 어제 어떻게 잠들었는지 전혀 기억나지 않는다는 걸 깨달았다. 사람들과 돔 식당을 정리하고 같이 숙소동으로 건너온 것까지는 생각났다. 그때가 아마 새벽 12시 반 즈음이었을 것이다. 구름다리 통로에서 격해진 비바람 소리와 천둥소리를 듣고 놀랐던 것도 떠올랐다. 최혁봉인가 신만수인가가 휴대전화 화면을 보며 태풍이 예상보다 일찍 북상했다는 뉴스를 전했다. 임하랑은 룸메이트의 걱정이 현실이 되어버린 걸 알고 씁쓸했다. 연수원에 머무는 동안 섬 관광은 다 틀려먹었다고 이윤동이 투덜거렸다. 섬 관광이 중요한 게 아니라 4일 후에도 섬에 고립되어 나가지 못할까봐 사람들은 염려했다. 다들 일정이 있고 돌아가야 할 일상이 있는 것이다.

그런데 구름다리 통로를 지난 뒤의 일이 도무지 생각나지 않았다.

방에 들어왔을 것이다. 그리고 뭘 했지? 무얼 하다 잠이 들었지?

마치 까만 장막이 쳐진 것처럼 기억이 없어져버렸다. 임하랑은 불면증이 약간 있었다. 피곤하거나 술을 많이 마신 날도 침대에 누워 한참을 꾸무럭거린 뒤에야 잠이 들곤 했다. 블랙아웃을 경험한 적은 지금껏 한 번도 없었다.

임하랑은 침대로 돌아와 머리맡에 놓아둔 생수병을 집어 들었다. 병을 입으로 가져가려는 찰나 벽에 걸린 시계가 눈에 들어왔다. 임하랑은 생수를 마시며 눈살을 찌푸렸다.

10시 47분?

믿을 수가 없어 휴대전화의 시간을 확인했다. 다를 바 없다는 걸 알고 절로 혀를 찼다. 어떻게 이 시간까지 잘 수가 있을까. 아주 새벽까지 부어라 마셔라 한 것도 아닌데.

창밖엔 여전히 비가 내렸다. 임하랑은 머리를 부여잡고 짜증 섞인 한숨을 쉬었다.

샤워를 마치고 나오니 두통이 좀 가시는 것 같았다. 고개를 한쪽으로 기울여 긴 머리를 늘어뜨리고 드라이기로 말렸다. 다른 사람들은 일어나서 아침을 먹었을지 궁금했다.

"어, 최 작가님도 지금 일어나셨어요?"

복도에서 말소리가 들려 임하랑은 드라이기를 껐다.

"와! 진짜 죽은 듯이 잤어요. 신 피디님도 지금 일어나신 거?"

이제 막 잠에서 깬 듯 가라앉은 최혁봉의 목소리.

"좀 전에요. 눈 떠보니 10시 반인 거 있죠? 아, 근데 왜 이렇게 머리가 아프지. 어제 섞어 마셔서 그런가?"

임하랑이 일어나 문을 빼꼼 열었다. 복도에 신만수와 최혁봉이 마주 서 있었다. 맞은편 212호의 문이 열리고 진정란이 나왔다. 방금 샤워를 마쳤는지 머리에 수건을 감은 차림이었다.

"난 나만 늦장 부린 줄 알았는데……."

진정란이 희미하게 웃었다.

"저도요. 저도 머리 아파 죽겠어요."

문틈으로 얼굴을 내밀고 임하랑이 말했다.

"어머, 이거 왜 이래?"

바닥을 내려다보며 진정란이 외쳤다. 복도에 흙발자국이 어지럽게 나 있었다. 임하랑은 부은 눈을 끔뻑거리며 흙발자국을 따라 눈을 옮겼다. 아직도 축축하게 젖어 있는 흙발자국은 가만 보니 두 종류였다. 둘 다 2층으로 올라오는 경사로에서부터 이어져 있었다. 그중 작은 발자국이 진정란의 방을 지나 옆 214호실로 이어졌다. 켜가 서 있는 문양을 보니 운동화 자국 같았다.

"밤에 밖에 나갔다 왔나? 혹시 이 방 누가 쓰는지 알아요?"

신만수가 214호실을 가리키며 물었다.

"이 방이요? 이윤동 작가일걸요?"

최혁봉이 까치집 진 머리를 벅벅 긁으며 말했다. 아직 씻지도 않은 행색이었다.

임하랑은 눈으로 다른 발자국의 행적을 좇았다. 이윤동의 방에 이어진 발자국보다 조금 더 컸다. 형태를 볼 때 장화 자국 같은 그것은 구름다리 입구까지 이어져 있었다. 새벽에 장화를 신고 밖에 나갔다가 들어와 구름다리를 통해 돔에 간 사람이 있는 걸까? 이 날씨에 누가 밤 산책을 하고 장화에 묻은 흙을 털지도 않은 채 들어와서 식당에 먹을 걸 찾으러 간 것일까?

두 발자국이 겹치는 부분이 있었다. 임하랑은 방에서 나와 발자국의 겹친 형태를 유심히 살폈다. 214호로 이어진 운동화 자국이 장화 자국 위에 찍힌 것이 분명히 보였다. 장화를 신은 사람이 먼저 복도를 지나간 뒤 운동화를 신은 사람이 나중에 지나간 것이다.

"이 양반이 미쳤나. 왜 밤에 나다니고 난리야? 아유, 그건 그렇고. 우리 식당 가서 뭐라도 찾아 먹지 않을래요? 할머니가 아침은 해놓으셨을 것 같은데."

최혁봉이 214호실 문을 보며 투덜거리다가 말했다.

점심 식사까지는 아직 2시간가량이 남았다. 최혁봉은 속이 쓰린지 윗배를 움켜쥐었다. 해장이 급한 눈치였다. 복도를 더럽힌 발자국 따윈 지금 눈에 들어오지 않는 것이다.

"아, 아뇨. 할머니가 저에게 전화하셨는데 비 때문에 지금 집 담도 무너지고 부엌 천장도 새고 난리래요."

신만수가 커다란 주먹으로 제 머리를 콩콩 때렸다.

"그거 수습하고 오시겠다면서 아침은 미안한데 손님들끼리 어제 남은 거 챙겨 먹어달라고……. 그러겠다고 했죠. 휴우. 저도 아침에 그 전화 받고 깨고는 조금만 더 자야지 하다가 이제 정신 차린 겁니다."

말하는 동안 신만수의 얼굴은 점점 일그러졌다.

"그나저나 저도 배고프네요. 우리 이 길로 같이 식당 가서 뭐 좀 챙겨 먹읍시다. 아이고, 머리야."

"그럽시다. 어제 남은 매운탕 국물이라도 좀 마셔야지 안 되겠어요. 아이구야. 내가 주량이 이것보단 센데. 역시 나이가 들었나……."

최혁봉이 앞장서고 신만수가 따라갔다. 진정란은 머릿수건을 풀어 방에 던져 넣고 따라나섰다. 임하랑도 방에서 나왔다. 뭘 좀 먹어야 두통이 가라앉을 것 같았다. 걸으니 눈앞이 일렁거리며 구역질이 솟았다. 지독한 숙취였다.

"아이고. 누가 술에 약이라도 탔나……."

진정란이 손으로 젖은 머리를 털며 중얼거렸다.

"저도요. 완전 어지러워 토할 것 같아요. 어제 제가 섭취한 에탄올이 몸 속 효소에 의해 아세트알데히드라는 독성물질로 바뀐 다음 아세트산으로 대사 처리되어 분해되지 않고 여전히 제 몸 속에 남아 있다고요. 그런데 경험상 어제보다 훨씬 많은 에탄올을 더 빠른 시간에 섭취했어도 이 정도의 숙취는 발생하지 않았는데 말이죠. 변수가 뭘까요?"

임하랑이 관자놀이를 누르며 대꾸했다. 진정란이 울상을 지었다.

"재밌는 말 같은데 웃지도 못하겠네. 꿈을 어찌나 정신 사납게 꿨는지. 별 해괴한 꿈을 다 꿨어요. 제가 공예품 수입해 파는 동남아의 온갖 귀신들이요. 비키니를 입고 나와 춤을 췄어요. 대나무 숲에 불 지피고 사람을 꼬챙이로 꿰서 빙글빙글 돌려 구워 먹으면서. 엄청 가위눌리다가 깼다니까요."

구름다리 통로에 들어서자 빗소리가 쏴아 울렸다. 비는 어젯밤과 같은 기세로 내리쳤다. 휴양지에 관광 온 손님들에 대한 배려 따윈 조금도 없는 듯했다.

"비 진짜 오지게도 내린다. 어허. 이러다 섬과 함께 둥둥 떠내려가겠다."

최혁봉이 키득거렸다.

"떠내려가는 건 좋은데 낚시 한번 못 하고 갈까봐 전 억울해 죽겠습니다. 마누라랑 딸애 겨우 달래놓고 허락받아 왔는데. 남해 섬까지 와서 낚시를 못 한다는 게 말이 돼요?"

신만수가 시무룩한 표정으로 웅얼거렸다. 일행은 구름다리와 돔을 잇는 문을 통과했다.

"그러게. 신 피디님이 뭐 좀 낚아야 오늘도 회를 먹을 텐데요."

최혁봉이 통통한 팔을 뻗어 활을 쏘는 시늉을 했다.

"아니면 새라도 잡으시든가. 숙소 1층에 있는 편전하고 활 떼다가. 어제 제가 설명한 거 있잖아요. 조선 시대 대나무 화살."

"비 안 그치면 저 진짜 활 들고 나갑니다. 잡는 건 제가 잡을 테니까 삶는 건 최 작가님이 하세요."

농담을 주고받으며 먼저 돔의 경사로에 발을 디딘 두 남자는 동시에 그 자리에 섰다. 임하랑과 진정란도 남자들 뒤에 멈췄다. 누가 동작정지 버튼이라도 누른 것 같았다.

휘둥그레 뜬 8개의 눈동자에는 같은 영상이 비춰지고 있었다.

커다란 돔 건물에 죽음 같은 침묵이 흘렀다.

처음엔 인형인 줄 알았다.

돔 바닥 끄트머리에 세워진 죽창 설치물에 인형이 엎어져 있었다. 팔다리가 달리고 옷을 입은 인형이 엎드린 자세로 죽창 끝에 몸을 찔린 채 축 늘어졌다. 머리는 반대쪽을 향하고 있어 보이지 않았다. 쪼글쪼글 주름진 발바닥이 매우 사실적이었다. 검붉은 액체가 죽창을 적시며 흘러내려 바닥에 검은 젤리같이 굳어 있었다. 붉은 액체는 돔 벽과 바닥에 방사형으로 튀었다. 경사로와 식당 앞 대형 대나무 화분, 테이블에 이르기까지 골고루 넓게도 튀었다. 높은 곳에서 붉은 액체가 담긴 풍선을 터트린 것처럼.

쇠 비린내가 났다.

"허억!"

최혁봉이 그 자리에 주저앉아 다리를 벌벌 떨었다.

"꺄아악!"

진정란이 짧고 날카로운 비명을 질렀다. 임하랑은 양손으로 떡 벌어지는 입을 막고 숨을 참았다.

"이, 이게 무슨 일이야!"

신만수가 소리쳤다. 손을 뻗어 뒤에 선 여자들의 시선을 가리려는 몸짓을 취했지만 이미 늦었다. 진정란이 반쯤 실신하여 바닥에 쓰러졌다. 신만수는 어찌할 줄을 모르고 그 자리에 얼어붙었다.

"뭐지…… 뭐야…… 저거, 뭐야……."

발바닥이 바닥에 붙어버린 것처럼 신만수는 앞으로 다가가려다가도 발이 떨어지지 않아 휘청거렸다.

냄새. 임하랑은 어시장 구석에 있는 횟집의 좁은 부엌에서 이 비슷한 냄새를 맡은 적이 있었다. 죽음과 도륙의 냄새. 상한 피비린내였다.

임하랑이 신만수의 어깨에 떨리는 손을 얹었다.

"사, 사람이에요. 죽었……어요."

임하랑은 아주 잠깐 어제의 모형 안구 소동처럼 집주인이 꾸민 장난이 아닐까 생각했다. 아니었다. 눈앞의 상황은 진짜였다. 희생자는 남자였다. 자그마한 몸집의 남자가 날카롭게 솟아오른 죽창에 몸이 뚫려 죽었다. 가늘고 긴 죽창 하나가 남자의 옆구리를 관통하여 피에 젖은 창끝을 내밀고 있었다. 아래로 흘러내린 피가 대나무 줄기에 물방울 모양으로 굳어 붙었다.

죽창은 가장 긴 것이 3m에 달했다. 어제 평면도 설명을 보고 확인한 바로는 숙소동 건물 1층의 충고, 즉 구름다리의 높이는 3.5m였다. 그러다 보니 죽은 남자의 몸은 경사로의 가장 높은 곳보다 조금 아래에 떠 있었다. 4명의 발견자들이 선 위치에서 시체의 등이 내려다보였다. 그러나 실제 남자의 몸은 3m 높이에 꼬치처럼 꿰어져 있는 것이다.

남자는 죽창 위로 몸을 던진 것 같았다. 베트남 전쟁에서 활용됐다는 죽창 함정. 구덩이를 파고 그 바닥에 죽창을 촘촘히 꽂아 만든 함정에 빠진 군인의 모습이 저랬을까. 하지만 이곳의 희생자는 지하에 판 함정이 아니라 공중에 떠 있었다. 임하랑은 천장을 올려다보았다. 돔 창문은 쏟아지는 비를 차단한 채 꼭 닫혀 있었다. 죽은 사람이 몸을 던질 만한 곳이 어디에도 없었다. 공중을 날다가 떨어졌으면 모를까.

"조동욱…… 할아버지 같아요. 택시운전사 할아버지요."

임하랑이 말했다. 신만수가 공포에 젖은 눈으로 돌아보았다.

누군가 구름다리를 뛰어오는 소리가 들렸다. 비명을 듣고 오는 것 같았다.

"무슨 일이에요? 왜 그래요?"

문이 열리고 노랑머리 이윤동이 나타났다.

대나무에 꽂힌 시체를 본 이윤동이 질겁하며 뒷걸음질을 쳤다. 뒤이어 소란을 듣고 깬 듯 부스스한 모습으로 공치수가 나타났다.

"뭐야! 저거 사람이야?"

공치수가 버럭 소리쳤다.

경사로에 주저앉아 있던 최혁봉이 파리해진 얼굴로 일어섰다. 최혁봉은 구역질을 하며 문가에 선 이윤동과 공치수를 밀치고 뛰어나갔다. 열린 문을 통해 구름다리 통로를 울리는 쿵쿵거리는 발소리가 들렸다.

"겨…… 경찰에 신고합시다. 더 이상 가까이 가지 말아요."

신만수가 경사로 난간을 잡고 뒤돌아서며 말했다.

"저거 사람이냐고!"

공치수가 목소리를 높였다. 공포를 물리치려고 기자는 자기도 의식하지 못하는 허세를 부리는 것 같았다.

임하랑은 제자리에 선 채로 피에 젖은 물질로 변한 남자의 시신을 살펴보았다. 생명 활동이 정지한 몸은 자연의 법칙에 따라

곧 분해되어 사라질 물질에 불과하다. 잔인함이란 인상을 제거하고 현상을 보자. 저것은 지구에 존재하는 여러 원자의 결합으로 이루어진 물질이다. 저것은 물질이다. 임하랑은 속으로 되뇄다.

시신을 저렇게 끔찍하고 괴이한 모습으로 전시한 데는 분명 의미가 있을 것이다. 이것은 무척 복잡하고, 힘이 들고, 비경제적이고, 번거로운 작업이다. 이 뒤에는 그 모든 것을 기꺼이 감수하고 끌어안은 분명한 의도와 계획이 깔려 있다.

이것은 전시 살인이다.

"택시운전사 할아버지인 것 같아요. 어제 난리 피워서 방으로 업어 옮긴……."

임하랑이 말했다.

"이런, 젠장!"

공치수가 벽에 주먹을 꽂으며 소리쳤다.

꽉 닫힌 돔 유리창 밖으로 빗줄기가 꽂혀 흐르는 모습이 보였다. 비가 아무리 내리쳐도 돔 벽에 튄 핏자국은 지워지지 않았다. 죽음의 자국은 이 안에 고스란히 남아 있었다.

역한 피비린내가 코를 스쳤다.

임하랑은 압도적인 공포가 점차 사라지면서 마음이 냉정하게 가라앉는 것을 느꼈다. 자리를 떠나는 순간까지 임하랑은 현장에서 눈을 떼지 않았다.

이것이 내가 풀어야 할 수수께끼인가, 생각하면서 임하랑은 될 수 있는 한 많은 것을 보고 기억에 담았다.

고립된 섬
—————

거제경찰서 호죽도 치안센터의 권오규 순경은 홍막내의 신고 전화를 받고 섬에 단 한 대 있는 순찰차로 뛰어갔다. 호죽 죽향 연수원까지는 5분도 채 걸리지 않았다. 홍막내가 헛것을 본 것이기를 바라며 권오규는 부랴부랴 정모를 찾아 썼다.

호죽도 치안센터는 3명의 경찰이 조를 짜서 한 번에 2명이 3박 4일씩 교대로 근무하는 방식으로 돌아갔다. 그런데 하필 이번에 같은 조인 김 경장이 부인이 예정보다 빨리 출산을 하는 바람에 육지에 나간 것이다. 지금 호죽도에 경찰이라고는 권오규뿐이었다. 우산을 쓸 겨를도 없이 연수원으로 뛰어가는 권오규의 얼굴은 벌써부터 하얗게 질렸다.

권오규 순경은 이제 29세로 경찰이 된 지 2년밖에 되지 않았다. 치안센터에서는 섬사람들의 술 싸움을 말리거나 중앙에서 하달하는 지시를 집행해서 보고하는 업무만을 해왔다. 키만 멀

대같이 컸지 내성적인 성격에 목소리도 작은 홍안의 청년이었다. 연수원에 온 손님이 죽창에 찔려 죽었다니, 그게 사실이라면 권오규 혼자 감당할 사건이 아니었다. 내리치는 비바람이 원망스러웠다. 새벽에 태풍경보가 발령됐다. 바닷길은 진작 막혔고 경찰 헬기도 뜰 수 없는 날씨였다. 내일도 마찬가지리라.

숙소동 현관 밖에 나와 있던 홍막내가 권오규의 소매를 잡았다.

"아이고. 갱찰 총각! 와 이제 오노! 난리가 났다. 이 무신 일이고. 마, 사람이 죽었다! 어제 여기 온 할배가 죽어 있는 기라! 대나무에 꽂혀 갖고 끔찍스럽게도 죽었는 기라!"

홍막내의 쩌렁쩌렁한 목소리가 안 그래도 바짝 긴장한 권오규를 재촉했다.

"어르신, 진정하시고요. 어딥니까?"

짧고 도톰한 홍막내의 손가락이 돔을 가리켰다.

"쩌어기 저 짝인데. 2층으로 올라가서 건너가라. 내사 마, 다리 후달려서 못 간다. 2층으로 올라가가 건너가봐라. 어여."

홍막내의 기세에 권오규는 침을 한번 꿀꺽 삼키고 숙소동 내부로 들어갔다. 2층으로 통하는 경사로를 향해 막 발을 뻗을 때였다.

"저기요, 잠시만요."

권오규 순경은 목소리가 들려온 쪽으로 고개를 돌렸다.

"네?"

"저기, 발을 먼저 닦고 가시는 게 좋을 텐데."

긴 생머리에 은테 안경을 쓴 야무진 중학생 같은 얼굴의 여자가 현관 앞 깔개를 가리켰다. 권오규는 자기 발을 내려다보았다. 구두에 진흙이 잔뜩 달라붙어 있었다.

머뭇거리는 권오규를 향해 여자가 다시 손짓을 했다.

"아, 네."

진흙발로 현장을 더럽히지 말라는 말이군. 한 박자 늦게 깨달은 권오규는 깔개에 구두 밑창을 힘주어 닦았다.

"저는 임하랑이라고 해요. 여기엔 어제 왔고요. 저를 포함해서 8명의 손님이 어제 여기 도착했거든요."

임하랑은 이마를 잔뜩 찌푸리고 태연하게 말을 이었다.

"지금 저 위에 상황은 엄청나게 끔찍해요. 완전 장난 아니에요. 그러니까 맘의 준비를 하시는 게 좋을 거고요. 설명을 하자면, 한 30~40분 전? 저랑 다른 손님 3명이 돔 건물로 건너갔다가 시체를 발견했어요. 죽은 사람은 어제 우리와 함께 이곳에 온 조동욱이라는 이름의 할아버지 같아요. 아뇨, 같은 게 아니라 확실해요. 방에 들어가봤는데 역시 안 계시더라고요. 그 뒤에 저희는요, 파출소 번호를 몰라서요. 여기 관리해주시는 홍 할머니께 신고를 부탁했어요."

신발의 진흙을 충분히 털어낸 권오규는 묻지도 않은 말을 알아서 늘어놓는 임하랑을 물끄러미 바라보았다. 이 아가씨의 정체가 뭔가 싶다가도 위의 상황이 아주 끔찍하다고 하니 다시 겁이 났다. 권오규는 떨리는 마음이 얼굴에 드러나지 않기를 바라며 말했다.

"그렇군요. 이따 말씀 여쭙겠습니다. 실례합니다."

권오규는 몸을 돌렸다. 다리에 힘을 잔뜩 주고 똑바로 걸으려 애썼다. 경사로에 흙발자국이 찍혀 있는 것이 눈에 들어왔다. 발자국은 현관에서부터 이어지고 있었다.

아, 이 발자국을 보존해야 해서 구두 밑창을 닦으라고 한 건가.

직감적으로 그런 생각이 들어 권오규는 흙발자국을 피해 2층으로 올라갔다. 흙발자국 하나는 214호 문 앞에서 끊겼다. 다른 하나는 복도 끝까지 이어졌는데, 그 복도 끝 문 앞에 남자 2명이 서 있었다.

"여깁니다."

둘 중 체격이 건장하고 눈이 부리부리한 남자가 문을 가리켰다. 권오규는 입술을 꽉 다물었다. 시신이 있는 현장에 출동한 것은 처음이었다. 29세의 청년 경찰은 마음을 다잡고 문을 열었다.

약 30초 후, 권오규는 입을 틀어막고 다시 그 문에서 뛰어나왔다. 가까운 객실에 들어가 화장실 변기에 머리를 박았다. 아침에 먹은 미역국이 입으로 쏟아져 나왔다.

권오규는 입술을 부들부들 떨면서 구역질을 했다. 현장은 피바다였다. 죽은 사람의 몸보다 현장에 흩뿌려진 피가 더 끔찍하고 잔인한 연상을 불러일으켰다. 구토는 더 이상 나올 게 없을 지경이 돼서야 멈췄다. 겨우 몸을 추스르고 변기 물을 내렸다. 일어서는데 다리가 후들거렸다.

"저기요."

언제 다가왔는지 뒤에 임하랑이 서 있었다.

"네? 네…… 네……."

세면대 물을 틀어 입을 헹구며 권오규가 대답했다.

"살인사건 처음이죠?"

임하랑이 굽힌 무릎에 손을 대고 권오규를 내려다보며 말했다.

"네?"

"이런 일 안 해봤죠? 경험 없죠?"

권오규는 어안이 벙벙한 표정으로 임하랑을 바라보다가 발끈
하며 일어났다.

"무슨 말을 하고 싶은 겁니까!"

"이제부터 뭐 하실 거예요?"

임하랑은 표정 변화 하나 없이 물었다.

"사건 처리를 어떻게 하실 거냐고요. 우리는 뭘 해야 하죠?"

"그거야……."

버럭 소리를 내지르려다가 권오규는 말문이 막혔다. 뭘 해야
하지? 경찰 시험 교재에 이럴 땐 어떻게 하라고 나와 있더라?

"제가, 제가 알아서 합니다!"

"일단 경찰서에 보고하셔야겠죠. 여기 관할 경찰서가, 거제경
찰서인가요? 그렇죠? 현장 상황을 보고하고 현장 보존을 위해
어떤 조치를 취해야 하는지 물어보셔야 할 것 같아요. 그리고 제

생각엔 그 뒤에 돔 현관 지문인식기에 찍힌 지문을 확보해야 할 것 같아서 말씀드리는 거예요. 복도에 난 흙발자국 사진도 찍어야 하고."

권오규는 붉어진 얼굴로 입술을 씰룩거렸다.

임하랑은 어깨를 한번 으쓱하고는 문가에 모여 있던 사람들을 끌고 자리를 피했다. 방금 토한 변기가 놓인 객실 화장실에 권오규 혼자 남았다.

권오규는 방으로 나와 창문을 열고 바람을 쐬었다. 빗방울이 들이치며 달아올랐던 얼굴이 차게 식었다.

그래, 일단 보고부터 해야지. 그 생각은 나도 했어. 권오규는 휴대전화를 꺼내 들었다. 통화 연결음이 울리는 동안에도 심장이 쿵쾅거렸다.

태풍으로 고립된 섬에서 시체가 발견됐다. 섬에 경찰이라고는 권오규 한 명뿐이다. 헬기가 뜨기 전까지는 권오규가 현장을 통제하고 초동수사를 해야 할 상황이다. 강력 사건을 수사했던 경험은 지금껏 한 번도 없었다.

나는 그냥 주재소 순경일 뿐인데.

근무평가에 가점을 받기 위해 벽오지 근무를 지원했던 청년 경찰은 밀려드는 책임감에 어깨가 무겁고 겁이 났다.

섬 치안센터에는 감식반도 없고 감식을 할 수 있는 재료도 없었다. 당연히 지문 채취 시료도 없었다. 임하랑이 진정란에게 화장품 파우더를 빌리고 숙소에 있는 비품에서 큰 스카치테이프를 찾아왔다. 권오규도 지문 채취 시료가 없을 때는 급한 대로 화장품이나 분필 가루, 연필심 가루를 사용하면 된다는 교육을 받은 적은 있었다. 막상 닥치니 생각이 안 났을 뿐이었다.

권오규와 임하랑은 나란히 우산을 쓰고 숙소동을 나와 돔 현관을 향해 갔다. 커다란 나무가 후드득 소리를 내며 이파리에 맺힌 빗물을 털어냈다. 둘은 커다란 검은 우산으로 바람을 막으며 걸었다. 태풍이 섬에 다가온 지금, 비보다는 바람의 기세가 거셌다. 나무와 이파리가 바람에 춤을 추고 바깥에 노출된 집기들이 마당을 굴렀다.

은색 돔은 표면에 요철 하나 없이 매끈했다. 슬라이딩 도어 옆에 휴대전화 크기의 덮개가 있었다. 벽 안쪽으로 매몰되어 설치된 지문인식기의 덮개였다.

"돔 지문인식기에 지문이 등록된 사람은 홍 할머니뿐이죠. 하지만 우리가 모르는 누군가 더 있을지 모르잖아요. 그걸 확인하려면 지문인식기에 마지막으로 찍힌 지문을 떠야 되는 거죠. 만약 할머니의 지문 말고 다른 지문이 찍혀 있다면 그 지문이 누구 건지 찾아야 하고요. 마지막으로 출입문을 통해 돔에 들어간 사람일 테니."

지문인식기에 찍힌 지문은 왜 확보해야 하냐는 권오규의 물음에 대한 임하랑의 답이었다.

"그런데 감식해보니 결국 홍막내 할머니의 지문이 찍혀 있다면요?"

"할머니 성함이 홍막내예요? 와, 토속적이다. 어쨌든 그렇다면 범인은, 이 사건이 살인사건이고 범인이 홍막내 할머니가 아니라고 가정해보면 말이죠. 숙소동으로 들어와 2층 구름다리를 통해 돔에 접근한 게 되겠죠. 일단 그 사실을 확정하는 게 의미가 있지 않아요?"

경찰관에게 수사에 대한 의견을 척척 제시하는 임하랑에게는 값싼 호기심이나 저속한 흥분은 느껴지지 않았다. 젠체하고 뻐기는 태도도 아니었다. 권오규는 육지에서 수사관이 올 때까지 이 똑똑한 여대생을 믿어보는 것도 나쁘지 않겠다고 생각했다. 자존심은 잠시 내려놓자. 어영부영하다가 실수하는 것보다는 나을 것이다. 눈앞의 큰일을 감당 못 하고 울어버리는 것보다는 백 배 나았다.

현장 상황을 설명하기 위해 거제경찰서 수사과와 몇 차례 긴 통화가 이어졌다. 공권력이 접근할 수 없는 고립된 섬에서 발생한 초유의 사건에 경찰서 형사들도 잔뜩 긴장하고 대책을 논의했다.

"자네의 역할이 중요해! 우리가 갈 때까지 이 사건은 자네 거야!"

휴대전화 너머에서 거제경찰서 수사과장이 외쳤다. 권오규는 딸꾹질이 나오려는 것을 참고 휴대전화를 든 채 경례를 붙였다. 부족하지만 최선을 다하겠습니다. 제가 호죽도 치안센터 근무를 지원할 때는 이런 상황이 제게 닥치리라고는 상상도 한 적 없지만 이것이 제 운명이겠거니 생각하겠습니다. 제가 이러려고 경찰이 되었나봅니다. 한국 경찰의 명예를 걸고 충성을 다하겠습니다. 맙소사. 머릿속을 스치는 수많은 말을 속으로 삼키고 권오규는 사명감과 투지를 끌어모았다. 홍안의 얼굴이 조금 단단해졌다.

호죽 죽향 연수원의 구조와 지문인식기 문제에 대해 자세한 보고를 들은 수사과장은 참관인이 지켜보는 가운데 지문을 채취하라고 권오규에게 지시했다. 참관인은 자연히 임하랑이 되었다. 권오규는 가장 크고 튼튼한 우산을 찾아 쓰고 행동에 나섰다.

임하랑이 지문인식기의 덮개를 밀어 열었다. 몇 개의 버튼이 달린 기계 위쪽에 액정으로 된 지문인식장치가 있었다. 현재 누구라도 이 덮개를 열어 지문을 훼손할 수 있는 상황이다. 그러니 되도록 빨리 지문을 채취해야 한다는 임하랑의 주장에는 설득력이 있었다. 이틀이나 사흘이 지나 경찰서 감식반이 도착해서 지문을 채취한다 해도 그때는 이미 증거가치가 떨어져 있을 것이다.

권오규가 우산을 받쳐 들고 있는 사이 임하랑이 지문인식기 앞에 바짝 얼굴을 대고 들여다보았다. 그리고 권오규에게도 살펴보라는 시늉을 하며 우산을 받아들었다. 권오규는 허리를 굽혀 지문인식기 가까이 눈을 가져갔다. 액정 화면에 마지막으로 찍힌 지문이 육안으로도 잘 보였다. 권오규는 디지털 카메라로 지문인식기를 접사해서 찍었다.

그 뒤 권오규는 임하랑에게서 화장품 파우더 케이스를 넘겨받아 브러시에 파우더를 묻히고 지문인식기 화면에 살살 발랐다. 임하랑이 그 장면을 찍었다. 권오규가 스카치테이프를 잘라 대고 눌러 가루가 묻은 지문을 떠냈다. 테이프를 반으로 접어 붙여 지문을 보호했다. 그 뒤 혹시나 빗물이 떨어질까 무서워 지퍼백에 잽싸게 테이프 조각을 넣고 밀봉한 다음 작은 상자에 넣었다. 지문 채취가 끝났다. 권오규는 안도의 숨을 쉬었다. 첫 단계를 간신히 넘은 기분이었다. 숙소동 복도에 찍힌 두 종류의 흙발 자국은 돔으로 오기 전에 이미 찍어두었다.

연수원 주차장으로 질퍽한 진흙을 가르는 바퀴 소리와 함께 호죽도 보건소라고 적힌 승합차가 들어왔다. 낡은 소형 트럭이 뒤를 이었다.

"휴. 보건소장님 오셨네요. 도와주실 마을 남자분들도요."

이제부터 시작이었다. 권오규의 얼굴에 다시 긴장이 스몄다. 현장과 시신을 보존하기 위한 조치를 해야 한다. 뭍에서 수사 인력이 올 때까지 시신을 저대로 둘 수는 없는 노릇이었다. 거제경찰서 수사과장은 발견 당시의 시신 상태를 채증하고 최대한 손상이 가지 않게 조심하여 시신을 수습하라는 지시를 내렸다. 수습한 시신은 깨끗한 바닥에 눕히고 천으로 덮어두라고 했다. 핏자국은 보존하고 돔은 봉쇄해야 한다.

현장 사진을 거의 500장쯤 찍었다. 시신의 온갖 부위를 접사해서 찍는 건 고역이었지만 시작이 어렵지 하다 보니 어찌어찌 하게 됐다. 그 뒤 권오규는 돔의 내부와 시신의 상태를 여러 각도에서 동영상으로 찍었다. 경사로를 내려와 죽창 주변 바닥을 돌아다닌 것으로 보이는 장화 흙발자국도 찍었다. 장화의 주인이 범행에 가담한 것은 확실해 보였다. 권오규는 디지털 카메라의 용량이 거의 다할 때까지 꼼꼼하게 증거를 모았다.

반백의 보건소장은 주걱턱을 쑥 내밀며 시신의 상태를 요리조리 살폈다.

"내사 호죽도 들어온 지 10년이 다 돼가는데 이런 걸 보게 될 줄은 진짜루 몰랐다. 물에 빠져 죽은 시체는 봤어도."

"소장님, 저는 어떻겠습니까."

옆에서 사진을 찍으며 권오규가 웅얼거렸다.

"전 물에 빠져 죽은 시체도 못 봤습니다."

채증을 끝내고 보건소장과 섬 남자들이 시신 수습 방법을 논의했다. 권오규는 도와줄 섬 남자로 2명을 찍어서 불렀다. 70대라곤 믿기 어려울 정도로 근력 좋고 정정한 박 노인과 50대 청년회장이었다. 숱한 그물질에 단련된 청년회장의 팔뚝은 입고 있는 셔츠가 터질 듯 두툼했다. 소싯적 베트남 전쟁에 참전하여 찔려 죽은 시체, 말라 죽은 시체, 타 죽은 시체, 물에 빠져 죽은 시체, 썩은 시체, 반쯤 썩은 시체, 이제 막 죽은 시체 등 온갖 시체를 숱하게 봤다는 박 노인의 무용담은 허풍이 아닌 것 같았다. 박 노인은 죽창 끝에 달린 시신을 올려다보고 혀를 쯧쯧 찬 다음 뒷짐을 지고 섰다.

"요 대나무를 톱으로 썰어가 내리면 안 되겠나."

박 노인이 말했다.

"시체가 상하지 않을까요, 어르신?"

권오규가 걱정 섞인 목소리로 물었다.

"그러니까네 마 사다리 대고 올라가가 두 명이 사지를 붙잡고 있어야제. 그리고 밑에서 짤라서 내리자. 그라자."

"지도 그라는 게 좋겠다는 생각이 듭니더. 그라하십시더. 갱찰 양반."

보건소장이 동의했다.

"근데 저 사람은 와 저러고 찔려 죽었을까요? 위에서 떨어질 데가 없지 않습니꺼."

청년회장이 고개를 갸웃갸웃하며 말했다.

"그건 저 냥반이 생각할 일이고 우리는 마 할 일 하자. 죽은 사람을 저래 오래 두면 안 되지 않겠나. 사람에 대한 예의가 아이다."

청년회장이 삼각 사다리 2개와 톱을 구해왔다. 핏자국이 번지지 않은 곳을 골라 사다리를 폈다. 그러나 워낙 피가 방사형으로 온갖 군데에 퍼져 있어 약간의 훼손은 불가피했다. 권오규는 한 사람의 몸에서 이렇게 많은 피가 나올 수 있다는 것을 처음알았다. 청년회장과 권오규가 사다리에 올라가 시신의 팔다리를 나눠 잡았다. 박 노인이 밑에서 익숙한 솜씨로 톱질을 했다. 죽창하나가 절단될 때마다 시신이 균형을 잃고 흔들렸다. 시신을 잡은 두 사람은 힘을 쓰며 버텼다. 다행히 많은 시간이 걸리지는 않았다. 시신을 관통하거나 깊숙이 찌른 대나무가 다 잘렸다. 청년 회장과 권오규는 시신을 조심조심 옆으로 돌린 다음 천천히 내렸다. 보건소장과 박 노인이 밑에서 받쳐 들었다.

4명은 시신을 피가 튀지 않은 돔의 출입문 근처로 옮겨 깨끗한 바닥에 옆으로 눕혔다. 시신은 남자였고 70세 전후로 보였다. 목과 가슴, 배, 옆구리, 허벅지에 잘린 죽창이 고슴도치처럼 숭숭 박혀 있었다. 두 눈을 부릅뜬 채였다. 잔뜩 뒤틀린 입술 사이로 피를 토하고 죽었다. 염색물이 빠진 옅은 색깔의 머리카락과 오른쪽 광대의 모반이 특징적이었다. 요란한 무늬가 있는 반팔 셔츠에는 검붉은 피가 흠뻑 번져 있었고 아래는 청바지 차림에 맨발이었다. 머리카락은 여기저기 눌려 있었다. 사후강직이 시작된 뒤였다. 아래로 축 늘어졌던 팔다리가 그 모양으로 굳었다. 보건소장은 목에 찔린 상처가 치명상이었던 것으로 보인다고 말했다. 외딴섬에 근무하는 반백의 의사는 시신의 손가락을 굽혀보고 죽은 지 4시간 이상은 경과한 것 같다고 말하고, 피가 6~7m 반경까지 멀리 튄 것을 보아 죽창에 찔릴 때는 심장이 뛰는 상태, 곧 살아 있는 상태였다고 말했다. 시신 검안은 그 정도로 끝났다.

시신의 전면을 보고 권오규는 다시금 속이 뒤틀렸다. 부릅뜬 눈과 일그러진 얼굴은 공포에 질린 표정이었다. 자기에게 죽음이 다가오는 것을 알고 죽은 것 같았다. 권오규는 크게 심호흡을 하며 속을 다스렸다. 수습한 시신의 사진을 찍고 숙소동에서 가져온 하얀 침대보를 펼쳤다.

"야는 풍기 아이가?"

박 노인이 몸을 숙이고 시신의 얼굴을 빤히 들여다보며 말했다.

"네?"

권오규는 시신에 침대보를 덮으려던 동작을 멈췄다.

박 노인이 시체를 향해 몸을 굽혔다. 죽은 사람과 코가 닿을 만큼 가까이 다가가 얼굴 앞면과 옆면을 요리조리 살폈다.

"내가 사람 얼굴은 안 잊어버린다."

왕년의 월남전 참전 용사의 목소리에는 확신이 담겨 있었다.

"야는 호죽도에서 자란 아다. 조풍기라고 내랑 한 동네서 컸다. 호죽도 뜬 지 아마 30~40년 됐을 기다. 야가 와 고향 와서 이 모양으로 죽었노. 그동안 어데서 뭐 하고 살다가 지 태어난 데 와서 죽은 기가? 응?"

"어, 어르신. 확실합니까?"

청년 경찰은 눈썹을 치켜올렸다.

"내가 와 비싼 밥 먹고 흰소리 하겠노. 맞다. 요래 쬐끄만 몸뚱아리하며 뺨에 난 점 하며 겉은 늙었어도 어릴 때 모습하고 한가지다. 요 까만 점은 날 때부터 있었던 기라. 40년을 못 봤어도 내는 안다."

"하지만……."

권오규는 한쪽 어깨를 들어 목을 타고 내려오는 땀을 닦았다.

"이분은 어제 자기 이름을 조동욱이라고 소개했다는데요. 부산에서 택시운전을 하고 있다고 하면서……."

"아이다. 뭔 소리 하노. 내가 월남에 1년 전투하러 갔다 온 것 빼고는 호죽도를 떠난 적이 없는 사람이다. 내가 고향 동생을 못 알아보겠나."

박 노인의 말투는 강경했다.

"야는 조풍기다."

태풍전야

———————

돔에서 시신 수습이 이루어지는 시각, 숙소동 2층 휴게실에 모인 손님들 사이에는 두려움이 퍼지고 있었다. 홍막내가 급한 대로 집에서 휴대용 가스레인지와 냄비, 그릇을 가지고 와 라면을 끓여 돌렸지만 손님들은 몇 술 뜨다 말았다. 연수원 주인 정명선과 연락이 닿는 사람이 없었던 것이다.

"어제 아침까지 통화했는데!"

신만수가 상대 전화기의 전원이 꺼져 있다는 안내음이 나오는 제 휴대전화를 손에 들고 외쳤다. 불안은 급속히 퍼졌다. 죽은 조동욱을 뺀 7명의 손님들이 휴게실에 모두 모였다. 그중 나리를 제외한 6명이 호죽도에 오기 전 정명선과 전화 통화를 한 적이 있다고 말했다. 나리는 매니저가 대신 통화를 하고 자기에게 내용을 알려줬다고 했다. 손님들이 알고 있는 정명선의 휴대전화 번호는 같았다.

"저도요. 어제 일어나자마자 전화했어요. 과연 내려와도 좋은 날씨인가 걱정이 돼서. 서울에서 4시간 걸려 내려갔는데 배 안 뜨면 낭패잖아요. 정명선 씨는 빌려둔 어선이 틀림없이 운행할 테니까 걱정 말고 내려오라고 했고요. 열흘 전에 이메일로 초대 받았을 때도 바로 통화했었죠."

임하랑이 말했다.

한편 시신을 목격한 충격에 배고픔도 숙취도 잊어버린 최혁 봉은 머리를 감싸 쥐고 소파에 앉아 웅얼거렸다.

"저도 역사소설가협회에 온 초대장을 보고 한번 전화했었죠. 뭘 가져가야 하는지 이것저것 물어보려고……."

임하랑은 휴게실에 모이기 전 이미 정명선에게 전화를 걸어봤 다. 전원이 꺼져 있다는 안내음이 나왔다. 진정란도 이윤동도 연 락을 취해봤다고 했다. 결과는 마찬가지였다.

정명선이 내게 풀라고 한 문제가 이것인가.

임하랑은 정신이 아득해졌다. 가상의 범죄 상황을 꾸며놓은 것이 아니라 실제 살인을 저질러놓고 풀라고 하다니. 21세의 대 학생 임하랑은 이 사건의 기획자에 의해 탐정으로 임명되었다.

왜?

범인은 왜 관중과 탐정이 필요한 것일까. 범인이 섬이 고립될 만한 시기를 노려 일을 벌인 것이라 해도, 고립이 풀리고 경찰이 본격적인 수사를 시작하면 많은 것이 밝혀질 텐데. 그 뒤에는 경 찰이 무대를 장악한다. 관중과 탐정 노릇도 2~3일이면 끝날 것이다. 설마 그 전에 우리 모두를 죽이려는 건 아니겠지. 지독한 광기와 유희의 제물이 되고 있는 것 같아 임하랑은 입맛이 썼다.

"누구 정명선 씨를 직접 만난 사람은 없습니까?"

신만수가 소파 뒤쪽 통로를 왔다 갔다 하며 물었다.

"네? 없어요?"

모두 고개를 저었다. 신만수가 주먹으로 소파 등을 내리쳤다.

"젠장! 자기 건물에서 사람이 죽었는데 주인이라는 작자는 연락이 안 되고……."

"이게 뭐예요! 뭐냐고요!"

한쪽 구석에서 창백한 얼굴로 떨고 있던 나리가 울음을 터트렸다.

"으흐흑. 저, 가고 싶어요! 집에 갈래요!"

나리는 손님들 중 유일하게 시신 발견 현장에 오지 않았다. 나리도 잠에서 좀처럼 깨지 못하고 늦게까지 침대에 누워 있었다고 했다. 돔에서 나는 비명을 듣고 구름다리 근처까지 오기는 했는데, 혼비백산하여 뛰쳐나오는 최혁봉의 모습을 보고 뭔가 끔찍한 일이 일어났다는 걸 직감하고는 더 다가가지 않았다는 것이다.

정작 실물을 보지 못한 나리가 가장 겁에 질린 것 같았다.

"저, 집에 보내주세요. 네? 으흐흑."

젊은 가수는 손바닥으로 작은 얼굴을 감싸 쥐고 울었다.

"지, 진정하세요. 나리 씨."

이윤동이 나리 쪽으로 손을 뻗었다가 감히 손을 대지 못하고 머뭇거렸다. 신만수가 급하게 흥분을 억누르며 나리를 달랬다.

"지금은 배가 뜨지 못해요, 나리 씨. 태풍 때문에…… 아시잖아요? 내일이면 나갈 수 있을 거예요. 괜찮아요. 진정하세요."

나리의 흐느낌이 잦아들었지만 임하랑은 그 옆에서 고개를 설레설레 저었다.

내일 당장 태풍이 가라앉지는 않을 것이다. 적어도 모레까지는 고립될 가능성이 컸다. 하지만 그 얘기를 지금 하는 건 상황을 진정시키는 데 도움이 될 것 같지 않았다. 임하랑은 룸메이트의 충고대로 머릿속에 떠오르는 말이 입 밖으로 바로 나오지 않게 꿀꺽 삼켰다.

"정명선! 그 새끼가 그런 거 아냐? 그놈이?"

공치수가 자리에서 벌떡 일어섰다.

"그놈이 우릴 모아놓고 함정에 빠뜨린 거야! 애당초 이상했어! 안 그래요? 무슨 연수원 모니터링을 말이야! 생판 처음 보는 사람을 불러다가 먹여주고 재워주면서 시켜? 그것도 비 오고 태풍 다가오는 때에! 이 외진 섬에 이상한 건물 하나 지어놓고 무슨 모니터링 행사씩이나! 안 그래? 그놈이야! 그놈!"

공치수는 콧구멍을 벌렁거리며 소리쳤다. 두려울수록 화를 내는 타입인 것 같았다.

"그렇게 이상했으면 진작 알아차리지 그러셨어요."

임하랑이 중얼거렸다.

"뭐야?"

공치수가 임하랑을 향해 눈을 부라렸다.

"어떻게든 섬에 들어 오려고 따로 배까지 타고 들어왔으면서 앞뒤가 안 맞아서요."

"이 학생이 오냐오냐 했더니 지금 나를 놀려?"

"제 기억에 공 기자님이 저에게 오냐오냐 한 적은 없거든요? 그리고 제가 사실과 다른 말을 한 것 같지는 않은데요."

임하랑은 얼굴을 쳐들고 생각하는 대로 바로바로 대꾸했다. 시체를 발견한 순간부터 공치수는 계속 고함을 치며 누구에게 랄 것도 없이 화만 내고 있었다. 무섭다면 그냥 나리처럼 무서워 떨고 비명을 지르는 게 차라리 인간적이다.

"아씨! 시끄러워! 경찰에게 정명선이라는 그놈 찾으라고 해! 빨리!"

분위기가 험악해지고 사람들이 두려움에 젖은 눈으로 서로 를 보았다. 위험에 말려들었다는 자각과 무모한 초대에 어리석게 응했다는 후회가 뒤섞인 표정들이었다. 주인 정명선에 대한 강력 한 의심이 모두에게 번졌다. 공치수는 씩씩거리며 실체 없는 연 수원 주인에게 분노를 쏟아 부었다.

정명선. 그는 과연 누구일까. 과연 그가 이 모든 걸 계획하고 관중을 불러 모은 것일까. 관중은 왜 하필 이 사람들인가. 죽은 사람은 왜 하필 조동욱이라는 노인이었을까. 임하랑도 머릿속이 어지러웠다.

"아아악! 나 집에 갈래요! 갈 거야! 갈 거라고!"

별안간 나리가 날카롭게 소리치며 문 쪽으로 뛰어갔다. 공포가 끝내 터져버린 것 같았다. 공황상태였다.

"진정해요! 나리 씨!"

최혁봉이 제 앞을 스치는 나리의 옷자락을 잡아 말렸다. 그 바람에 나리가 중심을 잃고 비틀거리다 문설주에 이마를 찧었다.

인형같이 예쁜 가수가 헝클어진 초록색 머리를 쥐어뜯으며 바닥에 주저앉아 꺼이꺼이 울었다. 상황이 상황이니만큼 그 모습은 서글프지도 웃기지도 않았다. 몇 명이 다가가 나리를 잡아 일으켜 겨우 소파에 앉혔다. 정신이 없었다. 이 와중에도 좋은 점이 있다면 나리의 울음이 터지자 공치수의 고함이 멈췄다는 것이었다.

"이게 도대체 무슨 일이에요……."

나리의 어깨를 토닥이며 진정란 역시 당혹감이 가득 배인 목소리로 중얼거렸다.

"그나저나 우리 어제 무슨 일이 있었죠? 나리 씨 〈순희〉 노래가 끝나고 나서 각자 자기 방에서 잠들 때까지요."

나리의 흐느낌이 잦아들고 겨우 조용해진 사이를 틈타 임하랑이 모두를 향해 질문을 던졌다.

"뭔 일이 있긴 뭔 일이 있어요. 할아버지가 취해서 주정해가지고 저하고 작가님들이 방에까지 업어다 눕혔죠."

아까부터 계속 소파 뒤쪽 통로를 오가던 신만수가 답했다.

"네, 그랬죠. 또 다른 거요. 그 전에 우리가 무슨 얘기들을 나눴죠?"

"소설 얘기…… 이야기는 사실보다 더 힘이 있다, 뭐 그런 얘기 하지 않았어요?"

이윤동이 말했다.

"흥. 맞아. 어젯밤에도 내 신경을 긁더라니."

공치수가 여전히 못마땅한 듯 임하랑을 흘겨보며 투덜거렸다.

"우리 순서대로 떠올려봐요. 어쨌거나 사건이 일어나기 전 마지막 상황이니까. 경찰이 묻기 전에 우리끼리 정리해두는 것도 좋을 것 같은데……."

임하랑은 차근차근 어젯밤의 기억을 되짚어보았다. 다른 사람들도 제각기 심각한 얼굴로 눈을 굴렸다. 두려움에 떨거나 서로 싸우는 것보다는 나은 일이었다. 사람들은 서로 말을 보태고 고쳐가며 어젯밤의 사건을 재현해보았다.

"힛 츄 위댓 뚜루 뚜루 뚜루!"

취해서 기분 좋아진 임하랑은 식탁을 조금 물리고 생긴 좁은 무대에서 케이팝 걸그룹의 노래를 흥얼거리며 춤을 추었다. 스마트폰에 저장된 플레이리스트에서 노래를 틀고 따라하는 거였다. 대략 밤 10시쯤 된 시각이었다. 술 취하면 나오는 임하랑의 다른 인격 '임한량'이 등장해버렸다.

"아 예, 아 예에."

현직 가수 나리도 나서서 합동 무대를 꾸몄다. 손가락으로 쌍권총을 쏘는 안무를 추는 두 또래의 몸놀림은 상당히 대조적이었다. 머리와 어깨, 손의 관절이 따로 놀며 강약조절 안 되는 몸을 덩실덩실 움직이는 임하랑 옆에서 나리는 살짝 흔드는 것 같지만 타고난 리듬감과 멋이 배어나는 춤을 선보였다.

손님들은 박장대소했다. 흥은 많지만 재능은 없는 일반인의 춤과 연예인의 춤을 대조해서 볼 수 있는 좋은 기회였다. 그 사이로 최혁봉이 난입했다. 역사소설가는 케이팝 커버 댄스의 좋은 예와 나쁜 예를 보여주는 두 여자 사이에서 배를 꿀렁꿀렁하며 쌍권총 춤을 추었다.

"못 봐주겠다!"

신만수와 이윤동이 최혁봉의 팔을 한쪽씩 나눠 잡고 끌어냈다.

"못 추는 춤은 봐줄 수 있어도 몹쓸 춤은 용서 못 해!"

나리가 가늘고 긴 손으로 박수를 짤짤짤 치며 웃었다. 임하랑이 끝까지 열심히 추고 나서야 공연은 끝이 났다. 임하랑은 만족감으로 빙글빙글 웃으며 제자리를 찾아가 앉았다. 마주 앉은 공치수가 임하랑을 향해 춤 솜씨가 대단하다, 우리 고모님보다 잘 춘다며 엄지를 치켜올렸다.

눈앞이 번쩍했다. 돔의 유리창과 식당 유리 천장을 통과한 번갯불이 섬광을 비췄다. 이어서 콰르르릉, 하늘을 찢는 천둥소리가 들렸다. 돔 건물은 방음이 뛰어났지만 지축을 흔드는 천둥소리까지 막지는 못했다. 태풍 세라의 영향력이 기상청이 예고한 것보다 더 막강한 모양이었다.

하지만 안전한 실내에서 기분 좋게 술에 취한 손님들은 바깥 날씨를 크게 걱정하지 않았다. 내일은 내일의 해가 뜰 것이고 지금은 술이나 마시면 된다.

"아무렴! 이야기에는 힘이 있어요!"

임하랑의 무리와는 조금 떨어진 곳에서 최혁봉이 주먹을 불끈 쥐고 소리쳤다. 술 취한 최혁봉의 얼굴은 홍시처럼 빨갰다.

"같은 역사적 사실이라도 그게 이야기의 형태로 구성되었을 때는 완전히 다른 가치를 가지거든요."

이윤동과 신만수는 크게 고개를 끄덕였다. 셋 다 이야기를 만들어 먹고 사는 사람이니 동의하고 말고도 필요 없는 당연한 말인 것이다.

"그래서 저는 역사에서 이야기를 찾습니다. 그런데 역사소설을 쓴다고 하면 그게 실화냐 아니냐, 고증이 잘 되었니 못 되었니 막 거기에 목숨을 걸고 따지는 독자들이 있어요. 그럼 제가 말하죠. 그게 중요하냐? 중요한 건 이야기 아니냐. 현실과 똑같은지 아닌지가 왜 그렇게 문제가 되는 건지 모르겠어요. 소설가는 이야기를 통하여 자신이 구축한 진실을 말하는 거지 현실을 똑같이 베껴서 보여주는 건 아니지 않습니까? 역사적 사실을 단초로 했더라도 소설가가 말하고자 하는 걸 더 잘 드러낼 수 있는 방법이 있다면 소설적 상상력을 발휘해서 바꿀 수 있는 것이고……."

"그런 독자들은 소설보다는 역사에 방점을 두는 거죠. 추리 만화도 그런 독자가 있어요. 미스터리를 즐기는 데 집중하기보다는 트릭이 현실적으로 가능한지 아닌지, 배경에 리얼리티가 있는지 없는지를 집요하게 따지면서 작품을 깎아내린다고요."

이윤동이 동조했다.

"물론 현실 법칙과 아주 안 맞거나 뻔히 알려진 사실과 너무차이가 나면 작가에 대해 믿음이 안 가고 작품에 몰입하기 힘든건 사실이죠. 하지만 언제까지나 중요한 건 이야기가 되느냐 안되느냐, 소설로서 드라마틱한 부분을 잘 살렸는가 아닌가 그거잖아요."

"내 말이! 역사를 알고 싶으면 역사책을 읽으면 돼요."

"그렇죠. 리얼리티를 원하면 리얼리즘 소설이나 논픽션을 읽으면 될 것을. 왜 추리물 보면서 리얼리티 타령인지, 원."

"두 분 말씀이 맞습니다. 영화에서도 죽어라 옥의 티만 찾으려는 댓글러들이 얼마나 많은데요. 영화를 보는 목적이 뭐 꼬투리 잡을 거 없나 찾으려는 같아요. 나 참."

한 마디 보탠 신만수가 옆에 앉은 조동욱의 잔이 비어 있는것을 보고 소주병을 들었다. 신만수는 어느새 맥주로 주종을 옮겼고, 노인 혼자만 소주를 마시는 상황이었다.

"한잔 받으시죠, 어르신. 어르신은 영화 좋아하십니까?"

노인의 빈 잔을 채우며 신만수가 말을 걸었다. 오랫동안 대화에 끼지 못하고 있는 조동욱이 신경 쓰인 것이었다.

조동욱은 소주잔을 한 번에 비우고 쿵 내려놓았다. 식탁에 기

댄 팔꿈치가 밑으로 빠지면서 노인의 몸이 크게 기울었다. 그 바람에 빈 소주병 하나가 식탁 위로 쓰러졌다.

"내 영화 같은 거 안 본다!"

술에 취해 개개풀린 눈을 하고 김동욱이 소리쳤다.

"팔자 좋은 노인네들이나 영화 본다 뭐 한다 지랄을 떠는 기다. 이 나이 처묵도록 씨팔 처자식도 없이 운전대 잡고 있는 새끼가 무신……. 내는 기냥 여기 주인이 약속한 대로 이 건물 관리나 할 기다. 그렇게 살다 죽으면 그것도 호강이고 장땡이다."

분위기가 좀 머쓱해졌다. 조동욱은 술에 많이 취했다. 임하랑은 빈 소주병을 대충 헤아려보았다. 조동욱 혼자 못 잡아도 소주 3병은 마신 것 같았다.

임하랑은 낮에 숙소동 1층에서 조동욱이 관리인실이라고 이름 붙여진 방에 왜 그렇게 관심을 보였는지 비로소 알 것 같았다. 건물주 정명선은 호죽 죽향 연수원의 관리인 자리를 제안하며 조동욱을 이곳에 불렀다. 노인의 관심사는 오로지 이곳 관리인이 할 만한 일인지 탐색하는 것뿐이었다. 그래서 낮에 모형 안구 소동으로 사람들이 난리법석을 떨건 말건 앞으로 자기가 지내게 될지 모를 방을 들여다보는 데 정신을 쏟던 것이다.

조동욱은 비틀거리며 화장실에 갔다. 조동욱의 주사가 이어지지 않을까 살짝 걱정했던 사람들은 다시 웅성웅성 술자리 대화를 이어갔다.

"역사는 잊히기 쉽지만, 이야기는 남죠."

진정란이 최혁봉 무리의 대화에 합세했다.

"그래서 제가 민담에 흥미가 있는 건지도 몰라요. 민담은 사람들의 입을 타고 세대를 넘어 전해지죠. 민담을 들여다보면 사람들이 무엇을 남기고 싶어 했는지 알 수 있어요. 아까 말했듯이 그게 집단 죄의식이든 무엇이든. 민담에는 역사도 있고 민초들의 애환도 있고 그 시절 관습도 있죠."

"노래도요. 가수는 죽어도 노래는 남아요."

나리도 끼어들었다.

화장실에서 나온 조동욱이 자리에 앉아 말없이 소주를 기울였다. 술이 과한 것 같았지만 말리면 더 시끄러워질 것 같아 사람들은 조용히 눈치만 보았다.

진정란이 나리를 향해 지그시 미소 지었다.

"맞아요. 노래도 남죠. 곡에 붙여진 노랫말과 함께. 그러니까 가사, 곧 이야기가 남는다고 볼 수 있는 것 아닐까요."

여운이 느껴지는 말이었다. 나리는 눈을 내리깔고 잠시 생각에 잠겼다.

"흠…… 그런가요."

"맞아요. 〈아리랑〉도 〈청산별곡〉도 〈가시리〉도 그 애잔한 곡조와 가사가 같이 기억되죠. 곡과 가사가 사실상 구분된다고 보기 어렵잖아요."

이윤동이 여드름 돋은 뺨을 조심스레 만지며 말했다.

"결국 다시 이야기의 힘으로 돌아가는 겁니다."

최혁봉이 쥐포를 들어 이로 뜯으며 말과 함께 우물거렸다.

"노래가 남는 것도 이야기가 있기 때문이라는 것!"

"네. 예전엔 노래가 시고 시가 노래였죠."

나리는 동의한다는 듯이 고개를 끄덕였다.

"옛날엔 하고 싶은 말이 있으면 시를 써서 노래로 불렀어요. 이윤동 작가님 말이 맞아요. 곡과 가사는 분리될 수 없는 거죠. 어쩌면 사람들은 이야기를 하고 싶어서 노래를 불러왔는지도 모르겠어요."

"맞아요. 인간은 원초적으로 이야기를 갈망해요. 기승전결 구조가 인간의 본성인 호기심을 충족시켜주기 때문이죠. 이야기가 품은 메시지는 공감과 위안을 줘요. 그래서…… 역사는 잊히더라도 이야기는 남아요!"

진정란이 아련한 표정으로 마지막 말에 강조점을 붙였다.

"그렇죠! 그러니까 내 말은 리얼리티보다 이야기가 더 중요하다는 거예요. 리얼리티는 이야기를 받쳐주는 속성이 되어야지 그걸 우선의 가치로 두면 안 된단 말입니다. 역사소설에서 독자들이 기대해야 하는 것은……"

최혁봉은 처음에 했던 말로 돌아갔다.

한편 조금 떨어진 테이블에서 임하랑과 공치수 사이에는 입씨름이 붙었다. 공치수가 범죄 탐사 기자로서 무용담을 줄줄 늘어놓으며 직업적 사명을 강조하는데 임하랑이 산통 깨는 소리를 한 것이다.

"근데 저는 그 말 안 믿어요."

"뭘 안 믿어?"

어느 순간부터 자연스럽게 말을 놓은 공치수가 코밑을 긁으며 말했다.

"사명감이니, 대의라느니 그런 말이요. 그냥 기자 님이 재밌어서 하는 거 아니에요?"

"재미?"

공치수는 불쾌한 안색으로 되물었다.

"내가 재미로 경찰들에게 고소당하고 관계자들에게 처맞아가면서 봉촌오거리 살인사건을 취재했다고? 그게 재밌어 보여? 몇 날 며칠 누가 알아준다고 잠도 못 자고 밥도 못 먹고 잠복하다가 욕먹고 쫓겨나고 그러는 게?"

"그럼 뭘 위해서 취재하셨는데요?"

임하랑이 어깨 앞으로 늘어뜨린 머리를 매만지며 심드렁한 표정으로 물었다.

"야, 인마. 사람이 짓지도 않은 죄로 감옥살이 하고 있는데, 그걸 그냥 둬? 힘없는 사람은 제 주장도 못하고 말이야. 법복 입은 것들이 아무 생각 없이 방망이 두드려대는 대로 굴비처럼 얽혀서 감옥 가는데 그게 제대로 된 세상이냐고?"

"그러니까 억울한 사법 피해자 구제를 위해서 하시는 일이라고요?"

"그래. 솔직히 나 아니면 봉촌오거리 사건 재심 못 했지. 못 풀려고 아직도 감옥에 있을걸? 이건 내 생각이 아니고 저기 법원에 있는 선배가 전해준 말이야."

임하랑은 식탁에 있던 플라스틱 생수병을 집어 들었다.

"플라스틱 안 쓰기 운동 같은 걸 할 수도 있는 거잖아요?"

공치수는 맥주를 들이키던 손을 멈추고 임하랑을 쏘아보았다.

"아니면 분쟁 지역에 가서 난민 탈출을 도울 수도 있고요. 쪽방 촌에 도시락 배달을 갈 수도 있을 거고. 자살예방센터에서 상담 전화를 받을 수도 있을 테고요. 문화예술인 미투 운동에 참여할 수도 있겠죠. 북극곰을 살리기 위해 성금을 보내도 되고요."

"뭔 말이야?"

"그러니까, 옳은 일은 엄청나게 많은데 왜 공 기자님은 하필 사법 피해의 진실을 밝히는 일을 하시는 거냐 이 말이죠. 수많은 일 가운데 특정한 무언가에 끌린다는 것은, 그 일에 대한 어떤 내면의 요청이 있다는 것 아닐까. 북극곰을 살리거나 쓰레기를 줍는 일보다 사법 피해의 진실을 밝히는 것이 공 기자님에게 더 의미 있는 이유가 있을 거예요. 그 이유를 '재미'라고 해도 되지 않을까. 뭐, 어디까지나 제 생각이에요!"

"허허허."

공치수가 코웃음을 치며 누가 봐도 화가 난 얼굴로 웃었다.

험악해진 분위기를 느꼈는지 가까이 앉아 있던 이윤동이 공치수 쪽을 슬쩍 보았다.

"이윤동 작가님."

공치수가 이윤동의 시선을 붙잡아 매었다.

"제가요, 북극곰 살리기나 플라스틱 안 쓰기 운동을 같이 안 한다고, 새까맣게 어린 학생에게 재미로 범죄 사건이나 취재하는 놈이 돼버렸습니다."

"네?"

이윤동은 이야기의 맥락을 따라잡지 못했다.

"저는 뭐든지 재미있어서 하는데요. 그게 뭐 어때서요."

임하랑은 주눅 들지 않고 말했다. 술도 마셨겠다 여러 사람 앞에서 좋아하는 춤도 췄겠다, 초면에 할 말 못 할 말 구분하지 못하고 떠들지 말라는 룸메이트의 조언 따윈 잊어버린 지 오래였다.

"나는 아니거든! 학생? 내가 하는 일에는 사명이 있고 가치가 있다고!"

"저는 그런 게 없다고 한 적 없는데요."

앞에 놓인 맥주를 마저 비우고 임하랑이 말을 이었다.

"재미를 느끼는 일이 사회적 가치나 대의에 부합한다면 좋은 거죠. 옳은 일에 재미를 느껴서 그걸 하면 좋은 사람이고, 나쁜 일에 재미를 느낀다면 나쁜 사람인 거고. 다만 어떤 일을 왜 하느냐고 묻는다면 그 일이 재밌어서 하는 거 아니냐, 제 생각은 이렇다는 거죠. 재밌어서 하는 게 뭐 어때서요. 재미에 죄책감을 느낄 필요는 없을 것 같은데 말예요."

우당탕.

깨지고 부서지는 소리가 일동의 대화를 끊었다.

"어머!"

나리와 진정란이 비명을 지르며 몸을 피했다. 임하랑은 순간 화가 난 공치수가 상을 뒤엎은 줄 알고 옆으로 몸을 날렸다.

"다 쓸개 빠진 소리만 씨부리고 지랄하고 자빠졌네! 씨팔!"

조동욱이 자기 앞의 그릇과 술병을 손으로 쓸어 밀어뜨리고 그 가운데 비틀거리고 섰다. 입가에 허연 침을 흘리며 왜소한 몸으로 비틀거리는 것이 마치 춤을 추는 것 같았다. 술병과 그릇이 바닥에 덜그럭 소리를 내며 굴렀다. 바닥에 쏟아진 음식물이 노인의 모습처럼 추저분했다.

"이 문디 새끼들! 내가 이 썩어빠질 섬에 오는 게 아니었다! 지겹고 또 지겨운…… 저주받은 섬인기라!"

노인은 있는 힘껏 소리를 쳤다.

"어르신!"

신만수가 먼저 손을 뻗고 나섰다.

"치아라, 마!"

조동욱이 신만수의 팔뚝을 밀치다가 중심을 잃고 바닥에 나동그라졌다. 그러고는 꾸르륵 소리를 내며 바닥에서 꿈틀거렸다. 신만수와 최혁봉, 이윤동, 공치수가 주사를 부리다 고꾸라진 노인을 일으키려 달려들었다.

몇 마디 알 수 없는 욕지거리를 내뱉다가 조동욱은 일순 거짓말같이 코를 골았다. 모여든 남자들과 뒤에서 지켜보던 여자들이 일제히 한숨을 쉬었다.

"많이도 마시더라니……."

이윤동이 자기도 술에 취해 빨개진 얼굴로 못마땅하다는 듯 투덜댔다.

"그러게. 이렇게 될 줄 알았어. 방으로 옮겨야겠는데, 이 할아버지 방 몇 호인지 아는 사람?"

신만수가 주위를 둘러보며 말했다.

"주머니 뒤져봐요. 방 키가 있을 거예요."

뒤로 물러났던 진정란이 몇 걸음 다가오며 답했다.

노인의 바지 주머니에서 217호 카드 키가 나왔다.

"다행이다. 구름다리 바로 옆방이네. 저기, 내가 업고 갈 테니까 누가 좀 받쳐주세요."

신만수가 앞장서서 술 취한 노인을 수습했다. 키가 작고 왜소했지만 술에 취해 축 늘어진 조동욱을 들어올리기는 쉽지 않다. 공치수와 최혁봉이 합심하여 조동욱을 들어 신만수의 넓은 등에 태웠다. 신만수가 조동욱을 업은 채 경사로를 올랐다. 경사로 각도가 급해 최혁봉이 뒤에서 조동욱의 엉덩이를 받치고 같이 올라가야 했다.

"아이구야."

힘깨나 쓸 것 같던 신만수는 경사로 중턱을 지나기도 전에 힘에 부치는 소리를 냈다.

임하랑은 문득 시간을 확인했다. 자정이 가까운 12시 4분 전이었다.

"우리도 이제 정리하죠."

이윤동이 짜증이 배인 목소리로 말했다. 시간도 늦었고, 술자리의 흥도 깨졌다.

"그런데 아무래도 이건 좀 정리해야 되겠는데요."

임하랑이 조동욱이 남긴 잔해를 가리켰다.

"그래요. 깨진 것도 치우고, 아침에 할머니 오시면 그래도 대충 치울 만하게 정리는 해봐야지. 정신 사나우실라."

진정란이 식탁에 널린 그릇을 포개며 말했다. 공치수, 임하랑, 이윤동, 나리도 손을 모아 자리를 정리하기 시작했다. 깨진 그릇을 모아 플라스틱 쓰레기통에 담고 바닥의 음식물을 치웠다. 화장실에서 대걸레를 빨아 들고 와 더러워진 바닥을 훔쳤다. 식탁의 그릇을 모아 개수대에 쌓아놓고 음식물 쓰레기를 분리해 모아놓았다. 행주를 빨아 식탁을 닦고 술병을 한곳에 가지런히 쌓았다. 그사이 신만수와 최혁봉이 돌아왔다. 조동욱은 세상모른채 잠에 빠져 양말만 벗겨서 침대에 눕혀놓았다고 했다. 술자리가 정리된 게 아쉬운지 신만수는 맥주병을 하나 따고 식탁에 앉아 병째 마셨다.

그릇이 개수대에 넘쳐나서 조금이라도 설거지를 해놓는 게좋겠다는 말이 오갔다. 공치수와 임하랑이 얼결에 무언의 화해를 하고 개수대에 서서 일부 설거지를 시작했다. 나리는 옆에서어설프게나마 주방도구와 그릇을 제자리에 찾아 넣었다.

"다 같이 댓잎차 한 잔씩 마시고 자러 가요. 아침에 술 깨는

데 도움이 될 거예요. 이거 숙취에 좋거든요."

커피와 차 세트가 갖춰진 탁자에 댓잎차 티백이 세 상자 있었다. 진정란이 커피 주전자에 댓잎차 티백 네 개를 넣고 뜨거운 물로 우렸다. 그 뒤 냉동실에서 얼음을 꺼내 주전자에 와르르 쏟아붓고 흔들었다. 신만수와 최혁봉도 뭐 도울 게 없냐고 하며 주방에 들어와 기웃거리다가 나리와 함께 그릇 정리를 맡았다. 주방일이 다 끝날 때쯤 시원한 댓잎차 한 주전자가 만들어졌다.

모두 주방에서 나와 식탁에 앉았다. 임하랑이 유리컵을 7개 꺼내 쟁반에 받쳐 내왔다. 진정란이 컵에 댓잎차를 따랐다. 각자한 잔씩 집어 들었다.

"아, 시원하다."

얼음과 함께 차를 입에 털어 넣으며 신만수가 말했다.

"이게 숙취에 좋다고요? 허, 참. 대나무는 요래조래 쓸모가 많네."

최혁봉도 목이 탄 듯 차를 쭉 들이켰다.

약간 씁쓸했지만 시원한 맛에 술이 깨는 것도 같았다. 임하랑은 다 마신 컵을 모아 주방에 가지고 갔다. 간단히 물로 헹구고선반에 엎어놓았다. 진정란은 티백을 쓰레기통에 버리고 주전자를 씻었다.

"이제 자러 가요."

나리가 기타를 둘러메며 작게 하품을 했다.

조동욱을 제외한 7명의 손님들은 돔의 불을 끄고 구름다리를 건너 숙소동을 향해 갔다. 구름다리 통로를 지날 때는 한층 거세진 비바람 소리를 듣고 일찍 당도한 태풍과 앞으로의 일정을 걱정하는 대화를 나눴다. 숙소동에 건너와서는 모두 바로 각자의 방으로 들어갔다. 그 시각이 오늘 새벽 12시 30분쯤이었다.

"그리고 방에 와서는 바로 쓰러져 잤습니다. 밤새 아무 소리도 못 들었어요."

최혁봉이 말했다.

"저도요."

"저도."

"저도요. 아무 소리도 못 들었어요."

사람들이 거의 동시에 결백을 주장하듯 소리쳤다.

임하랑은 그 사이에서 빈 그릇을 손에 든 채 우물쭈물하고 있는 한 사람을 향해 말했다.

"이윤동 작가님."

이윤동이 깜짝 놀라 임하랑을 보았다.

"네? 저요?"

"새벽에 바깥에 나갔다 오셨어요?"

"아……."

이윤동은 응접탁자에 그릇을 놓고 손으로 제 무릎을 감싸 쥐었다. 어제만 해도 장난기 넘치는 소년 같던 얼굴이 위축되어 눈치를 보았다.

"……그건 왜요?"

"아침에 보니 이윤동 작가님 방 앞에 흙발자국이 나 있어서요."

"맞다. 밤에 어디 나갔다 왔어요?"

최혁봉이 가세했다.

이윤동은 노랑머리를 긁으며 변명하는 투로 입을 열었다.

"그게…… 저도 일어나 보니 그 꼴이더라고요. 젖어서 막 흙 묻은 옷을 입고 침대에 누워 있는 거 있죠. 언제 그걸 다 먹었는 지 과자 봉지와 콜라 캔이 바닥에 굴러다니고…… 전…… 그게 꿈인 줄 알았는데. 저도 모르게 나갔다 왔나봐요. 제가, 왜 그랬 을까요……."

뭔가 끔찍한 기억이 떠오르는지 이윤동이 몸을 부르르 떨었다.

최혁봉이 얼굴을 찌푸리며 말했다.

"이 작가님, 몽유병 있어요?"

이윤동이 질겁하며 양손을 내저었다.

"아니에요, 그런 거. 없어요. 없다니까요. 그러니까 기가 막히 죠. 내가 왜 그랬나. 미친놈처럼."

이해할 수 없는 현상을 접한 당혹스러움이 이윤동의 얼굴에 비쳤다.

임하랑의 매서운 시선이 이윤동에게 향했다. 이윤동은 이제 당혹스러움을 넘어 고통스러운 표정을 지었다.

"한 명 더 있지 않았어요?"

통로를 거닐다 드디어 소파에 자리를 잡고 앉은 신만수가 말했다.

"발자국이 두 개 있었잖아요. 돔으로 이어지는 발자국. 장화 자국 같은 거."

"맞다! 또 누구 있어요? 새벽에 나갔다가 돔으로 갔던 사람?"

최혁봉이 사람들을 둘러보며 빠르게 물었다. 긴장한 표정이었다. 새벽에 돔으로 향했다는 것이 가지는 의미를 무시할 수 없었던 것이다.

이번엔 모두들 힘차게 고개를 저었다.

"여기에 장화 갖고 온 사람?"

공치수가 눈을 번뜩이며 물었다.

아무도 장화를 가지고 오지 않았다고 말했다.

지난밤과 오늘 아침, 연수원 손님들을 덮친 이상한 현상들. 늦 잠과 숙취. 투통. 어지러운 꿈. 몽유 증상. 임하랑은 그것에 집중 했다.

하나의 결론에 이른 임하랑이 막 입술을 떼려던 순간이었다.

삑삑삑.

소리가 났다.

모두가 어리둥절해하며 천장을 둘러보았다.

악기 소리가 흘러나오고 있었다.

첫 번째

메시지

7명의 손님들은 각자 하던 동작을 멈추고 우두커니 앉거나 섰다.

그것은 피리 소리였다.

천장에 설치된 스피커를 통해 피리 소리가 울렸다. 무슨 곡조인지 알 수 없었다. 한 음 한 음 띄어 부르는 단음의 연결. 삑삑삑. 삑삑. 삑삑삑삑. 삑삑삑.

"뭐지?"

최혁봉이 외쳤다.

"무슨 소리야?"

진정란이 겁먹은 목소리로 소리쳤다.

"누구야! 뭐야, 이건 또! 어떤 놈이 장난치는 거야?"

공치수가 화를 냈다.

손님들의 항의에도 불구하고 소리는 계속 울렸다. 짧은 한 묶음의 음정이 되풀이되고 있었다. 신만수가 휴게실 문을 열고 복도로 나갔다. 피리 소리는 복도에서도 났다. 건물 전체에 방송되고 있는 것 같았다.

무슨 의미인지 알 수 없는 피리 소리는 불안이 가득한 방에 대혼란을 불러왔다. 몇몇은 소리의 근원지를 찾아 숙소동 곳곳을 누비며 방문을 열고 닫았다. 진정란은 소파에 앉은 채로 손가락이 파리해지도록 옷자락을 쥐었다. 공치수는 복도를 오가며 욕을 내뱉었다. 나리는 머리를 싸쥐고 조용히 흐느꼈다.

임하랑은 가만히 천장을 올려다보았다. 침착했던 임하랑의 얼굴에도 긴장이 감돌았다. 똑똑 끊어지는 각기 다른 음정 셋. 잠깐 띄우고 둘. 또 잠깐 띄우고 이번엔 넷. 다음엔 셋. 이렇게 12개의 음정이 끝나면 약 2초의 사이를 두고 다시 12개의 음정이 똑같은 방식으로 되풀이되었다. 이번에는 끝날까 싶으면 또 이어졌다. 그것은 연주라고 할 수 없었다. 어린아이가 피리를 잡고 아무 음이나 불어대는 것 같았다. 음악이 아닌 같은 음의 반복은 소름 끼치게 불쾌한 자극이었다.

"싫어! 아악!"

나리가 비명을 지르며 손으로 귀를 감쌌다. 가수의 예민한 귀로는 특히나 듣기 힘든 소리였다.

같은 패턴으로 반복되는 음의 나열. 들려주니 듣고 있을 수밖에 없었다. 임하랑은 무기력감에 이 사이로 끙끙거리는 소리를 냈다.

가장 두려운 것은 이 소리가 언제 끝날지 모른다는 거였다.

"못 참아! 더 이상 못 참아!"

나리가 귀를 막은 채 이번엔 진짜로 휴게실을 뛰쳐나갔다.

임하랑은 휴대전화의 녹음 기능을 켰다.

문득 어떤 이야기 토막이 임하랑의 머리를 스쳤다.

말을 할 수 없는 소년은 퉁소를 불어 자신의 한을 표현하고 이것이 섬을 지나던 원님의 귀에 닿는다. 원님의 앞에서 소년이 부는 퉁소 소리는 사람의 말로 변하여 그간의 사연을 고하게 된다…….

진정란의 블로그에서 본 민담 내용이었다. 어제 낮 호죽 죽향 연수원에 도착했을 때 전시대 유리관 위에 보란 듯이 놓여 손님들을 맞았던 '바늘 상자 속에 넣어둔 눈알'. 호죽도에서는 민담의 내용 중 '눈'이 '혀'로 바뀌어 전승되고 있다고 했다. 그리고 40년 전 호죽도에서 벌어진 살인사건. 빙초산을 삼켜 목소리를 잃고 말았다는 목격자 소년. 그 소년의 문제를 방관했다는 섬사람들의 집단 죄의식이 민담의 내용을 변형시킨 것 아닐까 하는 진정란의 추측.

아직은 뜻을 알 수 없지만, 이 소리는 메시지라는 생각이 들었다. 임하랑은 피리 소리가 녹음되고 있는 제 휴대전화의 화면을 뚫어지게 바라보았다.

같은 시각, 같은 소리가 돔을 울렸다.

"뭔 소리고?"

박 노인이 주위를 휙 돌아보며 소리쳤다.

시신에 조심스레 침대보를 덮고 현장을 정리하려던 권오규 순경은 깜짝 놀라 눈을 휘둥그레 떴다.

"누, 누굽니까!"

권오규는 허공에 대고 외쳤다. 권오규의 목소리는 돌 벽에 부딪쳐 메아리쳤다. 피리 소리는 멈추지 않았다. 천장에 설치된 스피커에서 나오고 있는 것 같았다. 누군가 방송을 하고 있는 것이다.

"뭐고? 이기 퉁소 소리가?"

박 노인이 짜증을 냈다.

"그런 거 같은데요. 누가 틀고 있는 거지요?"

청년회장이 권오규를 바라보며 말했다.

답을 알 길 없는 권오규는 어깨를 으쓱했다. 가만히 들어보니 중간에 틈을 두고 같은 음이 계속 되풀이되었다. 귀에 익은 곡조는 아니었다. 한 음 한 음 끊어서 삑삑대는 것이 어떤 선율을 이루는 것 같지는 않았다.

"일단 여길 정리하고 나가시죠. 어르신들, 저쪽 건물로 건너가서 왜 이런 소리가 나는지 살펴봐야겠어요."

권오규가 구름다리와 연결된 경사로로 발을 옮겼다. 다른 3명도 찜찜한 얼굴로 뒤를 따랐다. 삑삑삑. 삑삑. 얼굴이 절로 찌푸려지는 듣기 싫은 소리였다. 권오규는 조금 전 박 노인으로부터 시신이 호죽도에서 나고 자란 조풍기란 사람이라는 말을 들었을 때 뭔지 모를 기시감을 느꼈다. 최근에 어떤 문서에서 그 이름을 본 것 같았다. 그러나 잠시 솟아올랐던 의문은 기분 나쁜 피리 소리와 함께 사라졌다.

모두 구름다리로 나온 뒤 권오규는 문에 자물쇠를 채우고 문 틈에 노란 테이프를 붙였다. 구름다리로 통하는 돔의 문을 봉쇄 하는 것이었다.

"이짝 건물에도 똑같이 울리는데예?"

숙소동 쪽 문을 열어본 청년회장이 말했다. 테이프를 길게 뜯 어내는 권오규의 등에 식은땀이 흘렀다. 정말 이상한 사건이다. 대체 이 섬, 이 건물에서는 무슨 일이 일어나고 있는 것일까. 빗 줄기가 구름다리 통로 천장을 툭툭 때렸다. 대나무 숲을 휘돌아 나가는 바람 소리가 휘잉, 하고 들렸다. 시간이 이 건물 안에서만 흐르는 것 같았다.

권오규는 숙소동 곳곳을 둘러보며 방송 시설이 있는 곳을 찾 았다. 이미 손님들 몇이 복도를 오가며 수색을 하고 있었다. 모두 딱딱하게 굳은 얼굴이었다. 물어보지 않아도 수색의 성과가 없 다는 걸 알 수 있었다. 권오규는 1층에 내려가 관리인실과 강당 을 살폈다. 강당 준비실에 방송 장비가 있기는 했지만 전원이 꺼 져 있었다. 아무래도 숨겨진 장비가 있는 모양이었다. 쓰라린 좌 절감을 느끼며 권오규가 강당 밖으로 나온 순간, 언제까지나 울 릴 것만 같던 피리 소리가 뚝 그쳤다.

악마의 주문처럼 반복되며 건물을 울리던 피리 소리가 멈추 자 주변이 갑자기 조용해졌다.

권오규는 숨을 멈추고 귀를 기울였다.

몇 초 더 기다렸지만 피리 소리는 들리지 않았다. 권오규는 긴 한숨을 내쉬었다. 어깨 근육에 뭉쳐 있던 힘이 쑥 빠져나가는 느낌이었다.

박 노인 일행이 돌아가고, 홍막내는 손님들의 저녁거리를 챙겨오
겠다고 집으로 갔다. 돔이 봉쇄되어 식당에 있는 식재료와 식기
를 쓸 수 없었다. 불편하겠지만 끼니때마다 홍막내가 싸 오는 음
식을 숙소동 2층 휴게실에서 먹기로 했다. 당분간 회합 장소가
될 휴게실에 남은 7명과 권오규 순경이 모여 앉았다.

"모두 신분증을 제출해주시겠습니까?"

이렇게 말하며 손님들을 둘러보던 권오규의 눈이 어느 지점
에서 번쩍 뜨였다. TV에서 보던 여자 연예인이 화장기 없는 지친
얼굴로 소파 한구석에 앉아 있었다. 두려움에 지쳐 울기라도 했
는지 커다란 눈이 불그스름하게 부어 있었다. 외딴 섬에서 근무
하는 청년 경찰의 눈에는 그 모습도 그림같이 보였다. 이름이 뭐
였더라. TV 화면에서 튀어나온 듯한 여자가 작은 파우치에서 주
민등록증을 꺼내 내밀었다.

김나리.

"본명은 그렇고요. 활동명은 나리예요."

"아. 맞아요!"

권오규가 소리쳤다.

나리가 당황한 눈으로 권오규를 쳐다보았다.

"앗. 죄송합니다. 어디서 뵌 분 같은데 성함이 안 떠올라
서…… 가수 나리 씨 맞죠?"

권오규가 정모를 고쳐 쓰며 사과했다. 다른 때 같으면 누군가
쿡쿡 웃으며 놀렸겠지만 지금은 그럴 분위기가 아니었다. 우중충
한 날씨와 괴이한 사건의 여파가 공기를 무겁게 누르고 있었다.

"어쩌다……."

유명 가수가 어쩌다 이런 일에 휘말렸는지 물으려다가 권오규
는 입을 닫았다. 다른 사람들도 놀랍고 당황스럽기는 마찬가지
일 것이었다.

7개의 신분증이 권오규 앞에 모였다. 권오규는 휴대전화로 신
분증 앞뒤를 촬영하고 거제경찰서 형사에게 보냈다. 조금 전에
는 조동욱이 묵었던 217호를 수색했다. 구름다리 바로 옆에 붙
은 방이었다. 침대 이부자리가 흐트러져 있었고, 바닥에는 검은
부직포 배낭이 아무렇게나 놓여 있었다. 배낭에 든 것은 옷가지
와 면도기뿐이었다. 그 외에는 침대 협탁에 놓인 뒤집힌 양말 두
짝과 지갑이 소지품 전부였다. 핏자국이라든지 싸움이 벌어진
것 같은 흔적도 없었다. 권오규는 협탁 위 지갑에서 신분증을 꺼

내 사진을 찍고 거제경찰서에 보냈다. 피해자의 이름은 조동욱. 1952년생으로 68세였다.

권오규는 손님들의 직업과 사는 곳을 묻고 수첩에 적었다. 명단은 나이순으로 정렬했다.

임하랑(여, 1999년생, 21세) 고구려대학교 물리학과 2학년, 서울

김나리(여, 1996년생, 24세) 가수(활동명 나리), 서울

이윤동(남, 1985년생, 35세) 웹툰 작가, 일산

최혁봉(남, 1984년생, 36세) 역사소설가, 서울

공치수(남, 1980년생, 40세) 《탐사주간》 기자, 인천

신만수(남, 1980년생, 40세) 굿조이엔터테인먼트 프로듀서, 과천

진정란(여, 1978년생, 42세) 반유무역 직원, 서울

여자 3. 남자 4. 모두 서울과 수도권 지역에 산다. 20대가 2명, 30대도 2명, 40대가 3명. 직업은 연예인부터 대학생까지 다양하다. 문화예술 쪽 종사자가 4명이나 있다는 게 특징이라면 특징이겠다.

"정명선 그놈은 찾았습니까?"

스포츠형 머리에 턱이 각진 남자가 따지듯 물었다. 《탐사주간》 기자 공치수였다.

"아직 모릅니다. 본부에서 조사 중이고……."

공치수가 권오규의 말을 자르고 소리쳤다.

"아직이라니요! 사건 터지자마자 주인이란 놈이 연락도 안 되는데 이게 보통 일입니까? 그놈 짓이든 아니든 그놈이 어떻게든 연관되어 있단 말입니다!"

다른 사람들도 정명선이란 이름을 언급하며 웅성거렸다.

권오규는 이마에 힘을 팍 주었다. 현장 질서를 잃으면 안 된다는 다급함이 근엄한 표정을 끌어올렸다.

"자자, 다들 조용하시고 주목하세요. 지금 호죽도에 경찰 인력은 유감스럽게도 저밖에 없습니다. 태풍이 잠잠해지면 내일이든 모레든 육지에서 수사 인력이 도착할 겁니다. 그동안 제가 할 일은 현장을 보존하고 여러분들의 안전을 챙기는 일입니다. 그리고 아주 기본적인 사실관계만 조사할 겁니다. 그것만으로도 힘에 부친다고요. 하지만 최선을 다할 테니 이해해주시고 협조해주시면 감사하겠습니다."

잠깐 사이를 두었다가 권오규는 이어서 말했다.

"지금 경찰서에서 호죽 죽향 연수원의 소유 관계를 알아보고 소유주와 연락을 취하고 있습니다. 일에는 다 순서가 있고 시간이 필요합니다."

공치수는 불만이 남은 듯했지만 일단 입을 다물었다. 임하랑은 소파 끄트머리에 앉아 조용히 고개를 끄덕이며 권오규를 응원했다.

"수사 진행 상황은 필요한 부분이 있으면 여러분께 공지 드리겠습니다. 하지만 수사라는 것의 특성상 모든 정보를 오픈할 수는 없습니다. 그 점도 양해바랍니다. 여러분은 본부에서 수사 인력이 올 때까지 묵으시던 객실에서 생활해주시기 바랍니다. 사건 현장인 돔은 봉쇄했으니 접근하지 마시고요. 가족이나 직장에는 다 연락하셨죠? 너무 걱정하시지 않게 잘 설명했기를 바랍니다. 저도 이런 일이 생겨 무척 유감입니다. 부디 동요하지 마시고, 저를 좀 도와주세요."

말을 마무리하며 권오규는 손님들 얼굴을 차례로 둘러보았다. 대체로 수긍하는 기색이었다. 잘했어. 권오규는 속으로 안도했다. 사건현장을 수습하고 경찰서에 보고하느라 보낸 몇 시간 동안 자신이 크게 성장한 느낌이 들었다.

"저기."

웹툰 작가 이윤동이 눈치를 보며 손을 들었다.

"네?"

"저…… 하나만 물어봐도 됩니까?"

"네. 뭐죠?"

권오규는 다소 못마땅한 표정으로 이윤동을 쳐다보았다. 간밤에 악몽을 꾸다가 밖에 나가 흙발자국을 묻히고 돌아온 사람이 이윤동이라는 말을 들었기 때문이다. 샛노란 머리에 알이 두툼한 안경. 추리 만화를 주로 그리는 웹툰 작가라는 직업. 작가랍시고 이상한 행동을 일삼으며 주목을 끌려는 사람이 아닌가 하는 생각이 들었다.

"이 사건을 경찰은 살인으로 보고 있습니까?"

순간 모두의 눈길이 권오규의 입술에 쏠렸다.

청년 경찰은 고민하며 말을 끌었다.

"어…… 글쎄요, 그게, 아직은 어떤 식으로든 결론 낸 것이 없습니다. 제가 그럴 입장도 아니고. 음…… 현장을 보신 분은 알겠지만 워낙 상황이 독특해서요. 살인일 가능성도 배제하지는 않고 있다, 일단은 그 정도만 말씀드릴 수 있겠습니다."

"치. 살인이지. 보면 몰라."

공치수가 혼잣말인 척 투덜거렸다.

날이 선 기자의 반응은 무시하고 권오규는 수첩을 펼쳐 들었다. 연수원에 모인 손님들의 신상을 파악하고 연수원에 오게 된 동기와 어제부터의 행적을 조사하라는 경찰서 수사과장의 지시를 이행해야 할 때였다.

"자, 각자 따로 얘기를 들어봐야 할 부분도 있겠지만, 일단 시간을 아끼자는 차원에서, 어떻게 여기에 오게 되었는지 한 분씩 말씀해주시겠습니까?"

7명이 일제히 옆 사람의 눈치를 보며 머뭇거렸다.

최혁봉이 먼저 나섰다.

"저는 한 2주 전인가, 역사소설가협회 사무실로 초대장이 왔어요. 메일로도 오고, 우편으로도……. 호죽도에 현대식 연수원을 건설했는데 오픈하기 전에 모니터링단을 초대한다는 내용이었죠. 건물이 잘 지어졌는지, 뭐 불편한 점은 없는지 3박 4일 동안 무료로 숙식해본 다음 문제점을 평가해주면 된다고 하면서요. 발신인은 건물주 정명선이었어요. 다양한 직업인을 모으고 있는데 그중 소설가도 오면 좋겠다는 생각에 초대장을 보냈다고 하더라고요. 정식 오픈하면 글 쓰는 사람이 종종 작업하러 올 것 같다고…… 협회 회원 중 1명만 초대한다고 해서 임원단 회의를 통해 제가 가기로 결정된 겁니다."

"그 말씀은, 정명선 씨가 누구를 지정해서 초대를 한 건 아니라는 거군요?"

"네. 협회 회원 중 1명만 오라고만……."

"저도요."

이윤동이 말했다.

"M 포털 웹툰 작가 연대로 초대장이 왔어요. M 포털에 연재하고 있는 웹툰 작가들 권익을 위해 재작년에 만든 단체예요. 그래서 제가 가고 싶다고 자원했죠. 마침 만화도 휴재중이고 아이디어도 필요하고 해서……. 초대장 내용은 최 작가님이 말씀하신 거랑 같아요."

권오규는 맞은편에 앉은 체격이 건장하고 눈이 부리부리한 남자에게 눈을 돌렸다. 아까 전 권오규가 현장에 진입할 때 구름다리 문 앞에서 안내했던 남자였다. 영화사 프로듀서 신만수.

"저도 마찬가지입니다."

자기 차례가 되었음을 깨닫고 신만수가 말했다.

"제가 근무하는 영화사에 초대장이 왔죠. 처음엔 아무도 안 가려고 했어요. 누군지도 모르는 사람이 불쑥 보낸 거라. 더구나 딱 1명만 올 수 있다고 하니까…… 가족이나 친구랑 갈 수 있는 것도 아니고 말이죠. 선뜻 가겠다는 사람이 없더라고요. 태풍도 곧 올라온다고 하고……."

"그런데 어쩌다가 신만수 씨가?"

"그게, 제가…… 낚시를 아주 좋아합니다. 여기 오면 배낚시 한번 할 수 있을까 하는 마음에, 와이프와 딸애를 몇 날 며칠을 설득해서 겨우 허락받고 왔습니다. 그런데 오자마자 비는 쏟아지고, 태풍도 일찍 쳐들어오고, 낚시는 글렀고, 급기야 이런 일까지 생길 줄이야……."

후회가 담긴 목소리였다.

"전 딱 제 앞으로 메일이 왔는데요?"

사람들의 시선이 공치수에게 향했다.

"회사의 제 메일 주소로 초대장이 왔어요. 《탐사주간》 취재부 공치수 기자님께, 라고 하면서. 정명선이란 그 사람이 우리 잡지를 매주 사 보는데 특히 제 기사를 좋아한다고 하더라고요. 그래서 자기 소유 연수원 모니터링 행사에 특별히 초대하고 싶다고 했어요."

"공 기자님 기사를 좋아한다고 했다고요?"

권오규가 진술 내용을 수첩에 부지런히 받아 적으며 물었다.

"네, 제가 범죄 기사 전문이거든요. 의문사나 유죄 오판 사건 캐서 탐사 기사를 주로 쓰고 있죠. 뭐 어떤 건 제가 취재한 대로 나중에 재판에서 뒤집어지기도 하고 재심도 하고. 그래서 기자

상도 받은 적 있습니다. 어쨌든 제가 쓴 기사 몇 꼭지를 예로 들면서 인상 깊게 읽었다고 하더라고요. 전화 걸어 얘기 나눠보니까 진짜 읽고 하는 소리 같긴 했어요. 안 그래도 여름휴가도 못 갔고, 제 기사 좋아한다는 시민이 초대하는데 한번 가보자는 생각이 들었죠. 전 싱글이라 걸리는 식구도 없고."

이 지점에서 공치수가 분한 듯 제 무릎을 쳤다.

"에이. 맞다! 그래, 짜증나지만 임하랑 학생 말이 맞네! 제가 어제 아침에 갑자기 처리할 일이 생겨서 배 출발 시간을 못 맞췄거든요. 그런데 늦게라도 갈 수 있냐고 물어서 혼자 배 타고 여기 들어왔잖아요. 그때라도 그만뒀어야 하는 것을 왜 사서 이 고생인지!"

"잠깐 정리를 해봅시다. 최혁봉, 이윤동, 신만수 씨는 각자 자기가 소속된 조직에 1인 초대장이 온 거라는 거죠. 그러니까 딱 누구를 찍어서 초대한 게 아니고, 말하자면 최혁봉 씨나 이윤동 씨, 신만수 씨가 아니라 다른 사람이 올 수도 있었던 거고요. 반면 공치수 씨는 공치수 씨 개인을 특정해서 초대를 한 거란 말이군요."

말을 마친 권오규의 눈길이 나리를 향했다.

"에, 저…… 나리 씨는 어떻습니까?"

"저요? 저도 절 특정해서 초대를……. 여기 주인이 제 팬이라고 하면서 제 소속사에 메일과 초대장을 보냈어요. 매니저가 전해주면서 내 앞으로 온 거니까 전달해주긴 하는데 가지는 말라

고 했죠. 알지도 못하는 사람을 어떻게 믿느냐고. 하지만 마침
스케줄도 없고 바람도 쐬고 싶고…… 한산한 곳이니까 연예인이
가도 눈에 안 띄고 좋지 않겠냐면서 제가 고집 피워서 왔어요.
이번 앨범 활동 끝나고 여행을 너무 가고 싶었거든요."

"어허……"

어떻게 이렇게 하나같이 생각이 짧을까. 권오규는 수첩에 글
씨를 채우며 미간을 찌푸렸다. 먼 남해의 섬에 연수원을 신축했
으니 모니터링을 해달라는 낯선 사람의 초대에 응해 덜컥 내려오
다니.

"전 어제 다른 분들에게는 설명드렸다시피……"

진정란이 바통을 이었다.

"작년에 개인적으로 호죽도를 방문했었어요. 관련해서 블로
그에 글을 올렸죠. 제가 우리나라 민담에 관심이 있어서요. 전국
각지의 민담에 대해 공부하고 그 내용을 블로그에 올리거든요.
그냥 일종의 취미생활이라고 보시면 돼요. 〈바늘 상자 속에 넣어
둔 눈알〉이라는 민담이 호죽도에서 어떻게 변형되었는지를 정리
해서 올렸는데…… 정명선 씨가 그 글을 잘 읽었다며 메일을 보
내 절 초대했어요."

최혁봉이 그제야 생각났다는 듯 흥분해서 발을 굴렀다.

"맞아! 그거 가지고 건물주 놈이 장난을 쳐놔서 얼마나 놀랐
는데요! 그때부터 눈치 깠어야 해! 눈알 굴러다닐 때부터 알아
봤어야 한다고!"

"눈알? 눈알이 뭐죠?"

이를 부득부득 갈며 말하는 최혁봉에게 권오규가 물었다.

최혁봉을 중심으로 몇몇이 말을 보조하면서 어제 낮의 일화를 권오규에게 전했다. 숙소동 1층 전시대 위에 대나무 상자가 놓여 있어 열어봤더니 모형 눈알 2개가 나오더라는 것. 상자를 열어본 진정란이 화들짝 놀라 간이 떨어질 뻔했다는 것. 그 사건으로 〈바늘 상자 속에 넣어둔 눈알〉이라는 민담을 떠올리게 되었다는 것.

진정란이 자기 블로그에 올린 글을 스마트폰으로 찾아 권오규에게 보여주었다. 호죽도에 근무한 지 1년 남짓 된 권오규로서는 전혀 모르는 내용이었다. 〈바늘 상자 속에 넣어둔 눈알〉이라는 민담이 있다는 것도 몰랐다. 마을 사람들이 그 얘기를 하는 것도 들은 적 없다. 하긴, 마을 노인들이 외지에서 부임해 온 젊은 경찰에게 옛날이야기를 들려줄 일은 좀처럼 없다.

이야기가 이쪽으로 빠지자 미스터리 마니아 이윤동의 얼굴에 돌연 생기가 돌았다.

"우리끼리 어제 그 얘기를 하다가 말예요. 민담의 '눈알'이 '혀'로 바뀐 게 호죽도에서 40년 전 발생한 살인사건과 관련이 있다는 말이 나왔죠."

웹툰 작가는 살인사건과 얽힌 미스터리에 대해 말하는 것이 즐거운 모양이었다. 이윤동은 신이 나서 자기가 들은 40년 전 사건에 대해 설명하기 시작했다.

권오규는 가슴이 덜컥 내려앉았다.

그 사건과 관련이 있는 건가!

'조풍기'란 이름을 어디서 보았는지 불현듯 떠올랐다. 지난주에 읽고 또 읽었던 낡은 사건 기록에 언급된 이름이었다. 권오규는 남몰래 가슴이 두근거렸다. 아까 전 박 노인은 피해자 조동욱의 시신을 자세히 보더니 피해자가 조풍기라고 단언했다. 하지만 주민등록증을 확인해보니 피해자의 이름은 조동욱이 맞았다. 조 씨는 그렇게 드문 성은 아니다. 혹시 형제나 친척 관계인 걸까. 그래서 닮은 걸 수도. 그나저나 호죽도에서 40년 전 발생한 살인사건의 그림자가 왜 이제 와서 여기저기에서 나타나는 걸까.

40년은 이제 와 영향을 미치기에는 너무나 긴 세월이다. 그리고 40년 전 그 사건은 미해결로 끝난 것도 아니고 즉시 범인이 잡혀 처벌을 받고 종결되었다. 권오규는 어두운 동굴에 갇혀 눈앞에 어른거리는 비슷한 이미지를 계속 보는 듯이 답답했다.

2주 전이었던가. 호죽도 치안센터에 사건 기록을 보낸 사람은 누구일까.

그리고 목격자 소년이라니? 권오규는 그날 화상을 입어 육지 병원으로 후송된 소년이 있었다는 기록을 스치듯 본 기억이 났다. 그 소년의 상처가 빙초산을 먹어 목에 화상을 입은 것이었나. 소년의 부상이 살인사건과 관련이 있는 걸까.

권오규의 안색이 바뀐 걸 알아채지 못하고 이윤동은 계속 떠들었다.

"그래서 그 사건으로 목소리를 잃은 소년에 대해 죄책감을 느낀 호죽도 사람들이 민담의 '눈알'을 '혀'로 바꾸어 말했다, 라는 게 진정란 씨 생각이에요. 그렇죠. 진정란 씨?"

"확신할 수 있는 건 아니고요. 말했잖아요. 목소리를 잃은 소년이 진짜 있었는지 없었는지도 모르는 일이고………."

진정란이 자신 없게 말을 흐렸다.

잠시 대화 없는 시간이 흘렀다. 그러다 어느덧 권오규는 사람들이 다 자신을 바라보고 있다는 걸 깨달았다. 아뿔싸. 한눈팔면 안 돼.

그 사건에 대해서는 나중에 생각해보기로 하자. 생각을 다듬고 권오규는 다시 펜을 쥐었다. 빠진 사람이 누구더라.

"흠흠. 계속 하죠. 임하랑 씨?"

소파 끝에 앉은 임하랑은 근심어린 표정이었다.

"네. 그런데 저는 여러분들과는 좀 다른데요."

"잉?"

공치수가 임하랑 쪽으로 고개를 돌리며 눈을 번뜩였다.

"저도 저를 특정해서 정명선 씨가 메일을 보냈죠. 그런데 부른 이유가 다른데……"

다른 때와 달리 뜸을 들이는 임하랑의 말에 다들 귀를 기울였다.

"그 사람이, 정명선 씨가요. 호죽 죽향 연수원에서 앞으로 가상의 범죄 상황을 제시하는 이벤트를 할 계획이라고 했어요. 그러면서 저에게 이벤트를 체험하고 감상을 말해달라고 했죠. 문제점을 지적해달라고도 했고요. 연수원 모니터링 얘기는 저에게 안 했어요. 그러니까 여러분들은 저와 다른 목적으로 초대받아 온 거라는 걸 저는 여기 와서 안 거죠."

"에엥?"

공치수가 입을 떡 벌렸다.

"가상의 범죄 상황이라…… 탐정 게임 같은 건가? 그거 하려고 온 거야?"

임하랑은 대답 없이 양어깨를 으쓱해 보였다.

"왜 임하랑 씨에게는 그런 권유를 한 걸까요?"

의아한 표정으로 권오규가 물었다.

"제가 경찰청에서 주최하는 모의 범죄 해결 대회에서 상을 탄 적이 있어요. 모바일 추리게임 랭킹에도 올라가 있고. '물리학도 추리왕' 뭐 이딴 제목으로 대학신문에 인터뷰 기사가 나간 것도 있고. 정명선 씨가 그 기사를 봤다면서 와달라고 했어요. 자기가 기획하는 이벤트 검증에 제가 적임자인 것 같다고."

"어허. 그놈이 어떤 식으로, 무슨 문제를 낼 거라고 한 거야? 연수원을 사건 현장처럼 꾸며놓겠다고 한 건가? 이거 뭐야. CSI 흉내? 설마 정말 살인사건을 일으킬 계획이라고 하진 않았을 테고."

공치수가 목소리를 높였다. 범죄 전문 기자는 어제부터 임하랑과 영 사이가 좋지 않았다.

"자세한 말은 안 했어요. 오면 알 거라고 했죠. 저도 더 질문은 안 했고요."

"기가 막히네. 그럼 뭐야? 이 상황은? 진짜로 사람을 죽여놓고 임하랑 씨에게 지금 누가 죽였는지 풀라는 거야? 그럼 우리 역할은 뭐지?"

공치수가 코웃음을 쳤다. 그것도 기자 근성인지 문제에 맞닥뜨리면 깐죽거리며 캐묻는 태도가 몸에 밴 듯했다.

"임하랑 학생은 그 말을 듣고 그래 자세히 묻지도 않고 내려온 거야? 무슨 일이 벌어질 건지도 모르고?"

비아냥거리는 말에도 임하랑은 주눅 들지 않았다.

"별 생각 없이 내려온 건 다 마찬가지 아닌가요? 늦었는데도 굳이 배를 따로 타고 들어온 공 기자님이 하실 말씀은 아닌 것 같은데."

화가 났는지 공치수가 험악한 표정으로 눈썹을 꿈틀거렸다.

고개를 휙 돌리며 임하랑이 말을 이었다.

"누가 누구를 비난할 문제는 아니에요. 이건 순전히 확률의 함정이니까. 권오규 순경님?"

"네?"

이름이 불린 권오규는 눈을 끔뻑거렸다.

"권 순경님은 어쩌면 사람들이 다 이렇게 무모하고 계획이 없을까, 아무 연고도 없는 사람이 연수원 신축했다고 초대한다는 말을 믿고 여기까지 내려오다니. 태풍도 올라오는데 다들 바보 아니냐고, 아마도 그런 생각하고 계실 것 같은데요."

"아니요. 저는 뭐 바보라고까지는……."

당황하여 손을 휘젓는 권오규의 말을 자르고 임하랑이 못을 박았다.

"맞아요. 바보와 얼간이들만 모인 거. 바보와 얼간이들만 내려왔으니까요."

"저기……."

묵묵히 대화를 듣고 있던 신만수가 편치 않은 표정으로 입을 떼었다. 바보라고 취급당한 것에 대해 항의를 하고 싶은 모양이었다.

"신중한 사람들은 초대를 받았어도 오지 않았으니 여기 없는 거고요."

불만에 찬 사람들의 얼굴을 한번 둘러보더니 임하랑은 말을 이었다.

"우리는 정명선이란 사람이 얼마나 많은 메일과 초대장을 보냈는지 모르잖아요. 100개? 200개? 1000개? 우린 몰라요. 초대를 받은 대부분의 사람은 응하지 않았겠죠. 하지만 휴식이 필요했든, 낚시를 하고 싶었든, 원래 이모저모 잘 따지지 않는 성격이든, 나름의 이유로 우리 7명…… 아니 돌아가신 조동욱 할아버지까지 8명은 초대에 응한 거란 말이죠. 그러니까 여기 온 사람들만 봤을 때는 왜 이렇게 다들 신중하지 못할까 하는 생각이 들지만, 그건 수많은 사람들 중에서 신중하지 못한 사람들만 결과적으로 여기 모였기 때문인 거라고요."

"하…… 그렇다면 말이 되네. 정말 나야말로 낚시 한번 해보려다가 낚시에 걸린 꼴이네."

신만수가 껄껄 웃으며 임하랑의 의견에 동조했다.

"그리고 참, 어제 술자리에서 다들 들으셨는지 모르겠는데요. 조동욱 할아버지는 이 연수원의 관리인 자리를 제안받고 왔다고 했어요."

"그래요?"

권오규가 귀를 쫑긋하며 물었다. 조동욱과 조풍기의 관계에 대한 의문이 여전히 권오규의 머릿속을 어지럽히고 있었다. 정명선이 조동욱에게는 연수원 관리인 자리를 제안하며 초대했다. 왜? 조동욱이 호죽도와 관련 있는 사람이어서?

임하랑이 말을 계속했다.

"편의상 이렇게 부르죠. 연수원 시설 모니터링 목적으로 6명, 탐정 목적 1명, 관리인 목적 1명이 어제 이곳에 왔어요. 모니터링이든 탐정이든 관리인이든 얼마나 더 많은 후보자가 있었는지는 모르는 거고요. 우리 중 누군가는 꼭 와야 했던 사람이 있을 수 있고, 누가 와도 상관없었던 사람이 있을 수 있겠죠."

"저희처럼 말이죠. 웹툰작가모임이나 역사소설가협회, 영화사에 초대장을 보내서 아무나 1명 와달라고 한 경우."

최혁봉이 손짓으로 이윤동과 신만수를 자기와 한 무리로 엮어 말했다. 임하랑이 고개를 끄덕였다.

"네. 적어도 3분은 반드시 3분을 특정한 건 아니라고 볼 수 있죠. 직접 메일을 받은 나리 씨, 공치수 씨, 진정란 씨, 그리고 저. 우리 4명도 꼭 우리여야 했는지 다른 사람이어도 됐는지는 모를 일이죠. 돌아가신 조동욱 할아버지야말로 여기 온 과정에 대해 자세한 내막을 들을 수 없게 됐으니 더 알 수 없고요. 기획자의 의도를 알 수 없다는 말이에요. 우리 중 대체불가능한 사람이 있었는지 없었는지."

"잠깐요. 잠깐요. 임하랑 씨. 그러니까 임하랑 씨는 지금······ 이걸 계획된 살인이라고 보고 있는 거예요? 범인은 정명선이고?"

이윤동이 흥분한 목소리로 물었다. 권오규가 급히 대화의 흐름을 제지하려 들었다.

"이게 살인사건인지 아닌지 경찰은 아직 결론 내지 않······."

"살인이에요."

임하랑이 단언했다. 눈꼬리가 위로 올라가 매서워 보이는 눈매가 힘을 발했다. 웅크려 있던 독수리가 날개를 펼치기 전 몸을 흔드는 참이었다. 권오규는 말을 다시 잇지 못했다.

"살인이지, 그럼. 우리 다 현장을 봤잖아? 그게 자살이야? 사고사로 보여요?"

공치수가 팔짱을 낀 자세로 투덜거렸다. 범죄 전문 기자의 눈빛도 예사롭지 않게 빛났다.

"참! 홍 할머니! 홍 할머니에게 물어봤어요? 정명선이란 놈에게 우리 있을 동안 밥하고 관리해주고 돈 받기로 했다며? 그 할머니가 그럼 정명선을 알고 있겠네!"

"물어봤습니다. 그런데…… 모르시더라고요."

권오규가 작게 한숨을 쉬며 정모를 고쳐 썼다. 홍막내는 자기에게 일을 시킨 정명선이란 사람을 알지도 못하고 본 적도 없다고 했다. 뿐만 아니라 호죽도 사람 누구도 호죽 죽향 연수원의 건물주를 알지 못한다는 것이었다. 건물주는 공사가 진행되는 동안 한 번도 섬에 모습을 드러낸 적이 없었다. 얼마 전 호죽도 어촌계장이 호죽 죽향 연수원 주인이라고 하는 중년 남자로부터 전화를 받았다. 남자는 언제부터 언제까지 연수원에 첫 손님들이 오는데 손님들 밥을 해주고 건물 청소를 할 아주머니를 몇 명 소개해달라고 했다. 선불로 주겠다고 제시한 보수가 후했다. 어촌계장이 적당한 사람 몇 명을 추천하자 남자는 그중 홍막내가 좋겠다고 말했다. 홍막내의 통장에 보수가 입금되었다. 갯일을 꼬박 석 달은 해야 벌 만한 목돈이었다. 홍막내는 돈을 준 사람이 누군지 궁금하긴 했지만 일단 많은 보수를 받아서 신이 났다. 더 알고 자시고 할 것 없이 맡겨진 일만 잘하면 된다고 생각했다. 며칠 전 건물 보안업체 직원이라는 사람이 섬에 와서 홍막내의 지문을 돔 지문입력기에 입력하고 객실 열쇠를 전달했다. 이 일과 관련하여 홍막내가 만난 사람은 그 보안업체 직원뿐이었다.

"저기, 그 노인네가 하늘을 날아서 죽창 위에 떨어졌다면 몰라도, 이봐요, 권 순경님, 저도 살인사건 취재 숱하게 하고 왕년에 특종도 날려본 사람이고, 저 학생도 정명선에게 탐정으로 선택돼서 여기 왔다고 하잖아요. 어디 범죄 풀이 대회에서 상도 받았다고 하고. 여러 머리가 모이면 뜻하지 않게 좋은 결과가 나오기도 하는 법이니까 한번 얘기를 나눠봅시다. 해가 될 건 없잖아. 저 학생도 그렇고 다른 사람도 이 사건에 대해 각자 생각한 게 있지 않겠어요? 우린 죽은 할아버지랑 어제 술도 같이 마셨고, 나리 씨만 빼고 다 시체가 있는 현장도 목격했다고."

"일단 조사가 끝나고…… 제 질문이 끝나고 나서 얘기를 나누든지 하십시오."

"그럼, 우리들의 탐정님, 임하랑 학생부터 말해보지."

공치수는 권오규의 말을 간단히 무시했다. 애당초 섬 치안센터에서 근무하는 앳된 20대 순경은 공치수에게 관록과 경험에서 비교가 되지 않았다. 권오규는 자신감을 잃고 입을 닫았다.

사실 권오규도 임하랑을 비롯한 다른 손님들의 의견이 궁금했다. 본래 이 사건은 권오규의 능력을 넘어선 것이었다. 그래, 한번 들어나보자. 이야기의 주도권이 손님들에게 흘러가면서 권오규는 반쯤 포기한 심정이 되었다.

"저는."

임하랑이 입을 뗐다. 사람들의 눈길이 젊은 물리학도에게 쏠렸다. 기대를 잔뜩 품은 시선이었다. 이어진 임하랑의 말은 그 기대를 배신했다.

"모르겠어요. 아직은요."

임하랑은 고개를 한쪽으로 기울이고 무언가 곰곰이 생각했다. "하지만 한 가지는 거의 확신하는데요. 어젯밤 자기 전, 우리는 수면제를 먹었어요."

"수면제?"

몇몇이 웅성거렸다.

"우리 다들 오늘, 이상하지 않았어요?"

임하랑의 시선이 손님들 한 명 한 명을 차례로 훑었다.

"어제 우리가 술을 마시긴 했지만 제 기억엔 죽은 조동욱 할 아버지 말고는 그렇게 과음한 사람은 없었어요. 그런데 전 아침 에 거의 11시 가까운 시간에 일어나 깜짝 놀랐단 말예요. 머리가 엄청나게 아팠고 어질어질해서 토할 것 같았다고요. 다른 분들 도 상태가 비슷한 것 같던데요."

사람들이 으음, 소리를 내며 하나둘 고개를 끄덕였다.

"맞아요. 전 엄청 정신 사나운 꿈을 꾸다가 가위 눌리며 깼죠. 동남아 귀신들이 비키니를 입고 나와 사람을 잡아먹으며 춤을 췄다니까요. 그냥 평소 주량만큼 마신 것 같은데."

진정란이 눈살을 찌푸리며 말했다. 아침에 느꼈던 두통과 숙 취가 떠오르는지 신만수와 최혁봉이 머리에 손을 가져다댔다. 임하랑이 다시 말을 이어갔다.

"그리고 저는 잠든 과정이 기억나지 않아요. 원래 여행지에서 는 잠을 잘 못 자는 데다 어제는 낮잠까지 잤는데 말이죠. 그런 데 아주 순간적으로 잠이 들었던 것 같아요."

신만수가 손을 번쩍 들었다.

"아, 저도요! 저도 그랬어요. 어떻게 잠들었는지도 모르게 완전 기절했어요. 아…… 그러고 보니 다들 상태가…….”

“그리고 이윤동 작가님은…….”

이윤동은 불안한 표정을 지었다.

“가장 극적인 경험을 했죠. 자기도 모르게 새벽에 일어나 음식을 먹고, 밖을 배회하다 들어온 거예요. 비바람 속을 걷다가 잔뜩 젖어서 신발에 흙을 묻힌 채로 돌아와 젖은 몸으로 다시 잠들었죠.”

두툼한 안경알 아래 이윤동의 눈에 공포가 어렸다. 웹툰 작가의 머릿속에서 환각과 실제가 뒤섞인 새벽의 경험이 되살아났다.

“순간적인 기면, 어지러운 꿈, 새벽에 일어나 배회하거나 음식을 먹고 기억하지 못하는 증상, 환각증세, 두통, 구역질. 수면제의 부작용이에요. 우리는 아마도 졸피뎀 성분의 수면제를 먹은 것 같아요. 알코올과 같이 먹으면 상승작용으로 부작용이 배가된다고 들었어요. 중추신경계를 자극해서 순간적으로 잠에 빠지게 하고 어떤 경우 환각을 일으키죠.”

“누가…… 누가 그런 거죠? 누가, 언제, 우리에게 수면제를 먹인 거예요?”

이윤동이 눈을 부릅뜨고 소리쳤다.

“누군지는 모르지만 언제 먹였는지는 알 것 같아요.”

몇몇이 동시에 떠오르는 게 있는 듯 눈짓을 주고받았다.

신만수가 말했다.

“혹시! 마지막에 우리 다 같이 마셨던 그…….”

"네. 댓잎차. 졸피뎀은 효과가 매우 빠르게 나타나는 수면제라고요. 그러니까 우리가 자러 가기 전 마지막으로 같이 먹은 음식에 들어 있었을 거예요."

"저는…… 저는 안 탔어요. 몰랐어요, 저는…… 그냥 댓잎차가 거기 있기에! 술 깨는 데 좋다는 말을 들어서 탄 거예요!"

진정란이 겁먹은 표정으로 고개를 절레절레 저었다. 어제 댓잎차를 준비한 사람이 자기라는 데 생각이 미친 모양이었다.

"댓잎차에 수면제는 누구라도 탈 수 있었을 거예요."

임하랑의 말에 진정란은 안심하는 표정을 지었다.

"술 취한 조동욱 할아버지를 방에 모셔다드리고 우리 7명이 같이 뒷정리를 하며 부엌을 드나들었으니깐 말이죠. 진정란 씨가 주전자 가득 댓잎차를 우리고 얼음을 넣어두었죠. 얼음이 녹는 동안 우리 중 누구라도 주전자에 뭔가를 넣을 수 있었을 거예요."

"우리 중 누구라고? 지금 범인이 우리 중에 있다는 겁니까?"

최혁봉이 소리쳤다.

"아니에요. 이건 정명선 그놈의 소행이잖아요? 그놈이 댓잎차에 미리 수면제를 넣어놨겠지!"

"그럴 가능성도 없지는 않지만, 글쎄요."

임하랑이 한 손으로 긴 머리를 쓸어 넘겼다. 회의적인 표정이었다.

"댓잎차는 티백으로 되어 있잖아요. 티백 속에 수면제 가루를 섞어 놓을 수는 있다고 치더라도. 댓잎차가 3박스 있던데 그럼 박스 안에 있는 티백에 다 수면제를 넣어놓았다. 뭐, 불가능한 건 아니죠. 하지만 어젯밤 우리가 댓잎차를 마실지 안 마실지 어떻게 알고요?"

"그 주전자와 찻잔을 확보해야겠네요!"

권오규가 당장이라도 봉쇄한 문을 뜯고 돔에 들어갈 것처럼 몸을 들썩였다. 이어지는 임하랑의 말이 권오규의 행동을 저지했다.

"안타깝지만 차를 다 마시고 주전자와 찻잔을 씻어버렸어요. 그런 건 그렇게 부지런할 필요가 없었는데. 흠, 그리고 이건 확신할 수는 없지만 조동욱 할아버지도 수면제를 먹은 것 같아요. 할아버지는 술을 많이 마시긴 했지만요. 난동을 부릴 것 같이 굴다가 갑자기 픽 쓰러져서 죽은 듯이 잠에 빠졌잖아요? 그래서 남자 두 분이 방까지 업고 가 눕혀드려야 했죠. 어제 어느 정도 시간이 지나서는 다들 맥주를 마시고 할아버지만 소주를 마셨으니까 소주에 수면제를 넣으면 됐겠죠. 그것도 누구라도 할 수 있었을 거예요."

"젠장. 미치겠네. 기분 더러워."

이윤동이 머리를 싸쥐고 음산한 목소리로 말했다. 어제의 경험이 얼마나 끔찍하고 무서웠는지를 떠올리니 억울하고 분했다. 이윤동은 어제 새벽에 했던 행동과 보았던 장면을 기억나는 대로 사람들에게 말하기 시작했다. 기분이 잔뜩 고양되어 비바람을 뚫고 언덕을 올랐던 것. 비를 쫄딱 맞으며 인간계를 굽어보는 신이라도 된 듯 대나무 막대를 흔들었던 것. 언덕에서 내려다보니 돔 창문이 환하게 켜져 있었던 것. 불 켜진 돔 창문으로 사람의 얼굴 껍질 같은 것이 철썩 붙었다가 떨어졌던 것. 말하다 보니 그 장면이 다시 생생히 떠올라 이윤동은 목소리를 떨었다. 영화에 나오는 좀비처럼 썩어서 문드러진 얼굴. 어디선가 또 그 썩은 얼굴이 나타날 것 같은 공포에 사시나무 떨 듯 떨며 언덕을 내려왔던 일까지.

"그래, 그 얼굴! 그 할아버지였어! 돔 창문에 달라붙었다가 떨어진 얼굴! 그 할아버지가 죽으면서 내 꿈에 나타난 거야. 귀신이 붙은 거라고! 젠장. 소름끼쳐."

"아…… 제발 그런 소리 좀 하지 말아요! 싫어요!"

나리가 귀를 막으며 진저리를 쳤다. 예민한 신경 줄을 겨우 잡고 버티고 있는 가수의 얼굴은 파리했다.

그러나 주변의 반응을 살필 겨를 없이 공포가 이윤동의 눈동자를 마구 흔들었다. 새벽에 보았던 주름진 얼굴 껍질이 다시 이윤동의 눈앞을 떠돌고 있었다.

"그 할아버지 얼굴이었어."

"이상한 소리 그만해요!"

기괴한 꿈 이야기가 더 이어지는 것을 막기 위해 신만수가 소리쳤다.

"그러니까! 그게 다 수면제를 먹고 느낀 환각이었다는 거야?"

이윤동이 분한 듯 테이블을 쿵 내리쳤다.

분위기가 한층 무겁게 가라앉았다.

우리 중에 누군가 모두에게 수면제를 먹였을지 모른다는 사실이 가진 의미를 각자 생각해보는 듯했다. 정명선이 다른 이름으로 여기 와 있거나, 아니면 정명선과 연관된 공범이 우리 중에 있다는 것인가. 혹시 주범이 우리 중에 있고, 정명선이 우리 중 누군가의 공범이 아닐까.

"우리 중에 누가 나머지 사람들을 수면제를 먹여 잠들게 했고 그동안 그 사람이 할아버지를 죽였다는 거야? 우리 중에 누군가 범인이다?"

공치수가 임하랑에게 물었다.

"아직 확신은 못 하겠어요. 수면제를 먹인 사람과 범인이 같은 사람인지 아닌지. 범인이 누구고, 어떤 방법으로 조동욱 할아버지를 살해해서 저 상태로 두었는지는 모르겠네요."

씁쓸한 표정으로 임하랑은 권오규를 향해 고개를 돌렸다.

"권 순경님? 돔 지문인식기에 찍힌 지문은 홍막내 할머니 거였죠?"

"네?"

"아까 채취한 지문이요. 홍막내 할머니 가시기 전에 육안으로 대조해봤을 것 같은데. 그러지 않았어요?"

권오규는 당황하여 어물쩡거렸다.

"저……."

"맞죠?"

"어…… 네. 제 눈으로 보기엔 일치하는 것 같았는데……."

권오규에게 향한 시선을 거두고 임하랑은 사람들을 둘러보았다.

"그럴 줄 알았어요. 돔 지문인식기에 마지막으로 찍힌 지문은 홍 할머니 지문이에요. 그 말은 곧 홍 할머니 외에는 돔 현관을 통해서는 아무도 들어오지 않았다는 거죠. 그렇다면 물론 홍 할머니가 범인이 아니라는 가정 하에서지만, 범인은 숙소동 구름다리를 통해 돔으로 접근했겠죠. 숙소동 정문과 구름다리 통로는 밤새 열려 있었으니 외부인도 접근 가능하다고요."

"그 말은?"

공치수가 한쪽 눈썹을 치켜올렸다.

"범인은 우리 중에 있을 수도 있고, 외부에서 들어왔을 수도 있다는 거죠. 다만 수면제 건은, 미리 댓잎차 티백에 넣어놨다거나 외부인이 우리가 댓잎차를 마실 때 주전자에 넣었다고 보기는 왠지 어려운 부분이 있지만 말이죠."

"외부에서 들어왔죠, 범인은. 장화 자국이 범인이잖아요!"

신만수가 외쳤다.

"그건 뭐, 우리 중에 누가 장화를 신고 밖에 나갔다가 흙을 묻히고 들어왔을 수도 있고."

공치수가 씁쓸한 미소를 입에 걸고 말했다.

"아무도 장화는 가지고 오지 않았는데……."

"거짓말인지 어떻게 알아요? 뒤져본 것도 아니고. 숨겨놨을

169

수도 있고."

"저기요. 제 생각을 말해볼게요."

사람들의 시선이 말을 꺼낸 최혁봉에게 옮겨갔다. 공치수는
의외라는 표정을 지었지만 이내 손짓으로 최혁봉에게 발언권을
넘겼다.

거센 바람이 비를 몰고 와 휴게실 유리창에 흩뿌렸다. 창밖으
로 대나무가 바람에 휘청거리는 모습이 보였다. 떨어진 대나무
잎이 허공을 날았다. 한낮인데도 사위가 어두워 불을 켜야 했다.
형광등 불빛 아래 사람들은 일제히 역사소설가 최혁봉을 바라
보며 무섭게 집중했다.

공중에 뜬
—————
시체
————

"일단 이것이 자살일 가능성부터 짚어보죠. 죽창은 경사로와 같은 방향으로 돔의 한쪽 벽 부근에 설치되어 있잖아요? 가장 먼저 떠오르는 것은……. 자, 한번 생각해봅시다. 조동욱 할아버지가 경사로에서 뛰어올라 죽창 위로 몸을 날렸을 가능성."

잠시 침묵이 돌았다.

질문을 던진 최혁봉의 얼굴은 진지했다.

"어허허……."

이윤동이 웃었다. 조금 전 새벽의 경험을 이야기했을 때의 동요는 어느 정도 가라앉은 듯 이윤동은 미스터리 마니아로서의 말투를 찾았다.

"말도 안 되죠. 불가능합니다. 여러분들, 경사로의 길이가 대충 얼마나 될까요? 경사로를 삼각형의 빗변이라고 할 때 삼각형 아랫변의 길이 말이에요."

"약 9m."

임하랑이 답했다. 이윤동이 임하랑을 보며 눈을 끔뻑거렸다.

"어제 계산해봤어요."

물리학도가 어깨를 으쓱했다.

이윤동이 고개를 끄덕이고는 말을 이었다.

"네. 약 9m라고 하네요. 경사로가 끝나는 지점에서 죽창까지의 거리는 한 1m는 될 거예요. 곧 경사로 시작점에서 죽창까지의 거리는 약 10m는 되겠죠. 경사로 시작점의 높이는 3.5m, 죽창의 높이는 대략 3m인 것 같고…… 그러니까 죽창 위로 몸을 날리려고 한다면 말이죠. 경사로 시작점에서 제자리넓이뛰기로 10m를 뛰어야 한다는 게 돼요. 한 5m 뛰다가 도움닫기 한다고 해도 2~3m는 위로 점프하면서 5m 가량을 앞으로 나가야 되고요. 그 할아버지가 육상 세계 선수권 대회 신기록 보유자도 아니고…… 아니, 그건 우사인 볼트가 와도 못 해요."

"그러니까 그 가능성은 없다고 봐도 되겠죠."

최혁봉의 통통한 얼굴에 불쾌한 기색이 비쳤다. 언제까지나 가능성을 배제하기 위해 꺼낸 이야기라는 신호를 확실히 한 뒤 역사소설가는 다음 말을 이어갔다.

"만약 자살이라면 떠오르는 방법은 제 생각에 그것밖에 없어요. 하지만 이윤동 작가님이 짚어주셨듯이 그 방법은 인간으로선 불가능하죠. 그러니까 이것은 타살이에요. 임하랑 씨 말이 맞아요. 조동욱 할아버지는 살해된 거예요."

최혁봉은 자기 말의 효과를 살펴보려는 듯 잠시 입을 닫았다. 사람들이 두려움과 호기심이 뒤섞인 얼굴로 하나둘 고개를 끄덕였다.

"그럼…… 범인은 어떤 방법을 쓴 겁니까?"

권오규가 물었다. 정말 이 사람들과 얘기하다가 사건의 실마리를 잡게 되는 건 아닐까. 태풍이 물러가고 수사 인력이 호죽도에 당도하기 전에. 권오규는 슬그머니 어이없는 기대를 품었다.

"죽창 위로 몸을 날리는 게 불가능하다면, 위에서 떨어질 수밖에요."

"떨어져요……?"

최혁봉이 자리에서 일어나 천장을 쳐다보며 몇 걸음 걸었다. 사람들의 눈길이 최혁봉을 따라갔다.

"사실 아까 이상한 피리 소리가 났을 때요. 어디서 소리가 나는지 찾아보면서 옥상에 올라가봤어요. 복도 끝 테라스에 옥상으로 통하는 비상구가 있더라고요. 안에서 잠겨 있었고요. 열고 나가니 옥상과 이어졌어요. 올라가보니 구름다리 통로 천장을 통해서 돔 천장으로 접근할 수 있겠더라고요. 아주 평탄하진 않지만 못 할 건 없어 보였어요."

"그러면…… 범인은 할아버지를 업고 옥상을 통해 돔 천장으로 갔다?"

공치수가 눈 사이를 좁히며 호응했다.

"할아버지는 어제 임하랑 씨 추측대로 수면제를 먹었을 수도

173

있고요. 아니더라도 술에 취해 완전히 뻗은 상태였어요. 신만수 피디님이 업고 가서 침대에 눕힐 때까지 전혀 의식이 없더라고요. 누군가 업고 옥상을 올라가도 몰랐을걸요. 옥상으로 통하는 문과 가장 가까운 방에 묵기도 했고요. 그리고 돔 창문!"

최혁봉은 양 손바닥을 바닥과 평행이 되게 포개고 위에 덮은 손바닥을 서서히 들어 올렸다.

"어제 봤듯이 돔 창문은 이렇게 밖으로 열립니다. 범인은 우선 돔으로 가서 창문을 열어놓은 다음 할아버지를 업고 옥상을 통해 돔 외벽으로 가는 거죠. 창문의 틀을 잡고 기어가 죽창을 향해 할아버지를 던지듯 떨어뜨리면 됩니다. 그리고 다시 돔으로 돌아와 창문을 닫으면 되는 거죠. 체력이 많이 필요하겠지만 불가능한 건 아닙니다. 알다시피 할아버지는 키도 작고 몸집이 아주 작았어요."

"창문으로 떨어뜨렸다……."

권오규가 손가락으로 턱을 톡톡 두드리며 중얼거렸다.

"그럼 어젯밤 이윤동 작가님의 경험도 일부 설명이 됩니다."

최혁봉이 몸을 돌려 이윤동을 보았다.

이윤동은 말없이 노랑머리를 긁적였다.

"돔의 불이 켜져 있었다는 것. 이 작가님은 범행이 이루어지는 시간에 밖에 나간 겁니다. 그래서 불이 켜져 있는 돔을 내려다본 거죠. 우린 어제 자러 가기 전에 분명히 돔의 불을 다 껐고 오늘 아침에 시체가 발견되었을 때도 불은 꺼져 있었죠."

무언가 못마땅한 듯 이윤동은 아랫입술을 잘근잘근 씹었다.

"그런데 차…… 창문은 열려 있지 않았어요. 제 기억엔……."

"범인이 범행을 마치고 창문을 닫은 뒤였겠죠. 에, 또 수면제의 작용으로 환각과 뒤섞인 기억일 테니까 모든 게 다 정확하다고 볼 수는 없고……."

"그럼 그때 본 얼굴은요? 조동욱 할아버지가 살해돼서 혼이 빠져 나가다가 창문에 부딪친 겁니까? 아니면 그 부분도 저의 환각입니까?"

이윤동은 부루퉁하게 말했다. 자기 논리에 필요한 부분만 현실에 맞는 경험으로 취급하고 나머지는 환각으로 돌리는 게 참 편리한 설명이다 싶었다.

"불가능해요."

젊은 여자의 목소리가 끼어들었다.

임하랑이 무릎에 손을 모으고 앉은 자세로 말을 이었다.

"어젯밤부터 죽 폭우가 내렸어요."

사람들의 주의가 창밖으로 향했다. 빗소리가 사람들 사이를 파고들었다.

일어서 있던 최혁봉은 다시 자리로 돌아가 앉았다. 임하랑의 말이 이어졌다.

"범인이 돔의 창문을 열고, 숙소동으로 와서 조동욱 할아버지를 업고 옥상으로 올라가 돔으로 접근하여 할아버지를 죽창 위로 떨어뜨리고, 다시 숙소동으로 내려가 구름다리를 통해 돔으로 가서 창문을 닫기까지 대략 얼마나 걸릴까요? 10분? 20분? 그동안 돔은 물바다가 될 거라고요."

"맞아요. 어제 낮에 이윤동 작가님이 잠깐 돔 창문을 열었을 때 그 난리를 생각해봐요!"

신만수가 고개를 크게 끄덕이며 말했다.

"잠깐 열었다 바로 닫았는데도 그거 치우느라 우리 모두 한참 달라붙었잖아요."

"그랬죠."

내내 침묵을 지키던 진정란도 입을 떼었다.

"한 번 열면 다 열릴 때까지 기다려야 하고, 그것도 아주 천천히 열렸다가 천천히 닫혀서, 한 번 열고 바로 닫았을 때도 그랬는데 몇 십 분을 열어놨다면 완전 물이 차고 넘쳤겠네요."

"으흠……."

최혁봉이 통통한 얼굴을 찌푸리며 필사적으로 생각을 모았다.

"들이친 빗물은 범인이 치웠겠죠. 뭐, 시간은 많았으니까요. 우리 다 약에 취해 정신 못 차리고 늦잠을 잤으니까. 아…… 아니면 범인은 2명이었을 수도요! 그럼 되잖아요. A가 할아버지를 업고 돔 천장에 접근하고, B는 돔에 대기하고 있다가 창문을 열고, A가 할아버지를 떨어뜨리고, B가 바로 창문을 닫는다면? 돔 창문을 열어놓는 시간은 몇 분 되지 않을 거예요."

"단 몇 분이라고 해도 그사이 들이친 빗물의 흔적을 지우기는 불가능해요."

임하랑이 말했다. 매몰차다 싶을 만큼 단정적인 어투였다.

"우리가 술을 마시는 동안 태풍이 다가오고 빗발이 더 거세졌죠. 어제 낮에 이윤동 작가님이 잠깐 돔 창문을 열었을 때보다 훨씬 강한 폭우가 내렸단 말이죠. 단 몇 분만 열어놨다고 해도 빗물이 고일 만큼 흠뻑 들이쳤을 거예요. 돔 창문은 돔 전체를 한 바퀴 돌아서 나 있으니까 그 넓은 돔 내부가 다 젖었을 거라고요."

"흠. 그렇지."

공치수가 고개를 끄덕였다.

"하지만 오늘 오전에 시신을 발견했을 때는 어땠죠? 바닥이나 집기들이나 빗물에 젖은 흔적은 없었다고요."

"범인이 아침 늦게까지 빗물을 꼼꼼히 닦아놨을 수도 있죠. 우리 모두 늦게 일어났으니까요. 홍 할머니도 마침 집 지붕이 무너져 아침에 안 오셨고요. 범인에게 시간은 많았어요."

최혁봉은 이대로 쉽게 포기할 생각은 없는 듯했다.

"시체는요?"

임하랑이 질문을 던지자 최혁봉은 주춤했다.

"할아버지를 업고 숙소동 옥상과 구름다리 천장을 걸어가 돔 창문으로 접근하여 떨어뜨렸다면 그동안 시체는 그야말로 쫄딱 젖었겠죠. 우리가 시신을 발견할 때까지 옷과 머리카락이 흔적 없이 마를 수 있었을까요? 새벽에 밖을 배회하다가 비에 젖어 들어온 이윤동 작가님은 아침에 일어날 때까지 몸이 젖어 있었다고 하잖아요."

"아…… 맞아요. 아침까지 푹 젖어 있었어요. 옷도 머리도……."

이윤동이 중얼거렸다.

"범인은 죽창에 찔려 죽은 할아버지의 옷을 갈아입힐 수도 없었을 테고, 머리를 말려놓을 수도 없었을 거예요."

"저…… 할아버지의 몸을 비닐로 덮어 운반했다면요? 죽창에 떨어뜨린 다음 끈으로 묶어놓은 비닐을 회수했을 수도……. 그러면 할아버지 몸은 비에 그다지 젖지 않았겠죠? 머리카락도 안 젖고……. 이런 방법도 있잖아요?"

최혁봉의 질문에 임하랑은 고개를 저었다.

"그럼 할아버지는 죽창에 떨어질 때 비닐에 몸이 감싸인 상태였겠죠. 그럼 피가 그렇게 튈 수 있었을까요? 떠올려보세요. 피가 방사형으로 거의 돔 중앙까지 튀어 있었다고요. 높은 곳에서 찔렸기 때문에 피가 낙하하면서 멀리 나아간 거죠. 경동맥을 찔리면 심장 박동의 힘으로 피가 그야말로 분수처럼 뿜어져 나와요. 그런데 만약 몸이 비닐에 감싸여 있었다면 많은 부분 피가 비닐 안쪽에 튀어 멀리까지 튄 자국이 남지 않았을 거라고요. 죽창 아래로만 흘러 고였겠죠."

"하…… 비닐을 아주 빨리 회수했다면요? 동맥에서 피가 뿜어져 나오고 있을 때 회수했을 수 있잖아요?"

최혁봉이 말했다.

"경동맥이 찢어지면 아주 빨리 대량의 피가 쏟아져 나와 거의 몇 초 사이에 사망에 이른다고 알고 있는데요. 아무리 빨리 비닐을 회수했다고 해도, 글쎄요, 피가 그렇게 멀리까지 튀진 않았을 것 같고요. 또 비가 들이치는 창문으로 할아버지를 떨어뜨렸다면 말이죠. 피와 빗물이 섞여 피가 희석돼 퍼졌을 거라고요. 그 흔적을 지우려면 범인은 핏자국을 닦아야 했을 텐데. 하지만 현장에는 물에 희석되지 않은 진한 핏자국이 방사형으로 튀어 있었죠. 인위적으로 지운 핏자국은 어디에도 없었다고요."

"흠……"

최혁봉이 손으로 턱을 쓸었다.

"그리고 무엇보다, 식당 천장에 물기가 없었어요. 식당 천장이 유리로 되어 있잖아요? 창문이 열렸으면 식당 유리 천장에 가득 고였을 거예요. 백번을 양보해서 바닥에 들이친 물은 시간을 들여 닦아낸다고 해도요. 과연 범인이 식당 천장까지 올라가 물기를 닦을 시간이나 방법이 있었을까요?"

"와……"

창백한 얼굴로 사람들 틈에 앉아 있던 나리가 감탄을 숨기지 못하고 입을 열었다.

그제야 최혁봉은 쓴웃음을 지으며 자신의 추리가 실패한 것을 받아들였다.

"저기, 시체를 발견했을 때요. 그 와중에 식당 천장이 젖어 있는지 어떤지 다 본 겁니까?"

권오규가 눈을 휘둥그레 뜨고 물었다.

"저도 최혁봉 작가님과 같은 생각을 한 거죠. 시신이 공중에 꽂혀 있었으니까 위에서 떨어뜨린 게 아닐까 하는 생각을 가장 먼저 했죠. 그래서 식당 천장을 살펴봤을 뿐이에요."

짝짝짝.

공치수가 박수를 쳤다. 진심으로 놀란 표정이었다.

"대단해! 태도가 살짝 건방져서 그렇지 능력은 있군. 좋아."

"고맙네요."

임하랑이 떨떠름하게 대꾸했다.

"그럼 내 생각을 한번 말해볼까."

공치수가 자리에서 일어섰다. 도전하는 태도였다.

시사주간지 기자는 팔짱을 낀 채 소파 주위를 몇 걸음 돌아다녔다. 다른 사람들은 조용히 기다렸다. 최혁봉이 제시한 방법 말고 다른 방법이 있는 걸까. 권오규는 짐작도 할 수 없었다.

"저도 최혁봉 작가님처럼 할아버지가 열린 돔 창문으로 떨어졌을 가능성을 생각 안 한 건 아닙니다. 하지만 방금 임하랑 학생이 설명한 대로 그건 불가능합니다."

말을 끊고 공치수가 검지로 천장을 가리켰다.

"다들 기억나십니까? 돔 천장에 갈고리 같은 고리가 달려 있었던 거?"

"아, 네…… 그랬죠."

진정란이 답하며 말을 이었다.

"임하랑 씨였나요? 천장에 왜 고리가 달려 있는지 물었잖아요. 그래서 제가 샹들리에를 달려고 만든 것 아니겠냐고 했죠."

고개를 끄덕이는 걸 보니 다들 고리의 존재를 기억해낸 듯했다. 공치수는 한번 싱긋 웃었다.

"그럼 이렇게 생각해보면 어떻겠습니까? 범인은 일단 정신을 잃은 할아버지를 줄에 묶어서 고리에 매단 겁니다."

그때 이윤동이 고개를 갸웃하며 물었다.

"어떻게요? 천장 높이가 8m나 되는데? 고리에 줄을 어떻게 끼우죠?"

이미 예상했던 질문인 듯 공치수의 표정은 여유로웠다.

"도구를 사용했겠죠. 아마도 대나무를 이용하지 않았을까요? 긴 대나무 장대의 끝을 갈라서 줄을 끼운 다음 고리에 거는 겁니다. 세탁소에서 높은 곳에 옷을 거는 장대처럼. 뭐, 이 섬에 흔하디흔한 게 대나무니까요."

"음…… 그렇게 고리에 줄을 끼웠다 치고…… 그다음은요?"

권오규 순경이 설명을 재촉했다. 권오규는 최혁봉에 이어 어느새 이 노련한 범죄 전문 기자에게 기대를 걸었다.

"고리에 걸어 내려온 줄을 잡고 할아버지의 몸을 밀어 진자운동을 시키는 겁니다. 그러다 할아버지의 몸이 죽창 설치물 위에 도달한 순간 줄을 놓았다면? 할아버지는 죽창으로 떨어져 찔려 죽겠죠. 우리가 발견한 모습 그대로. 그 뒤에 범인은 줄을 회수하는 겁니다. 할아버지는 3m 높이에 찔려 죽어 있는데 어떻게 줄을 회수하느냐? 매듭의 끝을 길게 늘어뜨리고 밑에서 잡아당기면 풀어지는 매듭을 지어놓으면 됩니다. 매듭짓는 법에 대해 조금만 알면 가능하죠. 그렇게 어려운 일은 아닐 겁니다."

모두가 말없이 생각에 빠졌다. 공치수는 자기 추리에 대한 비평을 기다리며 사람들 얼굴을 하나하나 살펴보았다.

임하랑은 아주 살짝 미간을 찌푸렸다. 공치수가 자신만만한 시선을 던졌지만 임하랑은 내키지 않는 듯 입을 떼지 않았다.

"어허, 그게 될까요?"

이윤동이 노랑머리를 설레설레 저으며 말했다.

"저기, 할아버지 몸을 진자운동을 시킨다고요? 뭐, 천장 고리에 할아버지 몸을 매달고 밀면 죽창 설치물 쪽으로 밀려가긴 할 거예요. 그런데 천장 중심축 뒤에 커다란 대나무 화분이 있었던 건 기억 안 나요? 대나무가 천장에 닿을 만큼 길었잖아요. 진자운동을 시키려면 할아버지 몸이 앞으로 나아가는 만큼 뒤로도 나아가야 하는데. 시계추처럼요……. 그건 뒤에 있는 대나무 때문에 불가능해요."

"맞아. 그렇네요."

신만수가 이윤동의 의견을 받아 고개를 크게 주억거렸다.

공치수는 앞에 있는 무언가를 밀어내는 시늉을 하며 양손을 펼쳐 보였다.

"범인이 천장 중심축 밑에 버티고 서서 할아버지 몸을 밀어내고 다시 돌아오는 할아버지 몸을 받아서 또 밀어내고, 그네를 밀 듯이 계속 밀어내면 됩니다. 죽창 설치물 위에 할아버지 몸이 도달할 때까지. 어때요?"

작은 한숨 소리가 들렸다.

다들 긴장한 표정으로 임하랑을 쳐다보았다.

"불가능해요."

임하랑이 말했다.

"왜?"

공치수는 팔짱을 끼며 입을 비쭉 내밀었다.

"줄에 매단 할아버지 몸을 죽창 설치물 위까지 밀어낼 힘과 정확도 문제는 뭐, 넘어가도록 하죠. 불가능한 건 아니니까. 어쨌거나 공 기자님 말씀대로라면 범인은 천장 중심축 아래 버티고 서서 할아버지의 몸을 그네 밀듯이 밀어내다가 할아버지 몸이 죽창 위에 도달한 순간 줄을 놓았다는 거죠? 고리에 걸어 내려온 줄을. 중력에 의해 할아버지가 죽창 위로 떨어지도록."

"내 말이 바로 그 말이지."

"그렇다면 할아버지가 죽창에 찔리는 순간에도 범인은 천장 중심축 아래 서 있었을 거라고요. 다들 자세히 보셨을지 모르겠는데, 피는 천장 중심축 아래 바닥을 넘어서까지 튀었어요. 범인이 천장 중심축 아래 서 있었다면 피가 범인의 몸에 튀었겠죠. 그렇다면 핏자국이 중간에 끊겼을 거란 말예요. 하지만 현장에 있던 핏자국은 그렇지 않았죠. 중간에 끊긴 핏자국은 하나도 없었다고요."

기자의 이마에 깊은 골이 졌다. 공치수는 팔짱을 낀 자세로 임하랑을 쏘아보며 머리를 굴렸다.

임하랑은 딴 곳을 보았다.

끄응, 하는 신음 소리와 함께 공치수가 입을 열었다.

"그렇다면 이건 어때요."

다시 모두의 시선을 받으며 공치수가 추리를 펼쳐 보였다.

"대충 각도가 나올 것 같은데……. 맞아, 천장 중심축 남쪽에 긴 테이블이 있었죠? 범인은 고리에 매단 할아버지의 몸을 잡고 테이블 쪽으로 끌고 오는 겁니다. 그렇게 테이블 동쪽 끄트머리에 올라서는 겁니다. 거기서 할아버지의 몸을 죽창 설치물 쪽으로 힘차게 던지는 거죠. 아주 센 힘으로. 그렇게 해서 할아버지 몸이 죽창 설치물 위에 도달한 순간 줄을 놓으면……."

"안 돼요."

임하랑이 공치수의 말을 끊었다.

"뭐가 또 안 돼? 아주 센 힘으로 밀면 할아버지 몸이 죽창 설치물 위까지 밀려 갈 수 있는 거 아냐? 어렵긴 하지만 불가능한 건 아닌 것 같은데?"

"구심력 때문에 안 된다고요."

"구심력?"

"원 운동을 하는 물체를 중심으로 끌어당기는 힘이죠. 원심력의 반대라고 생각하시면 돼요. 천장 중심축에 매단 할아버지의 몸을 천장 중심축에서 옆으로 옮기면 말이죠. 할아버지의 몸을 천장 중심축으로 끌어당기려는 구심력이 생겨요. 공 기자님이 방금 말씀하신 방법을 사용해서 할아버지 몸을 죽창 설치물 위에 도달하게 밀어내려면, 범인은 구심력을 감안하여 좀 더 큰 각도로 할아버지 몸을 던져야 한다고요."

임하랑은 방에서 가져온 연수원의 평면도를 응접탁자에 펼쳐 보였다. 물리학도는 돔 평면도 위에 두 개의 직선을 그렸다.

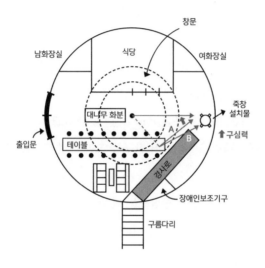

"자, 이 그림을 보시죠. 그러니까 공 기자님은 테이블 위에 서서 A 방향으로 할아버지 몸을 밀면 된다는 말씀인 거죠? 그러나 천장 중심 방향을 향해 작용하는 구심력 때문에 실제로는 B 방향으로 할아버지 몸을 던져야 A 방향으로 나아가게 된다고요. 곧 죽창 설치물이 있는 방향의 조금 더 남쪽 방향으로 던져야 하는 건데. 구심력의 크기를 정확히 계산해서 던지는 것도 매우 어려운 일이거니와 죽창 설치물 남쪽으로 할아버지 몸을 던지려면

중간에 경사로가 걸릴걸요. 불가능해요."

공치수의 얼굴이 일그러지는 것에 상관없이 임하랑은 단호하게 설명을 이어갔다.

"그런데 핏자국이니 구심력이니 논할 필요도 없이 공 기자님이 제시하신 방법은 원천적으로 불가능하다고요. 할아버지를 매단 줄의 길이가 죽창 설치물 위까지 닿지를 못하거든요."

"그건 또 무슨 얘기죠?"

무안을 당해 굳어버린 공치수를 대신해서 최혁봉이 질문했다.

"이 평면도에 나온 설명에 의하면 돔 건물은 반지름이 8m인 반구형이에요. 바닥 지름은 16m고 높이는 8m죠."

임하랑은 평면도를 뒤집어 반구를 그리고 선 몇 개를 쓱쓱 그었다.

"이걸 보시죠. 죽창의 중심부는 벽 끝에서 약 1m 떨어져 있고 높이는 대략 3m예요. 맞죠? 동의해요?"

"그래. 그런데?"

공치수가 고개를 빼고 반구 그림을 들여다보며 물었다.

"그럼 천장 중심축에서부터 죽창 끝까지 이어지는 직선거리, 이 그림에서 X의 길이를 말하죠. 할아버지를 묶은 줄의 길이는 X보다 짧으면 안 돼요. 그럼 죽창 위에 할아버지 몸이 도달할 수가 없다고요."

임하랑은 반구 그림 밑에 숫자를 쓰며 산식을 풀어나갔다.

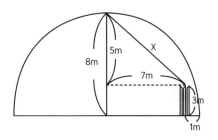

"X는 높이 약 5m, 아랫변이 7m인 직각 삼각형의 빗변이죠. 학교 때 배운 피타고라스의 정리 기억하시죠? X의 제곱은 5의 제곱 더하기 7의 제곱과 같죠. 풀어보면 X는 $\sqrt{74}$ 가 돼요. 약 8.6m 라고요. 어때요? X가 돔의 높이 8m보다 더 길다고요. 그러니까……."

임하랑이 던진 볼펜이 응접탁자 위를 또르르 굴렀다.

"할아버지를 매단 줄은 죽창 위에 닿을 수가 없단 말이죠. 천장 중심축에서 죽창까지의 거리가 돔의 높이보다 기니까. 공 기자님이 제시하신 방법은 애초에 불가능한 거죠."

"이거 뭐야……. 전 수학은 젬병이라……."

신만수가 메모지를 들여다보며 머리를 긁적였다.

"하지만 무슨 말씀인지는 알겠네요. 할아버지를 천장에 매달아 놓고 어떤 방법으로든 아무리 밀어내도 죽창에는 못 미친다는 거죠. 그 피타고라스의 정리인가 뭔가 때문에?"

"쳇."

공치수가 콧방귀를 뀌었다.

"그럼 도대체 어떻게 한 거야?"

기자는 일그러진 표정으로 소파에 털썩 기대앉았다.

휴대전화 벨소리가 울렸다.

권오규는 눈앞에서 펼쳐지는 추리들의 논리를 따라가기 바빠 벨소리가 울리는 것도 모르고 늦게 전화를 받았다.

"자네, 피해자와 조풍기라는 사람과 무슨 관계가 있는지 궁금하다고 했나?"

사건 접수 이후 권오규와 줄곧 연락을 주고받는 거제경찰서 담당 형사였다.

"아, 네. 네."

권오규는 휴대전화를 양손으로 쥐고 고개를 주억거렸다.

"피해자 조동욱이 조풍기다."

"네?"

권오규가 목소리를 높였다. 너무 놀라 밖에 나가 통화를 이어 가야겠다는 생각이 미처 들지 않았다.

"조동욱이 조풍기라고. 1952년 호죽도에서 태어났다. 1983년에 부산으로 전입했고 1985년에 결혼했다가 1994년에 이혼한 경력이 있다. 2007년에 조풍기에서 조동욱으로 개명을 했더라고. 시신 수습을 도와준 노인네가 피해자 얼굴을 보고는 조풍기라고 했다고? 호죽도에서 나고 자란? 거, 눈 밝은 노인네인갑다."

"정말입니까? 시신이 조풍기라고요? 호죽도 출신?"

"그렇다니까. 왜 그렇게 놀라?"

권오규는 마른 입술을 핥았다.

"저…… 한 열흘 전에…… 호죽도 치안센터에 사건 기록 사본
이 왔습니다. 우편으로 왔는데 보낸 사람 이름은 없었고요. 40년
전 호죽도에서 발생한 살인사건 수사기록이었는데요."

"엥?"

통화를 엿듣던 이윤동이 목을 쑥 빼고 소리쳤다.

40년 전 이 섬에서 발생한 살인사건.

손님들 사이에서 처음 그 사건을 언급했던 진정란이 놀라 커
다래진 눈으로 권오규를 보았다. 임하랑도 바짝 긴장하고 귀를
기울였다.

왜 이렇게 가슴이 뛰는지 스스로도 알지 못한 채 권오규는 말
을 이었다.

"호죽도에 살던 청년이 죽창에 찔려 죽은 사건이었습니다. 범
인은 마을 남자였고요. 조풍기는 피해자의 친구였습니다……"

통화를 마친 권오규는 당장 설명을 요구하는 7명의 압도적인
시선에 둘러싸였다.

40년 전의 그림자가 태풍이 치는 호죽도를 덮쳤다. 공기가 싸
늘했다.

권오규는 오래된 기록과 짧은 탐문을 통해 알게 된 그때 그
사건을 사람들 앞에서 펼쳐놓기 시작했다.

40년 전

——————

사건은 1979년 9월 17일에 벌어졌다.

그날 호죽도의 날씨는 흐렸고 파도는 높았다. 대부분의 어부들이 뱃일을 쉬었다. 이른 오후부터 마을 동쪽 정자에는 장년의 남자 세 명이 말린 생선찜에 깍두기를 놓고 막걸리를 마셨다. 정자 앞 평지엔 근처 사는 여자 넷이 그물 손질을 하며 남자들과 수다를 주고받았다. 저녁에 마을회관에서 있을 투표가 주된 화제였다. 오늘은 지난 1년간 호죽도를 들썩이게 했던 군사용지 수용 문제가 결정되는 날이었다.

호죽도 발전 위원회 위원장 강홍무가 사람들이 모여 있는 걸 보고 다가왔다. 여느 때처럼 줄무늬 양복을 입고 한쪽 어깨에는 끈 달린 대통을 둘러맸다. 강홍무는 인사도 하는 둥 마는 둥 하고 대뜸 투표 얘기를 꺼냈다. 찬성 쪽에 표를 던지라는, 안 들어도 뻔한 말이었다. 사람들은 적당히 받아넘겼다. 몇몇은 앞에 있는 김형주의 집을 힐끔거렸다.

정자에 모인 사람들은 조금 전 낮은 돌담 너머로 김형주가 안채에서 나와 창고로 들어가는 것을 봤다. 김형주는 서울에서 미술대학을 다니다 말고 고향에 내려왔다. 호죽도의 자원을 주민 스스로 슬기롭게 이용해야 한다고 주장하는 김형주는 특산품을 개발하겠다며 시간이 날 때마다 창고에서 대나무 공예품을 만들었다. 집 뒤쪽에 우거진 대나무 숲이 질 좋은 재료를 제공했다. 한곳에서 오랫동안 자생한 왕대는 가장 높은 것의 키가 30m에 달했다.

"투표 당일에 위원장님이 이래 직접 댕기십니꺼?"

막걸리를 한 모금 마시고 손등으로 입을 닦으며 송태영이 말했다. 자기보다 한참 어린 강홍무에게 존대를 하는 말투에는 약간의 비웃음이 담겨 있었다.

1년 6개월 전 강홍무가 해군 소장 출신인 제 아버지 강태왕과 함께 호죽도에 내려왔을 때만 해도 사람들 태도가 이렇지는 않았다. 군인들이 나라의 권력을 쥐고 흔들던 시절이었다. 군대가 곧 나라였고 나라가 곧 군대였다. 예편한 장성이 현직에 줄을 대서 이권을 따내는 일은 너무 흔해서 쉬쉬할 거리조차 되지 않았다. 호죽도에는 아무 연고도 없는 강태왕이 별장을 짓고 내려와 노는 땅을 사들이기 시작할 때부터 섬사람들은 저 양반의 저의가 뭘까 수상쩍어했다. 같이 내려온 강홍무는 강태왕의 둘째 아들이었다. 강홍무는 장발에 줄무늬 양복 차림으로 섬을 기웃거리며 아버지의 손발 노릇을 했다. 요지는 호죽도 동쪽 땅뙈기를 나라에 팔자는 거였다. 강홍무는 그 자리에 해군 훈련소와 군수품 공장이 들어오면 섬 살림이 얼마나 나아질 것인지 열변을 토하고 다녔다. 몇 차례 같은 말을 듣자 동쪽 땅 주인들은 강홍무를 붙잡고 그게 진짜냐고 나라에서 땅값을 얼마나 쳐줄 것 같냐고 물었다. 강홍무는 땅값은 올리기 나름이고 제 아버지 강태왕이 이미 일이 틀림없이 되게끔 윗선에 줄을 대놨다고 장담했다. 경험상 육지에서 몰려오는 변화의 바람은 늘 좋은 것만은 아니었기에 섬사람들은 불안을 느끼면서도 하나둘씩 마음이 들떴다. 30대 초반의 팽팽하게 젊은 강홍무에게 장년의 토박이들이 고개를 숙이며 계획을 묻고 설명을 들었다.

김형주가 돌아오기 전까지만 해도 그랬다.

"와예? 내 입 갖고 내가 이바구하고 다니면 안 됩니꺼?"

강홍무가 말했다. 붉게 그을린 커다란 얼굴에 짜증과 조바심이 비쳤다.

"밑에 아들은 어디 갔습니꺼? 풍기는 어따 두고 위원장님이 이래 다니시나 해서."

송태영이 넉살 좋게 웃으며 젓가락을 들어 생선찜의 살을 떼어냈다.

강홍무가 처음 호죽도에 등장했을 때만 해도 나라에서 하는 일을 감히 조목조목 따져 들고 나설 만한 사람이 없었다. 하필 그 무렵 어촌계장 김일구가 중풍으로 쓰러져 세상을 떠난 것이다. 지혜롭고 어진 마음 씀씀이로 신망이 높았던 김일구는 섬과 관련된 모든 크고 작은 일을 판단하는 정신적 지주였다. 그가 죽자 섬사람들은 대신할 사람이 없는 그의 빈자리만 아쉽게 쳐다보았다. 그리고 이내 단단한 뒷배가 있는 전직 장군이 벌이는 일인데 무슨 탈이 나겠느냐며 불안을 눌렀고 점차 강홍무가 쏟아 놓는 장밋빛 개발 계획에 동조해갔다.

섬 청년들의 마음에 새로운 바람이 불었다. 몇몇 청년들이 강홍무를 열렬히 따랐다. 청년들은 평생 작은 섬에서 물고기를 낚으며 늙어가는 미래를 끔찍하게 생각하기 시작했다. 28세의 조풍기가 개중 가장 핏대를 올리며 강홍무의 오른팔로 달라붙었다. 강홍무는 호죽도 발전 위원회를 만들어 자기가 위원장이 되고 조풍기를 부위원장으로 임명했다. 이름만 그럴듯할 뿐, 집단적 위세로 군사용지 수용을 밀어붙이는 조직이었다. 조풍기는 조업도 뒷전으로 하고 섬사람들을 설득하는 데 앞장섰다. 중학생마냥 조그만 몸뚱이를 재게 놀려 강홍무의 뒤를 졸졸 따라다녔다. 그 모습을 보고 있노라면 못난 인물이 더 못나 보인다고 섬사람들은 욕하면서도 한편으로는 안쓰럽게 생각했다. 이전까지는 호죽도 주민 누구도 조풍기를 중요하게 생각하지 않았다. 가난하고 배움 짧은 조풍기는 강홍무라는 줄을 잡고 어떻게든 더 커보려 하는 것이었다.

"풍기는 아침에 배 타고 나가더라. 내 부두 지나는 길에 봤다."

그물에서 잔물고기를 빼내며 윤후슬이 말했다.

"이 날씨에?"

송태영이 빈 잔에 술을 받으며 한쪽 눈을 치켜올렸다.

"요즘 너무 조업을 빠졌다카대. 이런 날이라도 일해야 안 되겠나 하더라. 마치고 저녁에 회관에 온다 안 하나."

"그노마가 이제 정신 차렸는갑다."

송태영이 끌끌 웃다가 슬쩍 강홍무의 눈치를 보았다.

강홍무는 못 들은 척 평상에 엉덩이를 걸치고 앉아 대통에서 통소를 꺼내 어루만졌다. 호죽도에 내려오기 전부터 취미가 있었는지 강홍무는 간혹 통소를 메고 다니며 불었다. 솜씨가 제법이었다. 강홍무의 통소 연주를 듣고는 군인 아들이 풍류에도 재능이 있다며 색다르게 보는 이들도 있었다.

"풍기가 내보고 아지매도 형주 편이냐고 묻더라."

윤후슬이 머릿수건을 고쳐 매며 속삭이듯 말했다.

순간 사람들 사이에 긴장이 흘렀다. 정자에 앉은 남자들과 그물을 손질하던 여자들이 짜맞춘 듯 김형주의 집을 힐끗 보았다. 강홍무도 굳은 얼굴로 앞집 돌담을 노려봤다.

죽은 김일구의 아들 김형주가 1년 전 군복무를 마치고는 대학에 복학하지 않고 호죽도에 돌아왔다. 김형주는 키가 크고 눈빛이 곧고 행동이 바른 것이 제 아버지를 빼다박았다. 사내답게 강건하고 머리도 좋았다. 빈방에 짐을 풀자마자 김형주는 집집마다 찾아다니며 호죽도의 군사용지 수용은 절대 안 될 일이라고 말했다. 이미 호죽도의 상황을 알고 내려온 듯했다. 김형주는 지

방신문에 군사용지 수용 비리와 환경훼손 문제에 대해 기고하고 관련 기관에 민원을 냈다. 어릴 적 친구들부터 하나둘 제 편으로 만들며 목소리를 높여갔다.

호죽도 사람들 중에 죽은 김일구 영감에게 신세지지 않은 사람은 한 명도 없다시피 했다. 김형주의 행동은 그 아버지에게 마음의 빚이 있는 섬사람들에게 영향력을 발휘했다. 강홍무의 설득에 넘어갔던 사람들이 속속 김형주의 편으로 돌아섰다. 군사용지 수용을 찬성하는 편과 반대하는 편으로 섬이 반분됐다. 평화롭던 섬에 갈등이 생겼다. 강홍무 쪽의 숱한 위협에도 김형주는 물러서지 않았다. 찬반 세력 간의 긴장이 팽팽해졌다.

문제는 나라에서는 갈등이 있는 지역을 굳이 군사용지로 밀어붙일 생각까지는 없다는 거였다. 호죽도가 아니더라도 청탁이 들어오는 곳은 많았다. 강홍무는 초조해졌다. 강홍무는 이번 사업을 꼭 완수해야만 했다. 아버지의 뒤를 이어 군 장교가 된 형을 제치고 아버지의 인정을 받아야 했다. 밀고 밀리는 다툼 끝에 강홍무와 김형주는 도민 투표로 군사용지 수용 여부를 결정하기로 합의했다. 오늘이 그 결전의 날이었다.

"그래…… 아지매는 뭐라 캤습니꺼?"

송태영과 술을 주고받던 장지천이 까맣게 돋아난 수염에 막걸리를 묻힌 채 물었다.

"뭐라 하긴! 니 편이 어딨고 내 편이 어디 있냐고 했다. 이 조막만 한 섬에서 사람들 편을 갈라가 뭐 하는 짓인지 내사 모르겠다."

195

"그노마가 쪼꼬만할 때부터 형주에게 자격지심이 있는 기다. 그래서 더 지랄하고 다닌 거 아이가. 의견이 안 맞는 게 아니라 질투가 나가 더 기를 쓰는 기다. 어떻게든 이겨볼라고."

송태영이 말했다. 어느 날 조풍기가 길바닥에서 김형주의 멱살을 잡고 고래고래 소리를 친 사건을 떠올리는 듯했다. 조풍기와 김형주는 동갑내기로 어릴 적 소꿉친구였다. 새까만 섬 소년일 때부터 둘이 대나무로 활과 새총을 만들어 작은 짐승을 잡고 놀았던 것을 섬사람들은 기억했다. 집안 형편을 떠나 우애 좋은 친구였던 둘이 군사용지 수용 문제를 놓고 완전히 다른 편으로 갈라졌다.

"에이. 그런다고 지가 형주에게 어디 댈 법한가 말이다. 사람은 다 자기 그릇이 있는 긴데. 쯧쯧."

장지천이 혀를 찼다.

가까이서 귀를 거스르는 피리 소리가 삑삑 하고 들렸다. 정자 쪽으로 접어드는 길에서 남자 아이 하나가 대나무 피리를 입에 물고 나타났다. 올해 일곱 살 된 박재귀였다. 부모 없이 큰아버지 집에서 더부살이하는 아이였다. 섬에서는 또래보다 지능이 좀 떨어지는 아이로 통했다.

"야! 너 이 새끼 이리 와!"

강홍무가 정자에서 벌떡 일어나 소리를 쳤다.

"에그머니나!"

고함에 윤후슬이 놀라 엉덩방아를 찧었다.

"아이구야. 왜 소리를 쳐쌌노! 아 떨어질 뻔했다!"

강홍무는 얼굴을 붉히며 씩씩거렸다. 박재귀가 피리를 손에 들고 눈을 끔뻑거리며 다가왔다. 박박 깎은 머리에 코밑에는 콧물을 달고 있었다. 바람이 제법 쌀쌀했지만 여전히 여름에 입던 반팔 티셔츠 차림이었다.

"시끄럽게 낮부터 뭘 불고 다니노! 이리 내라!"

강홍무가 두툼한 손을 내밀었다.

"어이. 와 아한테 그러노. 똥오줌도 못 가리는 모지리다. 그러지 마라."

송태영이 눈살을 찌푸리며 말렸다. 그러나 아무 말도 귀에 들어오질 않는지 강홍무의 얼굴은 붉그락푸르락했다.

"이거…… 이거요?"

박재귀가 겁먹은 표정으로 강홍무의 손바닥에 대나무 피리를 올려놓았다. 대나무 통에 구멍을 뚫어 대충 만든 피리였다. 장인이 정교하게 깎아 반들반들 기름칠한 강홍무의 통소와는 비교하는 것조차 초라한 물건이었다.

강홍무는 대나무 피리를 무릎에 내리쳐 부러뜨렸다. 피리는 두 동강 난 채로 바닥에 떨어졌다.

"어른들 중요한 말 하는데, 아새끼가 시끄럽게!"

분위기가 싸해졌다. 윤후슬은 기분이 상한 강홍무가 괜한 애에게 화풀이한다 싶어 금방이라도 울음을 터트릴 것 같은 박재귀의 등을 어루만지며 달랬다.

"괘얀타. 아재가 중요한 이바구 중이라 그만 성이 나서 그런 기다. 저짝 아들 모여 있는 데 가서 같이 놀아라. 어여."

"내…… 내 건데. 내 피린데……."

박재귀가 팔뚝으로 눈물을 닦으며 김형주의 집 뒤쪽 대나무 숲으로 사라졌다. 윤후슬이 그 모습을 애처롭게 보았다.

"와 그라노. 불쌍한 아다."

송태영이 강홍무가 씩씩거리는 소리가 잦아들기를 기다렸다가 말했다.

"더부살이하는 것도 불쌍한데 아가 글도 못 읽고 좀 모질란다 안 카나. 생일이 빨라가 원래 올해 국민학교를 들어갔어야 하는데, 오죽하면 지 큰아배가 학교도 못 넣었다. 아무리 가르쳐도 가나다라를 못 읽는다 안 하나."

"이번 기회 놓치면요, 앞으로 이딴 섬 누가 쳐다보기나 할 것 같습니꺼? 뭐가 내를 위하고 나라를 위하는 길인지 잘 판단해 보셔야 할 겁니더. 마, 저딴 빨갱이새끼가 선동하는 말 듣고 죽을 때까지 이 모양 이 꼴로 살든지 알아서들 하시소!"

강홍무가 앞집을 향해 턱짓을 하며 악을 썼다. 사람들이 고개를 절레절레 흔들며 각자 하던 일을 했다. 술 마시던 사람은 술을 마시고 그물 손질을 하던 사람은 바삐 그물로 손을 뻗었다.

험한 날씨에도 기어이 조업을 나간 배가 들어오고 있었다. 바람이 크게 불고 대나무 잎이 사르락 소리를 내며 흔들렸다. 정자 옆에는 한동안 지나가는 사람 하나 없이 고요했다. 잔물고기를 다 빼낸 여자들이 그물바늘을 들고 틀어진 그물코를 기웠다. 남자들은 남은 막걸리를 공평하게 잔에 나눠 부었다.

"저기, 제가 너무 성을 냈습니더. 지송합니더. 저, 한 곡조 들어보실랍니꺼?"

화가 다 삭았는지 강홍무가 살살거리는 목소리로 말했다. 모두 고개를 들었다. 호죽도 발전 위원회 위원장은 한번 싱긋 웃어 보이고 통소를 입에 댔다. 낮고 굵은 대나무의 울림이 퍼졌다. 대나무 속을 한 바퀴 우려내고 흐르는 소리. 듣는 사람의 마음을 한스럽게 하는 슬픈 곡조였다.

"어허! 잘한다!"

송태영이 무릎을 치며 반겼다. 윤후슬도 그물바늘을 든 손을 멈추고 통소 소리에 빠져들었다. 장지천과 또 다른 남자는 곡조에 맞춰 느릿느릿 어깨춤을 추었다. 아스라이 서글픈 감정이 밀려왔다. 외지에서 온 젊은 놈이 버릇은 없지만 통소 하나는 참 멋들어지게 분다고 윤후슬은 생각했다.

곡이 끝났다. 정자에 모인 사람들은 너 나 할 것 없이 한 곡 더 청했다. 방금 전 얼굴을 붉힌 일은 모두 잊은 듯했다. 강홍무는 이번엔 빠른 장단의 곡을 불렀다. 남자들은 신명이 나서 거의 다 비운 잔을 부딪치며 몸을 흔들었다. 윤후슬도 어느덧 손을 놓고 "옳거니, 옳거니" 하며 박수를 쳤다.

네 번째 곡이 막 끝날 무렵이었다. 고동색 셔츠를 입은 오배춘이 양팔을 흐느적거리며 나타났다. 강파른 얼굴에는 뭔가에 쫓기는 듯한 다급함이 어려 있었다.

"어이, 배춘이! 성자 아배요!"

송태영이 친구인 오배춘을 불렀다. 오배춘은 듣지 못한 듯 지나쳐 김형주의 집으로 쑥 들어갔다. 안색이 좋지 않았다.

"형주야! 형주, 니 내 좀 보자!"

오배춘이 안채로 들어가며 외쳤다.

"저거 일 내는 거 아니가?"

장지천이 걱정이 담긴 목소리로 말하며 강홍무를 보았다. 오배춘도 조풍기 못지않게 발전 위원회에 깊이 몸을 담은 사람이었다. 군사용지로 예정된 섬 동쪽에 조그만 땅뙈기도 갖고 있었다. 얼마 전에는 김형주로 인해 개발이 무산된다면 내 손으로 그놈을 죽이고 말 거라고 술자리에서 주정을 부린 적도 있었다.

강홍무도 당황한 표정으로 자기 밑에 있는 사람이 정적에게 따지러 가는 모습을 보았다. 김형주와 같이 사는 어머니는 갯일을 갔는지 안채에 아무도 없는 모양이었다. 오배춘이 안채에서 나와 창고를 향해 갔다. 오배춘의 태도와 몸짓에서 단단한 결기가 느껴졌다. 정자 주변에 모인 사람들이 다들 담장 너머로 오배춘이 하는 짓을 지켜보았다.

"형주 여기 있나?"

오배춘이 창고 문을 열었다. 습기에 문이 뒤틀렸는지 삐거덕하는 소리가 크게 났다.

오배춘이 안으로 들어가고 한 1분쯤 지났을까. 창고에서 사람이 우는지 웃는지 모를 이상한 소리와 함께 툭탁거리는 소리, 쌓여 있던 물건이 와르르 쏟아지는 소리가 연이어 들렸다.

"뭐 하는 기고! 싸움 났나?"

송태영이 정자에서 일어났다.

오배춘이 떠밀리듯 창고에서 튀어나와 마당에 넘어져 굴렀다. 다시 일어나 비척비척 담장 사이로 나오는 오배춘의 꼴은 말이 아니었다.

눈은 귀신이라도 본 듯 휘둥그레 튀어나왔고 살집이 없는 얼굴은 하얗게 질렸다. 셔츠와 손에는 흙과 붉은 피가 묻어 있었다. 떡 벌린 입으로는 "어, 어……" 하고 알아듣지 못할 말을 내뱉었다.

"배춘이, 니 싸웠나! 와 그러노!"

장지천이 정자 댓돌에 벗어둔 신발을 꿰어 신으며 소리쳤다.

오배춘은 뛰어가려다가 발이 얽혀 또 넘어졌다. 장지천과 송태영이 다가와 오배춘의 팔뚝을 잡았다. 오배춘이 무서운 힘으로 두 남자를 뿌리치고는 도망쳤다. 꼬리에 불이 붙은 개처럼 앞만 보며 마구 달렸다.

"저…… 저노마가 미쳤나."

송태영이 어이가 없다는 듯 오배춘의 내달리는 뒷모습을 바라보았다.

"하마 뭔 일이 났는갑다. 들어가보자."

장지천을 선두로 술을 마시던 남자 셋이 김형주의 집으로 발을 옮겼다. 강홍무는 썩 내키지 않는다는 표정으로 한 손에 퉁소를 든 채 정자에 놓아둔 대통을 집어 메고 남자들을 따랐다. 그물을 깁던 여자 넷도 몇 발짝 뒤에 따라붙었다.

창고 문을 열자 8단 책장의 등이 보였다. 문에서 한 발짝 거리에 책장을 가로로 질러놓은 것이다. 책장은 자연스럽게 현관 복도 같은 공간을 만들었다. 책장에서 돌아나가는 오른쪽 통로에는 대나무 토막 수십 개와 각종 연장이 어지럽게 흩어져 있었다. 한곳에 쌓아둔 것을 오배춘이 허둥지둥 나오면서 흐트러뜨린 것 같았다.

"형주야, 니 괜않나?"

송태영이 앞장 서서 바닥에 어지러진 물건을 피해 안으로 들어갔다.

김형주는 안쪽 왼편에 놓은 커다란 작업대에 상체를 엎드리고 앉아 있었다. 깎다 만 대나무 통과 조각도가 엎드린 김형주의 가슴 아래 깔려 있었다. 왼팔은 가슴 밑에 깔고 오른팔은 책상 위로 길게 뻗은 자세였다. 작업을 하던 중 그대로 앞으로 쓰러져 상체로 작업대를 덮친 것 같았다.

"형주야! 이 뭔 일이고!"

송태영이 떨리는 목소리로 소리쳤다. 뒤이어 들어온 사람들도 헉, 하는 소리와 비명 소리를 냈다.

김형주는 등받이가 낮은 의자에 앉아 있었다. 의자 다리 밑으로 붉은 피가 흠뻑 고였다. 맞은편 지붕창으로 흘러든 네모난 햇

볕의 틀이 김형주의 등을 밝게 비쳤다. 김형주의 등 한복판에 꽂힌 굵다란 대나무 통이 또렷하게 눈에 들어왔다.

"건드리면 안 됩니더!"

강홍무가 김형주 쪽으로 뻗는 장지천의 손을 가로막으며 말했다.

생사를 확인하고 말 것도 없었다. 김형주는 왼쪽 뺨을 책상에 대고 사람들이 들어온 쪽으로 얼굴을 향하고 있었다. 일그러진 표정과 깜빡임 없이 퀭하게 뜬 눈이 이미 이 세상 사람이 아니라는 것을 말해주고 있었다.

"어쩌나…… 배춘이 그노마가 일냈다."

송태영이 자리에 주저앉아 중얼거렸다.

"갱찰 부르소. 내 여기 있을 테니. 모두 나가서 갱찰 불러오소. 어서!"

강홍무가 허둥거리는 사람들을 문 쪽으로 밀었다. 송태영을 일으켜 퉁소를 쥔 손으로 등을 밀어 내쫓았다. 윤후슬은 입을 막고 다른 여자들과 같이 창고를 나왔다.

"성자 아배가 김형주를 쥑였다. 아니, 그놈의 개발이 뭐길래 사람을 쥑여, 사람을……. 어찌할꼬, 어린 성자는 어찌할꼬……."

윤후슬은 소리치며 파출소를 향해 뛰어갔다.

경찰 설립 이래 호죽도에서 발생한 첫 살인사건이었다.

그날 마을회관 투표는 취소됐다. 바람이 부는 날씨였지만 배를 못 띄울 정도는 아니어서 육지에서 즉시 경찰 인력이 몰려와 수사본부를 차렸다. 경찰은 상황 파악을 끝내자마자 현장에서 달아난 오배춘을 찾아 섬 곳곳을 뒤지기 시작했다. 그 와중에 경찰이 타고 온 배로 위급한 환자를 육지로 후송하기도 했다. 박재귀라는 일곱 살 난 호죽도 아이가 중상의 화상을 입은 것이다. 안전을 위해 중량이 큰 경찰선에 아이를 태워 육지 병원으로 옮겼다. 그사이에도 오배춘을 찾기 위한 수색은 계속됐다.

그날 밤 9시경 경찰은 절벽 바위 틈새에 숨어 덜덜 떨고 있던 오배춘을 찾아냈고 그를 김형주 살인사건 용의자로 체포했다.

오배춘은 초기에 혐의를 부인했지만 곧 포기하고 자백했다. 그도 그럴 것이 당시 현장 상황을 볼 때 오배춘 말고는 김형주를 살해할 만한 사람이 없었다.

당시 김형주가 있던 창고는 서쪽에 출입문이 있고 맞은편인 동쪽에 창문이 하나 나 있는 구조였다. 집 주변을 둘러친 돌담이 낮은 데다가 지반이 낮아 북쪽 정자에 모인 사람들이 집 마당과 들고 나는 사람들을 훤히 볼 수 있었다. 당시 정자에 모여 있던 윤후슬, 송태영, 장지천 등 7명은 오후 2시 반경 김형주가 안채에서 나와 창고로 들어가는 광경을 보았다. 그 뒤 3시 20분경 오배춘이 들어갈 때까지 아무도 그사이에 창고로 들어가지 않았다고 정자에 모여 있던 사람들은 장담했다. 중간에 강홍무가 합류하여 얘기를 나눴고, 남자 세 명은 막걸리를 마셨으며, 강홍무가 부는 통소 소리를 즐기는 등 사람들이 김형주의 집에 누가 들어가는지를 집중해서 보고 있었던 것은 아니었다. 그러나 김형주의 집 대문에 접근하려면 반드시 정자를 지나쳐야 했고 그러면 강홍무까지 총 8명 중 누구라도 알아챘을 것이다.

사건 현장-김형주의 창고

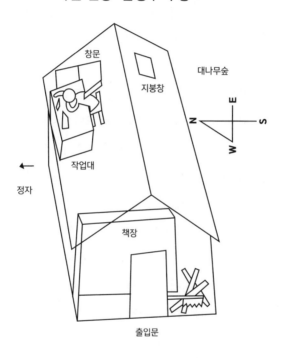

경찰은 누군가 집 뒤편 대나무 숲을 통해 접근하여 창고로 슬쩍 들어갔을 가능성도 물론 따져보았다. 창고 안으로 들어가려면 서쪽 출입문을 통하거나 아니면 동쪽 창문을 타고 넘는 길

밖에 없었는데, 서쪽 출입문은 정자에서 거의 정면으로 내려다보이는 데다 문틀이 잘 맞지 않아 문을 열면 큰 소리가 났다. 정자에 모인 8명의 눈과 귀를 피해 몰래 출입문을 열고 들어가는 건 불가능했다. 범인이 동쪽 창문으로 숨어 들어갔다고 볼 수도 없었다. 창문이 안에서 잠겨 있었던 것이다. 바람이 불어 작업에 방해가 될 것 같았는지 김형주는 그날 창문을 열지 않았다. 지붕창은 열려 있었으나 그것은 워낙 작아 사람이 드나들 수 없었다. 김형주는 평소 작업을 할 때면 대나무 장대를 사용해 항상 지붕창을 열어놓고는 했다. 지붕 한 귀퉁이를 터서 손수 만든 지붕창을 통해 들어오는 자연광에 의지해 작업을 했던 것이다.

결국 김형주를 죽일 수 있었던 사람은 오배춘뿐이었다. 정자에 모인 모두가 보는 앞에서 오배춘은 창고에 들어갔고 약 1분 후 시끄러운 소리와 함께 옷과 손에 피를 묻히고 뛰어나왔다. 정자에 있던 8명이 바로 창고에 들어가 김형주의 시체를 발견했다. 강홍무가 안에서 현장을 지키는 동안 나머지 사람들이 파출소로 달려가 신고했다. 시체를 발견하고 파출소 순경이 현장에 도착하기까지는 약 10분밖에 걸리지 않았다.

김형주의 등에 꽂힌 대나무 통은 김형주가 만든 공예품으로 밝혀졌다. 당시 창고에는 김형주가 만든 대나무 공예품이 여기저기 널려 있었다. 김형주는 다양한 굵기와 길이를 가진 죽창을 많이 만들었다. 살인 흉기는 길이 약 1m 20cm에 지름이 8cm인 굵다란 죽창이었다. 길이가 짧아 창이라고 하기는 어려울 수 있으나 끝을 사선으로 날카롭게 깎아 죽창 모형으로 만든 것이었다. 기름을 바르고 불에 달군 뒤 겉면에 조각도로 짧은 글귀와 낙관을 새겨놓았다.

수사는 빠르게 마무리되었다. 그날 낮, 조업을 나가지 않은 오배춘은 집에서 혼자 술을 마셨다. 술기운이 오르자 오배춘은 저녁에 있을 도민 투표에서 섬사람들의 지지를 업고 김형주 측이 이길 것만 같아 초조해졌다. 군사용지 수용은 오배춘에게는 그전까지는 아무 가치도 없었던 땅을 팔아 빚을 갚고 자기 소유의 배도 한 척 장만할 절호의 기회였다. 오배춘은 간절했고, 간절함이 깊어질수록 김형주의 행태가 미웠다. 새파랗게 젊은 놈이 김일구 영감의 아들이고 서울에서 대학물 좀 먹었다고 지도자 행세를 하며 섬사람들 마음을 쥐고 흔드는 것이 기분 나빴다. 오배춘은 만취한 상태로 충동적으로 김형주의 집으로 갔다. 창고로 들어가 한창 작업 중이던 김형주에게 말을 걸자 김형주는 오배춘을 제대로 쳐다보지도 않고 허투루 대했다. 화가 치민 오배춘은 주위에 있던 날카로운 대나무 통을 들어 김형주의 등에 내리꽂았다. 대나무 통이 심장을 관통하여 김형주는 작업대 위로 몸을 굽히고 즉사했다. 뒤늦게 자기가 한 짓을 깨달은 오배춘은 비틀거리며 창고 밖으로 나와 도망쳤다. 이것이 경찰 수사를 통해 밝혀진 범행의 내용이었다.

섬사람들은 오배춘의 범행을 쉽게 납득하지 못했다. 오배춘은 평범하고 순박한 어부였다. 개발 문제와 관련해서 김형주와 갈등이 있기는 했지만 언제까지나 말싸움으로 끝날 정도에 불과했다. 군사용지 수용 문제와 관련해서는 강홍무나 조풍기가 훨씬 더 김형주와 골이 깊었다. 그러나 강홍무는 범행이 벌어질 당시 김형주의 집 앞 정자에 있었다는 것이 여러 사람들에 의해 증명되었고, 조풍기는 배를 몰고 조업을 나간 상태였다.

오배춘은 구속되어 무기징역을 선고받았다. 김형주 살인사건은 사건의 크기와 그로 인해 섬사람들이 받은 충격과는 상관없이 빠르고 간단하게 종결되었다.

이후 강홍무는 호죽도의 군사용지 수용을 힘차게 추진했다. 김형주가 죽자 반대세력은 와해되어 거칠 것이 없었다. 강홍무와 심복 조풍기는 날개를 단 듯 호죽도를 누비고 다녔다. 강홍무나 조풍기가 오배춘을 사주해서 김형주를 죽인 것 아니냐는 소문이 돌았지만 소문은 섬사람들의 술자리 수군거림으로 그쳤다.

변수는 상상하지 못한 영역에서 발생했다. 사업이 거의 성사될 무렵, 1979년 12월 12일 대통령이 자기 부하의 총에 맞아 죽었다. 나라가 다른 군인의 손에 넘어가고 권력이 재편되는 과정에서 죽은 대통령에게 줄을 섰던 강태왕의 호죽도 군사용지 수용 작전은 허무하게 무산되었다.

다음 해 강홍무와 강태왕은 별장과 매입한 땅을 처분하고 호죽도를 떠났다. 살인자 오배춘의 아내도 어린 딸을 데리고 섬을 떴다. 얼마 안 있어 조풍기도 온다 간다 말도 없이 호죽도에서 사라졌다. 평화로운 호죽도에 한동안 불어닥친 개발 바람은 김형주의 죽음과 그와 관련된 사람들의 증발과 함께 섬사람들의 마음 속에서 조금씩 잊혀갔다. 해마다 어획량이 감소했고 젊은 사람들은 자꾸만 섬을 떠났다. 빈집이 늘었고 허름한 옛집엔 늙은이만 남겨졌다. 40년 전 남해의 한 작은 섬에서 발생한 살인사건은 그렇게 끝이 났다.

두 번째

——————

메시지

————

권오규 순경의 긴 이야기가 끝났다.

　먹구름이 더 몰려왔는지 사위가 어두웠다. 무서운 이야기를 전해 듣는 여행자처럼 사람들은 오종종 모여 앉아 침을 꿀꺽 삼켰다.

　"열흘 전에 김형주 살인사건 기록이 치안센터로 왔다고요? 발신자 이름도 없이?"

　공치수 기자가 침묵을 깨고 물었다.

　"그렇습니다."

　"그럼 치안센터에서는 그 기록을 어떻게 처리했습니까?"

　"……그게."

　권오규의 목소리는 자신감 없이 잦아들었다.

　"그냥 별 의미 없는 투서로 알았죠. 이미 종결된 사건이니까요. 그냥 폐기하라고 하는데 저만 관심이 가서 사택에 가져가 몇 번 읽어봤습니다. 가까이 사는 윤후슬 할머니에게 당시 상황을 대충 물어보기도 하고…… 이후 상황도 좀 알아보고……. 그러니까, 군사용지 수용 문제가 어떻게 됐는지 따위 말입니다."

"죽은 조동욱 할아버지가 40년 전 살인사건 피해자의 친구인 조풍기란 말이죠."

임하랑이 말을 이었다.

"강홍무의 오른팔로 개발 쪽에 편승해서 죽은 김형주와 대립했던."

권오규가 고개를 끄덕였다.

"그나저나, 사건 당일 빙초산을 먹고 목에 화상을 입은 소년이 진짜 있었군요!"

이윤동이 흥분했다.

"아, 네……. 기록에는 그냥 심한 화상을 입었다고만 되어 있지만. 어쨌든 화상을 입고 육지로 후송된 소년이 있긴 있었습니다. 박재귀라고."

"사건 당시 정자 근처에서 대나무 피리를 불었다가 강홍무에게 빼앗긴 그 아이죠?"

임하랑이 한쪽 눈썹을 치켜 올리며 물었다.

"네. 맞습니다."

"지금도 호죽도에 사나요? 박재귀라는 사람? 그때 일곱 살이었으니까 지금은 마흔일곱 살이겠네요."

"아, 아니요……. 지금은 없습니다. 오래전에 호죽도를 떠났습니다. 그 사건과 조금이라도 관련이 있는 사람들은 얼추 섬을 떠났습니다."

휴게실에 모여 앉은 사람들이 슬금슬금 서로 눈짓을 나눴다. 여기 있는 사람들 대부분이 태어나기도 전에 이 섬에서 벌어진 살인사건과 오늘 새벽 벌어진 죽창 살인사건과의 연관성을 누군가 나서서 정리해주길 바라는 눈빛이었다.

"분명 관계가 있어요!"

이윤동이 소리쳤다. 굵은 뿔테 안경 안의 눈이 진지하게 빛났다.

"40년 전 사건의 복수극이에요, 이건! 40년 전 김형주 살인사건에는 숨겨진 내막이 따로 있어요. 틀림없이 조풍기, 그러니까 조동욱 할아버지가 김형주 살인사건과 연루되어 있는 거죠. 범인은 열흘 전 치안센터에 김형주 살인사건 기록을 보내 경찰에게 미리 관련성을 암시했어요. 어제 여기 숙소동 로비에 모형 안구를 놓아두고 우리를 놀라게 한 것도 같은 맥락이죠. 모형 안구에서 〈바늘 상자 속에 넣어둔 눈알〉이라는 민담을 떠오르게 하고, 거기서 40년 전 목소리를 잃었다는 살인사건의 목격자 소년으로 연상되도록! 범인은 사건 현장인 호죽도에 그럴듯한 연수원을 짓고 관리인을 시켜주겠다고 꾀어 조동욱 할아버지를 부른 다음 살해했어요. 죽창으로 찔러 죽였죠. 40년 전 김형주가 죽은 방식 그대로……."

"그런 말도 안 되는 일이! 뭐 그런 소설 같은 일이 있어요!"

신만수는 소리치다가 슬쩍 의문을 달아 말을 이었다.

"그…… 그럼 조동욱 할아버지가 40년 전 김형주를 죽인 범인이라는 말?"

"아니요, 아니."

권오규가 허둥댔다.

"사건 기록을 보면 그건 불가능합니다. 제가 봤을 때 범인이 오배춘이라는 것은 의문의 여지가 없습니다. 당시 현장인 창고에 출입한 사람은 오배춘뿐이에요."

"공범이거나 교사범일 수도 있지요."

이윤동은 확신에 찬 얼굴로 임하랑을 보았다. 임하랑은 고개를 한번 갸웃할 뿐 긍정도 부정도 하지 않았다.

마술 같은 일이었다. 40년 전의 망령이 살아나 간계를 부리는 듯했다. 창밖의 비바람 소리가 사람들 사이 축축한 공기에 파고들었다. 바람에 흔들리는 대나무 잎이 이 놀라운 사실을 어서 이해하라고 부추기는 것 같았다.

맞아, 맞아. 40년 전 사건의 복수. 그 말이 맞아.

대나무 이파리가 미친 듯 고개를 끄덕거렸다.

"아아……."

순간 무슨 생각이 떠올랐는지 나리의 눈이 놀라움으로 벌어졌다.

"왜 그래요?"

옆에 있던 최혁봉이 걱정스런 말투로 물었다.

"그 사람!"

나리의 시선이 공치수를 향했다.

"그 사람 말이에요! 공치수 기자님! 공 기자님이 이 섬에 들어올 때 같은 배를 탔다는!"

공치수는 검게 그을린 얼굴을 찌푸렸다가 서서히 폈다.

"아, 그 남자! 내가 말을 걸어도 쌩깠던 그 검은 점퍼……."

"맞다. 입 주변에 흉터가 있었다고 했죠?"

최혁봉이 대화의 흐름을 이해하고 불쑥 끼어들었다.

"맞아! 아무 대꾸가 없었다고! 아무 말도 안 했다고 했죠? 아무 말 안 한 거죠, 그 사람? 몇 살쯤으로 보였죠? 그 남자?"

"글쎄…… 점퍼에 달린 모자를 푹 쓰고 있어서 잘은 모르겠는데 아주 젊은 사람은 아니었고, 대충 40대는 돼 보였는데……."

임하랑이 권오규 쪽으로 고개를 돌리고 물었다.

"권 순경님? 이 섬에 사는 주민들 다 아시죠?"

"아, 네. 이름까진 못 외어도 얼굴은 압니다. 다 해봤자 83명밖에 안 되니까."

"주민 중에 그런 사람 있어요? 입술에 흉터가 있는 40대 남자."

권오규는 눈동자를 이리저리 굴리며 잠시 생각하는 시간을 가졌다. 젊은 경찰은 머릿속에서 호죽도 주민들의 얼굴을 떠올려 빠른 속도로 대조해보았다. 그리고 이내 고개를 저었다.

"아니요. 제가 알기로는 없습니다."

"박재귀다!"

이윤동이 외쳤다.

"그래서 아무 말 못 한 거야! 목소리를 잃었으니까! 입술의 흉터는 일곱 살 때 입은 화상의 흔적이고!"

"말도 안 돼요! 무서워!"

나리가 가느다란 팔로 스스로를 감싸 안았다. 공치수는 눈을 부리부리하게 뜨고 배에서 만난 남자의 인상착의를 어떻게든 더 기억해내려고 애썼다.

"왜…… 왜 온 거예요, 그 사람……."

나리가 몸을 떨며 혼이 나간 듯 중얼거렸다.

수상한 남자가 박재귀라는 것을 모두 기정사실로 받아들이는 분위기였다.

"복수하려고 온 거죠."

최혁봉이 제 무릎을 치며 말을 이었다.

"범인은 그 남자야! 박재귀! 간밤에 몰래 흙 묻은 장화를 신고 연수원으로 들어와 조동욱 할아버지를 죽인 사람!"

"아이씨! 그렇게 소리 안 질러도 알아듣는다고!"

공치수가 소리를 치며 짜증을 냈다. 기자는 자신과 같이 섬으로 들어온 남자의 정체를 먼저 눈치채지 못한 것이 분한 듯했다. 각진 얼굴이 붉게 상기되었다.

휴게실 안이 흥분으로 들썩였다. 만약 그 입술에 흉터가 있는 남자가 박재귀고 그가 조동욱을 죽인 거라면 그는 아직 이 섬에 있을 터였다. 오늘 새벽부터는 도저히 배를 띄울 만한 날씨가 아니었다. 40년간 복수심을 키우고 실행한 기이한 남자와 같은 섬에 갇혀 있다는 생각에 모두 으스스한 한기를 느꼈다.

박재귀와 연수원 건물주 정명선이 공범일 거라는 얘기가 나왔다. 거제경찰서에서도 아직까지 정명선의 소재를 찾지 못하고 있다는 권오규 순경의 말이 보태지면서 그 가설은 현실성을 띠었다. 정명선이 판을 깔고, 박재귀가 실행했다. 극적인 복수를 위해 우리를 구경꾼으로 부르고 시신을 전시한 것이다.

전시 살인!

쿠쿠쿵 내리치는 천둥소리와 함께 사람들의 추론에 속도가 붙었다. 범인이 우리 안에 있는 것은 아니라는 사실이 주는 안도감과 범인과 같은 섬에 갇혀 있다는 사실이 몰고 오는 공포가 양가적으로 사람들의 마음을 흔들었다.

"그 남자를 찾아야 돼! 아직 이 섬에 있을 거야. 또 무슨 짓을 할지 모르니까."

공치수가 소리쳤다. 신만수와 최혁봉이 당장이라도 수색하러 나갈 것처럼 팔을 걷어붙이며 동의하고 나섰다. 진정란도 불안과 결의가 뒤섞인 표정으로 가세할 듯 고개를 끄덕거렸다. 반면 이윤동은 내키지 않는 듯 고개를 저었다. 임하랑도 얼굴을 찌푸렸다.

"안 돼요. 위험해요. 수사 인력이 올 때까지 여러분들은 안전한 객실에서……."

권오규가 엉거주춤 일어나 손을 내저었다. 당황스러워 어찌할

줄 모르는 태도였다.

"안전하다고? 여기가?"

공치수가 코웃음을 쳤다.

"그 남자가 40년 전 사건의 복수를 한 거라면, 이제 끝났어요."

임하랑이 사람들의 흥분을 가라앉히려 시도했다.

"나이로 보아, 40년 전 사건의 관련자는 여기 더는 없어요. 더 이상의 살인은 벌어지지 않을 거라고요."

"하! 어떻게 확신해?"

공치수가 턱을 쑥 내밀며 따지고 들었다.

"이미 손에 한번 피를 묻힌 사람인데, 제정신이 아닐 거라고. 태풍으로 섬도 고립됐겠다, 도망칠 곳도 없겠다. 미쳐버려서 무슨 짓을 또 저지를지 어떻게 알아?"

임하랑이 매 같은 눈으로 공치수를 쏘아보았다.

"오늘 새벽에 벌어진 사건과 40년 전 김형주 살인사건이 어떤 식으로든 관련이 있는 것 같긴 해요."

젊은 물리학도가 말을 이었다.

"하지만 그것뿐이라고요. 공치수 기자님과 같이 배를 타고 들어온 그 남자가 과연 박재귀가 맞을까요? 그렇다고 치죠. 그럼 박재귀가 조동욱 할아버지를 죽인 걸까요? 왜죠? 김형주 살인 사건과 박재귀, 당시 조풍기였던 조동욱 할아버지는 어떤 관계로 이어지는 걸까요? 조풍기가 김형주 살인의 공범 또는 교사범일 것이다? 그렇다고 해도 왜 박재귀가 조풍기에게 살의를 갖게 되는 거죠?"

"박재귀가 당시 뭔가를 목격한 거예요. 사건의 진상을 밝혀낼 무언가를……."

나리가 말했다.

"그래서 조풍기가 박재귀에게 빙초산을 먹인 거죠. 박재귀는 40년 전 목소리를 잃은 복수를 한 거예요."

몇 초간 침묵이 흘렀다. 나리는 꿈꾸는 듯한 표정으로 허공을 응시했다.

최혁봉이 말했다.

"목소리를 잃은 건 물론…… 끔찍한 일이긴 한데 그런 이유로 이런 으리으리한 복수라니. 동기로는 너무 약한 거 아닐까요?"

"목소리를 잃었다는 건, 누군가에겐 생명을 잃은 것이나 마찬가지일 수 있죠."

가수 나리가 낮은 목소리로 대꾸했다.

"좋다고요. 동기야 어쨌든 박재귀가, 공 기자님과 한 배를 타고 들어온 그 남자가 조풍기…… 앞으로 그냥 원래 이름인 조풍기로 부르도록 하죠. 조풍기를 죽였다고 치자고요. 어떻게 죽인 거죠?"

임하랑이 말한 뒤 사람들의 얼굴을 차례로 둘러보았다. 아무도 대답하지 못했다. 바로 얼마 전 최혁봉과 공치수가 살해 방법에 대해 나름의 추리를 늘어놓았다가 임하랑의 반박에 답을 잃었기 때문이었다.

"권 순경님."

"네?"

"김형주 살인사건 말이에요. 현장 상황에 대한 질문을 몇 가지 드려도 돼요?"

이미 경찰로서의 주도권 따윈 잃어버린 권오규가 임하랑의 말에 고개를 끄덕였다. 다른 건 몰라도 사건 기록에서 현장 사진은 몇 번이나 보았다는 말을 덧붙이면서.

"지붕창이란 게 독특하네요."

임하랑은 손가락으로 관자놀이를 톡톡 두드렸다.

"지붕창을 통해 들어온 햇빛이 작업대에 웅크리고 죽은 김형주의 등과 등에 꽂힌 대나무를 환히 비췄다고 했죠?"

"네. 지붕창은 김형주의 몸과 작업대와 일직선 방향으로 나 있었습니다. 본래 작업을 하는 데 빛이 모자라서 김형주가 직접 뚫어 만든 창이니까요."

임하랑은 의미심장한 미소를 지었다.

"지붕창이 나 있는 곳에 면한 집 뒤쪽은 대나무 숲이었고요."

"그렇습니다."

"흉기는 어떤 모양이었나요?"

권오규가 고개를 갸웃했다.

"어떤 모양이라니요? 뭘 알고 싶으신 건지……?"

"김형주의 등에 꽂힌 대나무요. 길이 약 1m 20cm에 지름이 8cm라고 하셨죠?"

임하랑은 양손의 손가락 끝을 붙여 원을 만들어보였다.

"그럼 굵기가 이 정도. 꽤 굵은데요?"

"허, 그러네? 거의 죽통밥 쪄 먹는 죽통만 하겠는걸?"

영화 프로듀서 신만수가 자기도 손으로 원을 만들어 가늠해보며 중얼거렸다.

임하랑은 이번엔 길이를 재려는 듯 양손 사이를 널찍하게 벌렸다.

"그리고 길이는 1m 20cm. 그럼 한 이 정도. 1m 20cm는 대나무의 날 부분도 포함한 길이인가요? 그러니까, 피해자의 등을 찌르고 들어간 날카로운 부분을 포함한 전체 길이인지?"

"아, 네. 그렇습니다."

"그럼 정말 죽창이라고 하기엔 너무 짧고 두툼한데요. 뭐랄까, 화구통? 미대생들이 메고 다니는 화구통 같아요."

"뭐 말하시는지 알겠습니다. 그렇겠네요."

권오규가 말했다.

임하랑은 소파에서 일어섰다. 그리고 가상의 대나무 통을 손에 든 시늉을 했다. 왼손으로는 통의 밑부분을 받치고 오른손으로는 통의 끝부분 안쪽에 손가락을 넣어 쥐고는 오른손을 높이 들어올렸다.

"화구통 같은 대나무 통으로 앉아 있는 사람의 등을 찌르려면……"

임하랑은 양손을 사선으로 움직여 대나무 통을 가상의 목표

물을 향해 내리찍었다.

"이렇게 했겠죠?"

나리가 겁에 질린 얼굴로 입을 가렸다. 나리가 놀란 건 임하랑의 행동에서 연상된 사건의 끔찍함 때문만은 아니었다. 바삐 생각을 굴리는 임하랑의 눈빛에 뭐라 형언할 수 없는 희열이 가득차 있었기 때문이다. 언젠가 예고 없이 불시에 찾아온 창작의 에너지를 받아 신들린 듯 곡을 써내려갔던 나리 자신의 모습과도 같았다. 잔인한 사건을 재료로 순수한 즐거움을 느끼는 모습을 어떻게 이해해야 할지 나리는 혼란스러웠다. 40년 전 살인사건을 두고 이윤동 작가가 보인 흥분이나, 공치수와 최혁봉이 살해방법을 추리하며 보인 열의와는 한층 차원이 다른 원시적인 기쁨이 임하랑의 표정에서 뿜어져 나왔다.

"권 순경님, 현장에는 김형주가 만들어놓은 대나무 공예품이 널려 있었다고 하셨죠?"

임하랑이 물었다.

"네. 그렇습니다."

"김형주는 대나무 공예품으로 죽창을 많이 만들었고요?"

"네. 맞습니다."

도대체 뭘 알고 싶은 건지 짐작할 수 없다는 표정으로 권오규가 어깨를 으쓱했다.

"주변에는 죽창, 그러니까 죽창 하면 우리가 흔히 떠올리는 가늘고 긴 죽창도 있었나요?"

권오규가 잠깐 현장사진을 떠올려보고는 대답했다.

"네, 많았습니다. 작업대 뒤쪽에도 많았고, 문 오른쪽에도 다양한 길이의 죽창이 많이 흐트러져 있었습니다."

"기다란 죽창도 많았는데, 왜 하필 그렇게 짧고 두꺼운 대나무 통을 들어 찔렀을까요?"

임하랑이 자리에 앉아 팔짱을 꼈다.

"들고 찌르기엔 가느다란 죽창이 더 편했을 텐데? 자기를 무시하는 태도에 화가 나서 우발적으로 주변에 있는 무기를 들고 찔렀다면, 짧고 두꺼운 대나무 통보다 가늘고 긴 죽창에 더 손을 뻗기 쉽지 않았을까."

마지막 질문은 임하랑 자신을 향한 것인 듯했다.

"글쎄요……. 두꺼운 게 더 튼튼해 보였을 수도 있겠지요."

답을 해놓고도 자신이 서지 않아 권오규는 뒤통수를 긁적였다.

"대나무 마디에는 막이 있잖아요?"

임하랑이 새로운 질문을 던졌다.

"막? 죽통밥 먹을 때 바닥이 되는 그거 말하는 건가?"

공치수가 끼어들었다.

"네. 맞아요. 마디를 가르는 막. 죽통밥을 할 때는 막 바로 밑부분을 잘라 그릇의 바닥으로 쓰죠. 길이가 1m 20cm라면 아마도 마디가 3개에서 4개는 있었을 텐데, 막은 뚫려 있었나요?"

"왜 그런 걸 궁금해하는지는 모르겠습니다만……."

권오규는 의아한 눈으로 임하랑을 쳐다보았다.

"맞습니다. 흉기 사진을 유심히 보기를 잘했습니다. 흉기에는 마디가 세 개 있었습니다. 날이 끝나는 지점에 하나, 중간에 하나, 끝부분에 하나. 중간과 끝부분 막은 다 제거되어 있었습니다. 날이 끝나는 지점에 있는 마디에만 막이 있었죠. 아, 맞아요. 찌를 때의 충격 때문인지 막의 한쪽 끝이 약간 깨져 있었던 게 기억납니다. 그런데 그게 중요한 겁니까?"

"아, 나 뭐 생각났어!"

이윤동이 허공에 대고 박수를 짝 쳤다.

"바깥에서 지붕창으로 대나무 통을 던져 내리꽂은 겁니다!"

말해놓고 웹툰 작가는 득의양양한 표정을 지었다.

"지붕창과 작업대 의자에 앉아 있는 김형주의 등은 직선으로 이어져요. 바깥에서 지붕창을 통해 대나무 통을 힘껏 던져 등에 꽂은 거라고요!"

"어디서 던져요?"

최혁봉이 시큰둥하게 물었다.

"그러니까 어디서 내리꽂냐고요? 지붕 위에 서서?"

"지붕 위는…… 안 되겠죠……."

이윤동은 말을 끌며 생각을 이어갔다. 정자에 모여 있는 8명에게 들키지 않고 지붕 위에 올라가 대나무 통을 내리꽂았다고 주장하기는 어려웠다.

"아! 대나무 숲! 지붕창이 나 있는 쪽, 집 뒤가 대나무 숲이었다면서요?"

"그렇습니다."

권오규가 대답했다.

"범인은 대나무 숲에서 높은 곳으로 올라가 대나무 통을 던진 거예요. 대나무 통은 김형주의 창고에 있는 걸 미리 빼돌려 놨겠죠. 어때요?"

"대나무에 기어 올라가요? 그럼 휘어질 텐데? 대나무가 범인의 체중을 버티겠어요?"

최혁봉이 물었다.

"대나무 숲이라고 대나무만 있는 건 아니잖아요. 대나무 숲 사이에 있는 다른 나무에 올라가 숨어 있으면 됐겠죠. 앞에 대나무가 충분히 가림막이 돼줬을 거고요."

"어허…… 지붕창으로 대나무 통을 던진다. 그렇다면 대나무 통이 날아가는 걸 정자에 있는 8명 중 누구라도 보지 않았겠어요?"

"대나무 통이 내리꽂히는 건 순간이니까. 사람들이 모두 한눈판 틈을 타서……. 맞다! 강홍무가 통소 연주를 해서 정자에 모인 사람들이 거기 푹 빠져 있었을 때 말이죠. 연이어 4곡이나 불었다면서요. 그때를 노렸다면요? 대나무 통을 던지는 소리도 통소 소리에 묻혔을 거예요. 어때요?"

사람들이 고개를 갸우뚱했다. 뭔가 들어맞지 않는데 그 이유를 바로 찾아내기는 어렵다는 표정들이었다.

결국 또 임하랑이 나섰다.

"저, 이윤동 작가님. 아시겠지만 대나무는 무척 가볍다고요. 1m 20cm의 굵은 대나무 통도 1kg이 채 되지 않을걸요?"

이윤동의 얼굴에서 금세 자신감이 사라졌다.

"더구나 흉기에는 촉이 달려 있지 않았다고요. 앞을 무겁게 하지 않았다는 거죠. 화살이나 창을 생각해보세요. 앞에 무거운 촉이 달려 있죠? 무게중심을 앞으로 옮기려고 그러는 거거든요. 화살이나 창을 던지면 그냥 날아가는 게 아니라 회전하면서 날아가죠. 물체의 무게중심이 곧 회전축이 된단 말이죠. 에, 회전축이란, 팽이가 회전할 때 그 회전의 중심축을 생각해보면 돼요."

임하랑은 좀 더 쉬운 표현을 찾으려 잠깐 말을 끊었다가 이어갔다.

"회전축, 곧 무게중심이 앞쪽에 있어야 화살이나 창은 안정적으로 회전하면서 날아가고 속도가 붙고 에너지가 커진다고요. 하지만 김형주를 죽인 흉기는 촉이 없고 전체적으로 무게가 균일하기 때문에 무게중심이 뒤쪽에 있는데, 그런 흉기를 던지면 회전하면서 앞쪽이 심하게 흔들리다가 금방 추진력을 잃고 떨어지게 될 거란 말이죠. 아무리 높은 나무에 올라간들, 아무리 정확하게 겨냥해서 던졌다고 한들 겨냥한 지점을 맞출 수도 없을뿐더러, 설사 맞췄다고 해도 앉아 있는 사람의 등을 뚫고 들어갈 만큼의 위력을 갖지 못한다고요. 이건 칼처럼 날카롭게 벼른 대나무 날을 손의 힘으로 내리꽂은 거라고 밖에는 볼 수 없다고요. 던지는 거로는 안 돼요."

"어허. 그런가요······."

이윤동이 노랑머리를 벅벅 긁으며 승복했다.

"네. 그래서 제가 권 순경님에게 흉기로 쓰인 대나무 통에 막이 있었는지 여쭤본 거라고요. 막이 있었다면 혹 그 사이에 무거운 걸 채워 넣는다든지, 다른 모종의 장치를 했을 수도 있겠다 싶었는데."

"오호. 하지만 그런 건 없었습니다. 날 쪽의 막 하나만 막혀 있었고 다른 막은 제거되어 있었습니다."

권오규가 이제야 질문의 의도를 이해하고 고개를 끄덕이며 말했다.

임하랑은 앞니에 손가락을 대고 놓친 것을 찾는 데 고심했다. 권오규가 긴장하고 임하랑을 지켜보았다. 처음 마주쳤을 때부터 초임 경찰관을 쉴 새 없이 놀라게 하는 물리학도의 머릿속에는 지금 무척 복잡한 사고가 지나가고 있는 것 같았다.

"40년 전 사건의 비밀을 풀면, 조풍기 사건도 풀릴 것 같은데······."

임하랑이 입을 열었다.

"왠지 그런 직감이 든단 말이죠. 권 순경님, 사건 기록을 읽고 가까이 사는 윤후슬 할머니께 40년 전 사건에 대해 물어보셨다고 했죠?"

"아, 네. 간단히 여쭤봤습니다. 기억력이 좋은 어르신입니다. 여

226

든이 넘었는데도 옛 기억이 쌩쌩하십니다."

"윤후슬 할머니를 만나게 해주실 수 있을까요?"

권오규 순경을 바라보는 임하랑의 눈빛이 강렬했다.

잠시 고민하던 권오규가 입술을 막 떼려는 찰나.

삑삑삑 삑삑 삑삑 삑삑삑.

피리 소리가 울렸다. 서너 시간 전 사람들을 기겁하게 했던 그 소리가 다시 사람들의 머리 위로 흘렀다.

"뭐야, 또!"

공치수가 소리쳤다. 사람들은 동요했다. 나리는 또 양 귀를 틀어막고 질겁했다. 신만수와 이윤동, 최혁봉이 주변을 미친 듯 둘러보았다. 10개의 음정이 잠시 사이를 두고 반복됐다.

아까는 12개였는데.

두 번째 겪는 일이다 보니 임하랑은 처음보다는 침착할 수 있었다. 역시나 음악적으로 아무 의미 없는 음의 나열이었다. 그러나 아까와는 다른 음의 묶음이었다. 전체 음의 수와 끊어 부는 음의 개수, 음의 높낮이가 달랐다.

삑삑삑 삑삑 삑삑 삑삑삑.

누군가는 욕을 했다. 나리는 귀를 막고 신음을 내뱉으면서도 이번엔 뛰쳐나가지 않았다. 이 소리가 계속되는 것이 아니라 몇 분 뒤면 끝이 난다는 경험을 했기 때문일까.

삑삑삑 삑삑 삑삑 삑삑삑.

일곱 살 박재귀는 피리를 불었다. 호죽도 발전 위원회 위원장 강홍무는 40년 전 김형주의 집 앞 정자에서 퉁소를 불었다. 7명의 주민들은 강홍무의 구슬픈 퉁소 소리에 푹 빠졌다. 그 전에 강홍무는 버럭 화를 내며 박재귀의 피리를 빼앗아 꺾어버렸다.

왜 강홍무는 어린 소년의 피리를 꺾었을까?

소음이나 다름없는 피리 소리가 계속되는 가운데 임하랑은 권오규 순경이 들려준 이야기에서 이것저것 걸리는 부분을 찾았다.

왜 그날 강홍무는 한 손에 퉁소를 들고, 정자에 놓아둔 빈 죽통을 굳이 집어 들어 어깨에 멘 채 김형주가 죽어 있는 창고에 들어간 것일까?

박재귀라는 아이는 왜 그날 빙초산을 마시고 성대에 화상을 입었던 것일까?

당시 일곱 살의 섬소년 박재귀는 어떤 아이였을까?

아무리 가르쳐도 가나다라를 못 읽는 아이. 글자를 익히지 못한 박재귀는 그해 초등학교에 들어가지 못했다. 모자란 아이. 글자를 못 읽는 아이. 아무리 가르쳐도 글자를 못 읽는 아이.

난독증?

소년은 글자를 쓰지 못한다. 어쩌면 그 사실이 소년을 살린 걸 수도 있다. 소년은 그날 살인사건 현장 근처를 배회하다가 사건과 관계된 무언가를 보았다. 소년이 무엇을 보았다는 것을 범인이나 공범자가 알아버렸다. 소년의 입을 막아야 했다. 죽일 것까지는 없다. 말을 할 수 없게 만들면 소년은 자신이 무엇을 봤는지 표현할 수 없다.

"아이씨. 빌어먹을 이 소리! 언제 끝나냐고! 너 이 새끼! 내가 꼭 잡고 말 거야!"

공치수가 왔다 갔다 하며 천장을 향해 주먹을 쳐들었다. 주간지 기자의 호기와 상관없이 피리 소리는 멈추지 않았다. 삑삑삑 삑삑 삑삑 삑삑삑. 삑삑삑 삑삑 삑삑 삑삑삑……

난독증이 있는 소년이 목소리를 잃으면, 소년은 무엇으로 타인과 소통을 할까. 쓰지 못하고 말하지 못하는 아이는 어떻게 자신의 의사를 전할까.

"나리 씨!"

임하랑이 귀를 싸쥐고 있는 나리의 한쪽 팔을 잡고 흔들었다. 나리가 공포를 머금은 눈으로 임하랑을 보았다.

"지금 나오는 저 피리 소리의 음계를 알 수 있죠?"

"음계요……?"

나리가 입술을 일그러뜨리며 신음하듯 말했다.

"적어주세요."

임하랑은 탁자에 놓인 메모지를 한 장 뜯어 나리 앞에 내밀었다.

피리 소리는 10분 동안 울리다가 멈췄다. 나리는 메모지에 10개의 음계를 적었다. 임하랑은 휴대전화에 녹음해둔 첫 피리 소리를 재생하여 그 음계도 적어달라고 했다. 나리는 소리를 듣는 것은 불편해했지만 음계를 적는 건 어렵지 않게 해냈다. 나리는 첫 번째 울린 피리 소리의 음계를 두 번째 앞에 적어 내밀었다.

A/A#/C   B/D2#   C2/A#/C#/D   B/F#/C2

E/C#/A2#   D/C#   G/D2#   D/G2#/D

"C가 온음 도예요. D는 레, E는 미, F는 파, G는 솔, A는 라, B
는 시. 한 옥타브 올라가면 뒤에 2를 붙이고요. 샵은 아시겠지
만 사이 음이고요. 피아노의 검은 건반을 생각하시면 돼요. 미와
파, 시와 도는 반음이니까 E#과 B# 음은 없다는 걸 참고해주시
고요."

나리가 설명했다.

임하랑은 메모지의 기호를 뚫어질 듯 쏘아보았다.

1층이 소란했다. 음식 냄새가 풍겼다. 홍막내 할머니가 연수
원 손님들의 저녁을 싸 가지고 왔다. 어느새 저녁 먹을 시간이 된
것이다.

암호를 풀다

———————

권오규는 자신이 코 고는 소리에 놀라 깼다. 벽시계를 올려다보니 아침 7시 20분이었다. 중요한 약속을 놓친 사람처럼 이불을 차고 벌떡 일어났다. 새벽까지 거제경찰서 형사와 통화를 주고받느라 이불 위에 던져둔 휴대전화가 침대 밑으로 툭 떨어졌다.

여기는 어딘가.

권오규는 방 안을 둘러보며 기억을 되짚어봤다. 호죽 죽향 연수원 209호실이었다. 어젯밤 권오규는 사택으로 돌아갈지 말지 고민하다가 연수원 손님들과 함께 있는 것이 좋겠다는 판단을 내렸다. 1층으로 이어지는 경사로와 가장 가까운 방에 자리를 잡았다. 흥분한 손님들이 허튼짓을 하지 못하게 감시해야 할 필요도 있었고 행여 또 무슨 일이 벌어지지 않을까 우려됐기 때문이다. 사람들은 휴게실에서 저녁을 먹고 각자의 방으로 흩어졌다. 권오규는 209호실로 사무실을 옮겼다. 거제경찰서와의 상황

보고 업무가 대략 새벽 2시까지 이어졌다. 마지막 통화를 하고는 기절하듯 잠이 들었다.

밤사이 빗줄기는 다소 약해진 듯했다. 바람의 기세도 수그러 들었다. 그러나 어제에 비해 그렇다는 것이지 오늘도 고립이 풀리기는 어려워 보였다. 권오규는 멀뚱히 창밖을 바라보다가 일어나 옷장에 걸어둔 경찰 제복을 꺼내 입었다.

다른 사람들은 아직 잠에 빠져 있는 것 같았다. 2층 복도를 쓱 둘러보고 경사로를 따라 1층으로 내려가던 중 권오규는 깜짝 놀라 흡, 하는 소리를 내며 한 발짝 뒤로 물러섰다.

임하랑이 등을 돌린 채 서서 이상한 현대 무용을 추고 있었다. 소파에 놓아둔 스마트폰에서 뭔지 알 수 없는 가사와 멜로디가 흘러나왔다. 임하랑은 가슴을 두드렸다가 폴짝폴짝 뛰었다가 군인이 행군하는 것 같은 걸음을 걸으며 신흥종교의 주문같이 들리는 가사를 따라했다.

뭐지, 행위 예술인가?

아니면 요즘 대학생들 사이에 유행하는 아침운동인가?

한 박자에 45도씩 방향을 바꿔 뛰며 한 바퀴 도는 안무를 추던 임하랑이 경사로에 선 권오규와 눈을 딱 마주쳤다. 뜻 모를 춤을 어찌나 열심히 췄는지 긴 머리 몇 가닥이 땀에 젖어 얼굴에 달라붙어 있었다.

임하랑은 민망한 표정도 잠시, 음악을 끄고 소파에 주저앉아 가쁜 숨을 몰아쉬었다.

"케야키자카46의 〈사일런트 머조리티〉예요."

"아, 네……."

권오규는 케야키자카라는 게 뭔지 몰랐지만 답을 했다.

소파 응접탁자에는 영어와 한글 기호로 가득한 종이가 흩어져 있었다. 임하랑은 가까이 있던 생수병을 집어 들어 물을 꿀꺽꿀꺽 마셨다.

"일본 걸그룹이죠. 소녀다움을 강조하는 AKB48이나 사립여학교 학생 같은 단정함을 강조하는 노기자카46과는 달리 반항하는 사춘기 소녀의 이미지를 내세우는 그룹이거든요. 노래 가사도 어둡고 염세적이고 무대 연출도 그렇죠. 우리나라에는 그저 난해하고 기괴한 안무를 추는 걸그룹으로 알려져 있지만……."

"아, 그래서 춤이 그렇게……."

"여기서 춤이 난해하다는 것은 어렵다는 게 아니라, 익숙하지 않다는 뜻이에요. 보통 사람들이 생각하는 예쁘고 멋있는 아이돌 그룹 안무와는 코드가 다르거든요. 뭐, 어렵기로 치면 단체 군무 위주의 제이팝보다 케이팝 아이돌 안무가 훨씬 디테일하고 난이도가 높단 말이죠. 아, 하지만 전 제이팝의 떼창과 군무도 좋아요. 노래를 조각조각 쪼개서 파트별로 나눠 부르는 케이팝이 반드시 더 세련된 거라는 편견은 버려야 돼요."

임하랑은 목을 돌리며 격렬한 댄스로 뭉친 근육을 풀었다. 뭐라 딱히 대꾸할 말이 없는 권오규는 조용히 임하랑의 맞은편 소파에 앉았다.

"우리 무슨 얘기 하고 있었죠? 아! 난해함! 맞아요. 그러니까 난해하다는 게 꼭 어렵다는 걸 의미하는 건 아니란 말이죠. 이것도 그래요."

임하랑이 응접탁자에서 종이쪽지 하나를 집어 권오규에게 건넸다.

"뭐죠?"

권오규는 정모를 벗어 무릎에 놓고 종이를 받아들었다.

"어렵지 않았어요. 다만 익숙하지 않았을 뿐이지. 〈사일런트 머조리티〉의 안무처럼."

A/A#/C   B/D2#   C2/A#/C#/D   B/F#/C2

E/C#/A2#   D/C#   G/D2#   D/G2#/D

어제 나리가 적어준 음계였다. 낮에 한 번, 저녁 즈음에 한 번 호죽 죽향 연수원에 울려 퍼진 삑삑거리는 피리 소리.

권오규는 눈을 비볐다. 아직 세수를 하지 못한 눈이 꺼끌꺼끌 했다.

"이게 왜······."

"풀었어요."

"네?"

"메시지요. 풀었다고요. 별거 아니었어요. 아주 간단한 암호였죠. 그런데 이거 때문에 밤을 샌 건 아니고요. 인터넷 검색을 좀 하느라……. 태풍이 치는 섬에도 와이파이는 잘 터지더라고요. 뭐, 그러느라 어젯밤부터 여기 1층에서 이러고 있었죠. 잠을 못 자겠더라고요. 재밌기도 하고 흥분도 되고 해서."

임하랑은 눈을 빛내며 빙글빙글 웃었다.

"저는 들뜨면 춤을 추거든요. 제가 하고 싶은 것 중에 하나가 케이팝 댄스 커버 유튜버라서. 그러니까 권 순경님, 아침부터 못 볼 꼴을 봤어도 부디 이해해주시길."

"암호? 이게 암호라고요? 뭡니까, 뜻이?"

권오규는 양손으로 탁자를 짚고 임하랑을 향해 몸을 숙였다.

"휴. 뭐랄까…… 글자를 익히지 못하는 아이가 있다고 치죠."

임하랑은 셔츠 소매로 이마의 땀을 닦았다.

"난독증이든 지적 장애든 그 진단명이 뭐든지 간에 글자를 익힐 수 없는 아이가 있다고 치자고요."

권오규는 임하랑의 말뜻을 이해하기 위해 집중하며 눈을 가늘게 떴다.

"박재귀를 말하는 겁니까?"

"글자는 모르지만 피리는 불 줄 알아요. 음의 높낮이에 대한 감각은 있단 말이죠. 그런 아이가 목소리를 잃어서 말을 할 수 없게 되면 타인과 어떻게 소통을 할까요? 자기 의사를 어떻게 표현하냐고요."

"그야 뭐, 필담으로……."

"글자를 모른다니까요."

"아······."

"난독증은 말은 할 줄 알지만 읽지는 못하는 증상이라고요. 뇌신경학적 문제로 인해 음소의 결합을 이해하지 못하는 증상이라고 하는데, 자음과 모음을 따로 따로는 읽을 수 있지만 자음과 모음을 합쳐놓으면 해독할 수 없는 거죠. 이런 가정을 해봤어요. 종이에 쓰인 글자는 해독할 수 없지만, 자음과 모음을 특정 음정으로 대체할 경우 그 음정의 이어짐으로 글자의 구성을 인식할 수 있다면 어떨까?"

임하랑은 손으로 턱을 괴고 말을 이어갔다.

"어제 울린 피리 소리는 음악이라고 할 수 없는 단순한 음의 연결일 뿐이었다고요. 하지만 완전히 불규칙적인 게 아니라 같은 묶음의 음이 10분 동안 반복됐단 말이죠. 숨겨진 장치를 통해서 이 건물에 있는 사람이라면 모두 들을 수 있게 울려 퍼졌고요. 그렇다면 의미가 없는 게 아니란 거죠. 우리에게 공포를 불러일으키기 위한 단순한 목적으로 울려 퍼진 게 아니란 말이죠. 우리에게 보내는 메시지인 거라고요. 그리고 이 살인의 기획자가 의도한 것인지 아닌지는 모르겠지만 우리 중에 청음 능력이 있는 가수가 있었고 말이죠."

"오호······."

권오규의 감탄을 내치듯 임하랑은 손을 내저었다.

"진짜 별거 아니에요. 20세기 셜록 홈스 소설에도 나오는 암호해독이라고요. 일단 이건 한글 글자를 암호화한 거라고 봐도 되겠죠. 한 글자가 끝날 때마다 짧게 사이를 둬서 글자와 글자를 구분했고. 그렇게 보면 첫 번째 메시지는 네 글자. 두 번째 메시지도 네 글자란 말이죠. 글자마다 샵이 달린 음정이 하나 이상씩 꼭 있고 특히 두 번째 음정은 다 샵이잖아요?"

권오규는 메모지를 다시 한 번 힐끔 보았다.

"……그렇네요."

"샵이 달린 음정이 모음인 거죠. 한글 글자는 모음 없이는 구성될 수 없고, 모음으로 시작할 수도 있지만 많은 경우 자음 뒤 두 번째에 모음이 오기 마련이니깐 말이죠."

임하랑은 응접탁자에 흩어진 종이 장 사이에서 표가 적힌 것을 찾아 내밀었다.

자음		모음	
ㄱ	C	ㅏ	C#
ㄴ	D	ㅑ	D#
ㄷ	E	ㅓ	F#
ㄹ	F	ㅕ	G#
ㅁ	G	ㅗ	A#
ㅂ	A	ㅛ	C2#
ㅅ	B	ㅜ	D2#
ㅇ	C2	ㅠ	F2#
ㅈ	D2	ㅡ	G2#
ㅊ	-	ㅣ	A2#
ㅋ	-		
ㅌ	-		
ㅍ	-		
ㅎ	-		

"한글은 자음과 모음 24자로 모든 표현이 가능한 우수한 표음문자라는 것을 새삼 느꼈지 뭐예요. 세종대왕님이 기계적일 정도로 과학적으로 만들어주신 덕분에 난이도가 많이 낮아졌다고요. 미와 파, 시와 도. 즉 E와 F, B와 C2는 반음이니까 E#과 B#이라는 음은 없다는 것을 감안하고 이렇게 매칭해보니 답이 나왔단 말이죠."

"치읓, 키읔, 티읕, 피읖, 히읗은요?"

한참 표를 들여다보던 권오규가 눈을 끔뻑거리며 물었다.

"현재까지 치읓 키읔 티읕 같은 거센소리는 안 나타난 것 같아요. 쌍자음도 없는 것 같고. 쌍자음은 같은 음을 빠르게 두 번 울려 표현할 것 같다는 예상이 되는데, 거센소리는 어떤 방법을 쓸지 아직은 단서가 없어서 매칭을 못 했죠. 자, 어쨌든 그렇게 봤을 때 어제 울린 메시지의 의미는……"

임하랑이 답을 말했다.

A/A#/C B/D2# C2/A#/C#/D B/F#/C2 → 복수완성

E/C#/A2# D/C# G/D2# D/G2#/D → 대나무는

"이런, 세상에!"

너무나도 선명하게 드러난 의미에 놀라움을 느끼며 권오규가 외쳤다. 권오규는 표에 나타난 한글 기호와 음정 기호를 일일이 대조하며 임하랑의 해석이 맞다는 것을 확인했다.

"역시 조풍기 살인의 동기는 복수였군요."

첫 번째 메시지는 조풍기의 시체가 발견된 후 권오규가 몇몇 섬 남자들과 함께 돔형 건물에서 시신을 수습하고, 손님들은 숙소동 휴게실에서 대화를 나누고 있을 때 흘러나왔다.

복수완성.

살인자는 피리 소리를 통하여 복수가 이루어졌음을 요란하게 알렸다.

왜?

권오규의 머릿속은 복잡하게 돌아갔다. 역시 살인자는 박재귀인가. 말을 못 하는 박재귀가 자기만의 방식으로 복수완성을 선언한 걸까. 왜일까. 살인자의 자기현시욕? 그나저나 공치수 기자와 같은 배를 타고 왔다는, 입술에 흉터가 있는 40대 남자가 박재귀가 맞긴 맞는 걸까. 아니, 그 전에 박재귀에게 난독증이 있는 건 맞을까. 알 수 없는 것들이 너무 많았다. 특히나 두 번째 메시지가 무엇을 뜻하는지는 감도 잡을 수 없었다.

"대나무는? '대나무는'이라고? 이건 무슨 뜻입니까?"

임하랑은 슬픈 표정으로 고개를 가로저었다.

"모르겠어요."

"대나무는? 대나무는? 이게 뭐지?"

조풍기를 대나무로 죽이는 데 성공했다는 뜻일까. 그럼 그 뒤에 이어지는 말은 무엇일까. 대나무는 복수의 도구? 대나무는 위대하다? 대나무는 강하다?

전시대와 벽에 즐비한 각종 대나무용품들이 권오규의 눈에 들어왔다. 대나무 바구니, 대나무 낚싯대, 죽도, 죽비, 퉁소, 피리, 대나무 활, 대나무 통발, 죽립, 대나무 부채……. 권오규는 이제 대나무라는 말만 들어도 현기증이 날 것 같았다. 40년 전 김형주는 대나무에 찔려 죽었다. 김형주는 대나무 공예품을 만들던 청년이었다. 조풍기도 어제 새벽 이곳에서 죽창 위로 몸을 내던진 자세로 찔려 죽었다. 김형주와 조풍기는 소꿉친구로 40년 전에는 호죽도 개발 문제로 대립했던 사이다. 호죽도는 대나무 섬이다. 좋은 대나무가 많이 자라는 섬.

"아마도."

임하랑의 목소리에는 일말의 체념이 감돌았다.

"세 번째 메시지가 곧 올릴 것 같아요. 문장을 완성하기 위해."

첫 번째 메시지는 단어로서 완성된 의미를 갖추고 있지만 두 번째 메시지는 어떤 문장의 주어에서 끝났다. 뒷부분이 남아 있는 것이다.

문장은 아마도 오늘 완성되지 않을까.

"적어도 세 번째 메시지부터는 의미를 바로 알 수 있겠네요."

권오규는 지금으로서는 가장 희망적인 말을 했다.

"그런데 이 암호 풀고 밤새 인터넷으로 뭘 찾아봤습니까?"

"그냥 이것저것. 참, 여기 모인 사람들 가족들이 걱정할 것 같은데 경찰에서는 따로 연락했어요?"

"아…… 네. 거제경찰서에서 연락했을 겁니다. 참고인들 행적

조사 겸 두루두루. 그나저나 건물주 정명선은 도통 정체가 모호한 인물인 것 같습니다. 경찰도 아직 소재를 파악하지 못한 모양입니다. 확실히 의심스럽긴 합니다. 정명선이란 인물이 진짜 연수원 주인인지 어쩐지도 모르겠습니다. 타인의 명의를 도용해서 누군가 숨어 있는 것 같기도 합니다. 여러분이 연락한 그 휴대전화 번호도 명의를 도용한 대포폰이었고요. 이메일 주소도 외국에 서버를 둔 걸로 추적이 불가능하답니다."

"여기 모인 사람들 신원은 확실한 거죠?"

임하랑이 소파에 몸을 푹 기대며 물었다. 권오규가 무슨 의미인지 몰라 고개를 갸웃했다.

"거짓 신분을 댄 사람은 없냐고요. 그냥 전 왜 하필 우리들이었을까, 왜 하필 저였을까 계속 궁금하거든요. 수많은 대상자 중 얼토당토않은 초대에 응한 소수의 얼간이들만 모였을 가능성도 물론 있지만요. 모두 무작위로 선정된 것처럼 위장한 가운데 관련자가 숨어 있을 수도 있잖아요."

"경찰서에서 기본적인 조사를 했는데 특이 사항은 없던 것 같습니다. 각자 말한 신분이 다 맞았고, 다들 주변 사람들에게 호죽도 연수원에 가겠다고 말하고 떠났다고들 하고요."

임하랑은 고개를 끄덕였다. 밤새 스마트폰으로 손님들의 정보를 검색해봤다. 요즘 시대를 살면서 디지털에 자기 흔적을 남기지 않기란 힘들다는 걸 새삼 느꼈다. 임하랑 본인에 대해서도 대학신문 인터뷰 기사를 비롯하여 경찰의 날 행사에서 대상을 수상했다는 기사와 사진이 몇몇 매체에 버젓이 올라와 돌아다니고 있었다. 나리는 검색을 하고 자시고 할 것도 없는 유명 연예인이다. 역사소설가협회 홈페이지에서 최혁봉의 사진과 작가 소개를 찾을 수 있었다. 무슨 작품을 발표했는지도 온라인 서점에 들어가서 확인해봤다. 이윤동 작가에 대해서는 M 포털에 연재된 작품과 인터뷰 기사 몇 개를 찾아 읽었다. 이윤동의 미스터리 만화는 트릭은 다소 조악했으나 읽어보니 꽤 재미가 있었다. 연재만화 중 인기 순위가 높지는 않았지만 미스터리 마니아 중심으로 충성도 높은 팬들이 있는 것 같았다. 진정란의 블로그, '샤로니의 민담 따라 둥둥'은 10년 넘게 꾸준히 운영되고 있었다. 홈페이지는 없었지만 진정란이 재직 중인 반유무역이라는 공예품 수입 회사도 실재했다. 신만수 프로듀서가 다니는 굿조이엔터테인먼트의 홈페이지를 둘러봤다. 모 영화 제작 발표회의 단체 사진에서 신만수 프로듀서의 얼굴을 발견할 수 있었다. 공치수 기자가 쓴 기사는 매우 많았다. 흥미로운 범죄 탐사 기사들을 제법 찾아볼 수 있었다. 재심을 통해 무죄를 증명해낸 과거 범죄사건 탐사 보도를 한 공로로 4년 전 공치수는 기자협회상을 받았다. 상패를 들고 소감을 말하는 장면이 찍힌 기사가 온라인에 올라와 있었다.

"잘들 잤소? 어쩌나. 우리가 너무 일찍 왔는갑다."

숙소동 정문을 열고 홍막내가 나타났다. 홍막내는 커다란 냄비를 장바구니 카트에 싣고 종종거리며 다가왔다. 백발을 뒤로 묶은 깡마른 동년배 할머니가 보자기에 싼 양푼을 들고 옆에 따라왔다.

"아침은 전복죽 끓였다. 갱찰 양반 먼저 한술 뜨라. 수고가 많제?"

홍막내는 임하랑과 강오규 사이 응접탁자에 냄비를 내려놓고 허리를 폈다.

"아, 아닙니다, 어르신. 손님들 일어나면 같이 먹을게요. 윤후슬 어르신도 오셨습니까?"

강오규가 백발의 할머니에게 알은척을 했다.

"갱찰 양반이 오늘 이 언니야 불러오라고 안 했나. 그래서 일찌감치 우리 집에 오라캐서 같이 죽 끓여가 왔다."

홍막내가 대신 답했다.

임하랑이 몸을 돌려 백발의 할머니를 보았다. 일평생 바닷바람에 닳고 깎인 얼굴이 검고 쭈글쭈글했다. 40년 전 그날 정자 옆에서 그물을 기우며 모든 것을 지켜본 산 증인.

"처니가 내 보자고 했나?"

윤후슬이 입을 뗐다. 탁하고 갈라진 목소리였다.

일어난 순서대로 알아서 챙겨먹으라고 죽 냄비와 그릇을 2층 휴게실 탁자로 옮겼다. 권오규와 임하랑은 각자의 몫을 덜어낸 그릇을 들고 나가려다 막 들어오는 공치수와 마주쳤다. 공치수는 방금 면도를 한 듯 목에 걸친 수건으로 턱을 문지르며 사나운 표정을 지었다.

"권 순경님이 뭐라 하든 우리는 오늘 수색 나갈 겁니다. 가만히 앉아서 상황만 지켜볼 수는 없습니다."

권오규는 작게 한숨을 쉬고는 그 점은 다시 얘기해보자고 말했다. 권오규는 임하랑과 윤후슬을 자기가 쓰고 있는 209호실로 안내했다. 셋은 의자를 끌어다가 작은 탁자에 모여 앉았다. 권오규와 임하랑은 전복죽을 먹으면서 40년 전 사건에 대한 윤후슬의 이야기를 들었다.

윤후슬은 실로 기억력이 뛰어났다. 살인사건에 대한 전반적인 경위는 어제 권오규가 한 말과 일치했다.

"몇 가지 질문이 있어요."

깨끗이 비운 죽 그릇을 한쪽으로 밀어 놓으며 임하랑이 말했다.

"벌써 너무 오래된 일이다. 뭐가 궁금하노?"

"그날 오배춘이 창고에서 뛰쳐나온 뒤, 정자에서 술을 마시던 남자 3명과 강흥무가 차례로 창고로 들어가고, 여자들은 몇 걸음 뒤에 따라갔다고 하셨죠?"

"하모, 뭔 난리가 나도 크게 난 것 같은 기라. 그래 따라가봤더니 세상에 그런 숭악한 꼴이……."

오랜 세월이 지났어도 아직 그날의 기억이 생생한 듯 윤후슬은 얼굴을 찡그렸다.

"그 전까지는 강흥무가 정자에서 통소를 불었고요. 어르신들

앞에서요."

"그랬지. 그노마가 통소 하나는 기가 막히게 불었던 기라."

"강홍무는 통소를 죽통에 넣어서 메고 들어갔나요?"

윤후슬이 작은 머리통을 갸웃거렸다. 권오규도 호기심 어린
눈으로 임하랑을 바라보았다.

"뭐라꼬?"

"통소를 죽통에 넣고 들어갔는지, 손에 들고 들어갔는지 기억
나실까 해서요."

"보자. 아마도…… 그래. 손에 들고 들어갔다. 안에서 그 꼴을
보고는 다들 놀라 팔딱거리고 난리를 치는데 통소를 막 흔들면
서 빨리 나가서 신고 안 하고 뭐 하냐고, 그노마가 그래 소리 지
른 게 기억난다. 송태영이가 그 자리에서 주저 앉아버리니께, 통
소로 막 등때기를 밀어제끼지 안 했겠나."

"빈 죽통은 어깨에 메고 들어갔고요?"

"그랬을 기다."

"그 점은 제가 이미 말씀드린 사항인데…… 근데 그게 왜 중요
합니까?"

권오규가 물었다.

"시신을 발견하고 강홍무를 빼고는 모두 밖으로 나갔죠?"

임하랑은 윤후슬을 보며 질문을 이어갔다.

"경찰이 오기 전까지 강홍무 혼자 김형주의 시신을 지키고 있
었던 거네요?"

"하모. 그건 확실하다. 그노마 혼자 남았제. 다 신고하러 나가 삐고, 놀라서 뛰어 나가삐고."

그날의 광경을 머릿속에 그려보는 듯 임하랑은 잠시 입을 닫고 집중했다.

"할머니."

"와?"

"바늘 상자 속에 넣어둔…… 혀와 관련한 옛날이야기, 아세요?"

윤후슬이 깊은 주름처럼 보이는 눈꺼풀을 움찔거렸다. 임하랑은 민담의 줄거리를 짧게 요약해서 말했다.

"이, 그거 알제. 노인네들이 아들에게 해주는 이바구 아이가. 옛날 옛적에 하면서……."

"새어머니가 귀양 간 아버지의 병을 치료하는 데 써야 한다고 속여 아이의 혀를 달라고 하는 이야기 맞죠? 새어머니는 바늘 상자 속에 아이의 혀를 넣어두고, 혀가 뽑힌 아이는 말을 하지 못하게 되고……."

"그렇제. 와?"

섬 노인의 순박한 얼굴에 희미한 불안과 의구심이 솟아났다.

"박재귀라는 사람 얘기를 해주세요. 사건 당시 일곱 살이었던."

"박재귀? 재귀 말이가? 큰아배 집에 얹혀살던 갸?"

"글을 읽지 못했다던데요?"

윤후슬이 고개를 주억거렸다.

"하모. 글만 못 읽다 뿐이가. 머리가 좀 모질랐다. 그 반편이가 빙초산을 꼴딱 삼켜가 모가지가 다 타버렸다 아이가. 다행히 목숨은 건졌다만 모가지를 상해가 영영 말을 못하게 되지 안 했겠나."

"그날이죠?"

"이?"

"김형주가 죽은 날이죠. 박재귀가 빙초산을 먹은 날이."

세월에 굳어질 대로 굳어진 노인의 얼굴에 기묘한 변화가 생기는 것을 임하랑은 봤다. 분노나 당황스러움 같은 감정은 아니었다. 오랜 시간 교묘하게 묻고 지나가버린 기억이 되살아날 때의 회한 같은 거라고나 할까.

윤후슬은 침묵으로 대답을 대신했다.

"옛날이야기 속 아이는 혀를 잃고 통소를 불죠. 그 소리를 들은 원님이 소년의 사연을 듣고 한을 풀어주고요."

스산한 바람소리가 임하랑의 말 사이를 채웠다.

"왠지 박재귀에게 생긴 일과 옛날이야기가 겹치는 부분이 있어 보여서 말이죠. 다른 지역에서는 새어머니가 아이의 눈을 빼서 바늘 상자 속에 넣어두는 걸로 전해지는데 유독 호죽도에서만 아이의 혀를 뺏는 걸로 내용이 바뀌었다고 하는데요. 섬에서 벌어진 사건과 무슨 관련이 있는 것 아닐까요? 할머니는 어떻게 생각하세요?"

윤후슬은 꽃무늬 바지에 찍힌 무늬의 선을 따라가듯 한참동

안 제 무릎에 시선을 주었다. 노인은 주름진 입술을 몇 번 움찔거리더니 힘겹게 말을 꺼냈다.

"누가 그랬는지 내는 안다."

임하랑은 가만히 이어질 말을 기다렸다.

"누가요? 누가 뭘 했는데요?"

권오규가 못 참고 채근했다.

"재귀 갸가 육지서 치료받고 들어왔을 때 내 한번 들여다보러 간 적이 있다. 가 큰어매가 그러는데 가 집에는 빙초산이 없었다더라. 야가 어디서 주워 먹었는지 모르겠다 카더라. 뉘 집 부엌에서 훔쳐 마신 건지 어쩐지. 어찌 된 일인지 물어도 아가 글도 못 쓰제 말도 못 하제 그 속을 누가 알겠노. 그라길래 내가 아랑 둘이 있을 때 물어보지 않았겠나."

"누가 마실 것을 주는 척하며 빙초산을 줬는지 말이죠?"

임하랑이 물었다.

"하모. 신문지 쪼가리에다 어떻게 생긴 사람인지 그려보라고 했다."

"아이가 그린 그림을 보니까 누군지 알겠던가요?"

섬 노인이 괴로운 듯 입꼬리를 비틀었다.

"맞다. 내 누군지 금방 알아봤다. 볼따구에 까만 점이 있는 쪼매난 아재를 그리더라."

"조풍기!"

권오규가 소리쳤다. 시신의 뺨에 특징적으로 번져 있는 검은 모반이 떠오른 것이다.

"조풍기는 그날 아침에 배를 몰고 나갔잖아요! 할머니가 보시지 않았나요? 부두에서 마주쳤다면서요."

"몰고 나가는 걸 보긴 봤다. 하지만 언제 들어왔는지는…… 아무도 모르제. 중간에 들어왔다 해도 알 수가 없제. 이 섬에 배 댈 데는 많다."

윤후슬이 우물쭈물 말끝을 뭉갰다.

"조풍기가 아이에게 한 짓을 왜 알리지 않으셨습니까?"

권오규가 물었다. 사건 기록에서 박재귀가 입은 화상은 사고인 것으로 묘사되어 있었다. 의도적인 상해 사건이라는 언급은 어디에도 없었다.

윤후슬이 책망하는 눈으로 젊은 경찰을 바라보다가 시선을 돌렸다. 노인의 입에서 한숨이 터져 나왔다. 박재귀의 큰아버지는 당시 박재귀에게 들어가는 고액의 치료비를 감당할 수 없었다. 박재귀는 곧 육지에 있는 보육원으로 보내졌다. 그해 말 대통령이 죽었다. 군사용지 수용이고 뭐고 몽땅 뒤집어졌다. 다음 해 초, 강홍무와 조풍기가 섬을 떠났다. 살인자 오배춘의 아내는 어린 딸을 데리고 야반도주하듯 고향을 버렸다. 박재귀의 큰아버지 식구를 비롯한 많은 사람들이 육지로 갔다. 모든 것이 너무 빨리 변했고, 관련된 사람들은 하나둘 섬사람들의 삶에서 사라졌다. 조풍기가 어린 박재귀에게 빙초산을 먹였다는 사실을 밝혀봤자 달라질 건 아무것도 없었다. 섬사람들은 오배춘이 김형주를 죽였다는 사실 하나를 받아들이기만도 벅찼다. 알려지지 않은 다른 비밀이 있다는 것을 섬사람들은 상상하고 싶지 않았다. 사람들은 행여 자신이 뭔가를 더 알고 있을까봐 겁을 냈고, 들어도 못 들은 척 보아도 못 본 척 넘어가는 습관을 들였다. 박재귀가 당한 일은 그렇게 세월의 바람과 함께 넘어갔다.

윤후슬뿐만 아니라 알 만한 사람들은 박재귀에게 무슨 일이 벌어진 건지 다 알았고, 확실히 알진 못해도 어떠할 것이라고 짐작했다. 하지만 아는 사실을 말하는 대신 하지 못한 말을 옛날이야기에 끼워 넣었다. 호죽도 민담 속에서 소년은 눈이 아니라 혀를 잃고 퉁소를 불어 구원을 청하게 되었다.

"할머니는 오배춘이 김형주를 죽였다고 믿으시나요?"

임하랑의 물음에 윤후슬은 눈살을 찌푸렸다.

"믿기 싫어도 어쩌겠노. 내 눈으로 본 것을."

"참, 오배춘은 죽었어요."

권오규가 끼어들었다.

"죽어? 진짜가? 언제?"

윤후슬이 놀라며 물었다. 오배춘의 아내와 딸이 섬을 떠난 뒤 섬사람들은 오배춘에 대한 소식을 전혀 듣지 못하게 되었다고 했다.

"최종적으로 징역 15년을 선고받았는데, 12년째 복역하던 해에 교도소에서…… 사고가 있었습니다. 동료 수용자와 다투다가 맞아 죽었습니다."

권오규는 임하랑을 보며 덧붙였다.

"어젯밤에 경찰서 형사와 통화하며 알게 됐습니다. 교도소 내의 서열 다툼 같은 거에 휘말렸나봅니다. 집단 폭행을 당해서 뇌를 다쳐서 죽었다고 합니다."

윤후슬이 혀를 차며 안타까워했다.

"에고. 그리 됐나. 거 안에서도 뭔 일이 있었길래. 12년이나 살다가 밖에 나와보지도 못하고 그래 갔나? 팔자도 사납다. 쯧쯧. 술을 좋아해서 그렇지 순한 사람이었는데. 그놈의 개발이 사람 마음에 풍선을 집어넣어가 늠름한 총각 하나 쥑이고 한 집안은 박살내뿌렀다. 썩을 놈의 것."

"할머니. 오배춘의 가족 관계는 어떤가요? 아내와 어린 딸이 있었다고 하신 것 같은데."

노인의 푸념이 길어지기 전에 임하랑이 물었다.

"맞다. 사건 터지고 다음 해에 섬 뜨고 한 번도 돌아온 적이 없다. 성자가…… 오배춘이 딸 말이다. 성자가 그때 아마 아홉 살인가 그랬을 낀데 그 마누라 팔자도 못 고쳤겠지 싶다. 섬 가시나가 어린 딸 딸려가 어디 가서 뭐 하고 묵고 살았을까. 살인자 남편도 감옥에서 죽어삐고."

"김형주는요? 가족들은 어떻게?"

"형주? 형주 가는 애미하고 여동생 하나 있었제. 형주가 그래 죽고 애미도 화병이 나가 몇 년 못 살고 갔다. 형주 동생은 형주와 아마 대여섯 살 터울 났을 긴데. 사건 났을 때 통영인가 부산인가에서 대학 다녔을 기다. 가도 뭐 돌아올 가족도 없고 육지에서 시집을 갔는지 어쨌는지 영영 돌아오질 않았다. 가시나 이름도 가물가물하다."

임하랑은 권오규에게 윤후슬이 언급한 사건 관계자의 가족 관계와 나이를 물었다. 어젯밤 사건 기록을 다시 들춰본 덕에 권오규는 정확하게 대답할 수 있었다. 사건 당시 오배춘은 37세, 아내 박순남은 34세, 딸 오성자는 9세였다. 김형주는 28세였고 하나 있는 여동생 김옥주는 23세로 당시 부산에 있는 국립대학 간호학과에 다니고 있었다. 조풍기는 김형주와 같은 28세, 강홍무는 33세, 강홍무의 아버지 강태왕은 61세였다. 박재귀는 7세로 부모는 모두 사망했고 형제자매는 없었다.

"강태왕은 살아 있다면 현재 101세. 아마 사망했을 가능성이 크겠죠. 강홍무는……."

"강홍무도 죽었어요."

권오규가 눈을 휘둥그레 뜨는 임하랑을 보며 말을 이었다.

"사건 기록을 처음 읽었을 때 한번 알아봤습니다. 호죽도를 떠나서 다른 데서 무슨 일을 벌이면서 살고 있을까 궁금해서요. 부산에 가서 건설업을 해서 한때 돈을 크게 벌었는데, 2010년에 심장 질환으로 사망했더라고요."

"정말요?"

임하랑이 물었다.

"네. 정보 업무하는 동기 경찰을 통해 알아본 거니까 확실합니다. 투자를 한 게 잘못되서 사업도 거의 기울어가는 상황에 심장마비로 급사했다고 합니다."

"그노마 뒤졌나? 돈돈 하더니 돈 귀신이 붙어가 망해서 뒈졌는갑다."

윤후슬이 통쾌하다는 듯 소리치다가 이내 물기 가득한 목소리로 말했다.

"형주……. 아이고, 아까운 것. 형주가 호죽도에서 얼마나 든든한 아였는데. 잘생기고, 사내답고, 반듯하고……. 살았으면 을매나 좋은 일 하고 호죽도를 든든히 지켜줬을까나. 나라에도 큰일 했을 끼다. 인물이었다. 인물이었지. 그 개 물어갈 개발인지 뭔지 때문에 아까운 인물을 잃었다. 그 믿음직하던 아를…… 보기에도 아까운 우리 김일구 영감 아들을……."

윤후슬의 넋두리도 들리지 않는 듯 임하랑은 놀란 표정을 한참 짓고 있다가 서서히 고개를 끄덕였다.

그래, 그렇구나. 임하랑이 중얼거렸다. 처음 들었을 때는 도저히 이해할 수 없었던 사실이 오히려 더 큰 의문을 푸는 데 도움을 주었다. 갈구하던 진실을 깨달은 학자처럼 임하랑의 눈에 환희가 들어찼다.

"박재귀는 사건 현장 근처를 돌아다니다가 뭔가를 본 거예요."

임하랑이 입을 뗐다.

"그것을 안 조풍기가 빙초산을 먹여 박재귀의 입을 막았고요."

"대체 무엇을 본 겁니까? 그 아이가?"

"살인범에게 결정적인 증거가 되는 어떤 것. 의혹을 불러일으킬 수 있는 어떤 장면."

임하랑의 눈이 매섭게 빛났다.

"40년 전 김형주라는 청년을 죽인 사람은 오배춘이 아닌 거죠. 그리고 그것을 증명할 어떤 것을 박재귀는 목격한 거고요."

"오배춘이 아니라면…… 누구입니까? 뭔가 알아낸 겁니까?"

권오규가 다급하게 물었다.

"아뇨. 아직은 단서가 부족해서요."

임하랑은 단언했다.

"하지만 40년 전 살인사건의 진실을 알아내면, 엊그제 조풍기를 죽창에 찔러 죽인 사람이 누군지도, 어떻게, 왜 그랬는지도 알수 있을 거라는 생각이 드네요."

"왜죠?"

"범인은 우리에게 40년 전의 진실을 알아내라고 일관되게 요구하고 있거든요. 조풍기 사건은 김형주 사건의 비유 살인이라고요. 참, 권 순경님, 40년 전에 김형주의 시신을 부검했나요?"

권오규는 미간을 찌푸리며 잠시 골똘하다 말했다.

"아, 안 했습니다."

임하랑은 대답을 이미 예상하고 질문을 던진 듯했다. 권오규가 변명처럼 덧붙였다.

"40년 전에는 지금처럼 살인사건에 대한 부검이 일반적이지 않았습니다. 살인이라고 해도 검안만으로도 사인이 확실하면 부검을 하지 않는 경우도 있었습니다."

"그럴 줄 알았어요."

임하랑은 말을 마치고 서둘러 일어섰다. 어서 빨리 혼자 생각에 잠기고 싶은 눈치였다. 윤후슬과 권오규는 허탈한 듯 서로를 마주 보았다.

복도가 시끌시끌했다. 아침 식사를 마친 사람들이 흥분한 목소리로 말을 주고받고 있었다. 문제가 생긴 모양이었다.

수색

————

"나 혼자라도 갑니다! 이렇게 가만히 앉아 있을 순 없다고!"

복도 가운데 서서 소리를 지르고 있는 사람은 역시나 공치수였다.

"내일은 경찰이 오지 않을까요? 이왕 기다린 거 좀 더 기다려보는 게……."

신만수가 말했지만 강하게 말리는 어투는 아니었다.

"멍하니 시간 죽이고 앉아 있느니 뭐라도 하겠다고요. 그러니까 잔말 말고 같이 갈 사람은 어서 갑시다! 신 피디님? 어제는 가겠다고 했잖아요?"

공치수는 한 손은 허리에 얹고 다른 손은 빨리 나가자는 신호로 휘휘 저으며 성질 급하게 굴었다.

"꼭 다 갈 필요는 없는 거죠? 난 그냥 숙소에서 사건에 대해 찬찬히 생각해보려고 하는데요."

이윤동이 한 발짝 뒤에서 못마땅한 표정으로 말했다.

"아, 추리 만화가 선생님. 안락의자 탐정 노릇인가? 뭐, 그러시든가."

공치수가 한쪽 입꼬리를 치켜올리며 비아냥거렸다.

"뭐라고요? 아니! 말을 왜 그따위로 하실까? 그러는 공 기자님은 뭔데 사람들 선동하고 난리예요!"

이윤동이 얼굴을 붉히며 발끈했다.

최혁봉이 둘 사이에 몸을 들이밀고 나섰다.

"됐어요. 우리끼리 목소리 높일 필요 없고요. 공 기자님하고 같이 밖에 수색하러 나갈 사람은 가고! 숙소에 있을 사람은 있고! 그러면 되잖아요. 저는 공 기자님하고 갈게요. 신만수 피디님은?"

"그럼 저도 가죠, 뭐. 안에 틀어박혀 있느니."

최혁봉과 신만수가 자연스레 공치수 쪽으로 붙어 섰다. 공치수는 분해서 씩씩거리는 이윤동을 쳐다보지도 않았다.

"공 기자님."

그제야 복도에 나온 권오규가 만류하는 투로 말을 건넸지만 되려 공치수가 치고 들어왔다.

"아, 권 순경님도 같이 가시죠. 그래야 용의자를 발견하면 신분을 따져 묻고 어쩌고 할 거 아닙니까."

윤후슬은 뒷짐을 지고 흥분한 사람들 뒤로 슬그머니 사라졌다. 시끄러운 공방이 벌어졌다. 공치수 측은 경찰의 무능과 소극적인 태도를 탓했다. 아직 화가 가라앉지 않은 이윤동은 그따위

객기가 수사에 무슨 도움이 되냐고 뒤에서 궁시렁거렸다. 권오규는 내일이면 공식 수사 인력이 올 거라며 제발 경거망동하지 말라고 호소했다. 공치수는 그렇다면 우리끼리 수색을 할 테니 경찰은 방해하지 말라고 했다. 민간인의 자발적인 수색 활동을 경찰이 규제할 권리는 없지 않느냐는 것이었다.

"저도 갈게요."

무리에서 조금 떨어져 있던 진정란이 말했다.

모두들 일시에 말을 멈추고 진정란을 보았다.

"남자들만 하라는 법은 없는 거죠? 그냥 둘러보는 거잖아요."

권오규가 정모를 벗고 이마에 밴 땀을 훔쳤다. 호죽도에 단 한 명뿐인 경찰관은 다수의 기세에 밀리지 않으려고 애썼지만 잘 되지 않았다. 복도 끝에 돔으로 통하는 문이 보였다. 그 너머 돔 바닥에는 뻣뻣하게 굳은 피투성이 시체가 천에 덮여 있고 죽창 설치물은 제물을 바친 제단처럼 검붉은 피를 머금고 있다. 모두 저 문 너머에 있는 시신을 의식하지 않을 수 없을 것이다. 비바람이 쏟아지고 사람들은 3일째 숙소에 고립되었다. 40년 전 살인사건의 그림자와 요상한 피리 소리가 신경을 긁는다. 특별한 일 없이 한곳에 갇혀 이 모든 걸 당하고 있어야 하는 손님들의 인내심은 바닥을 쳤다. 이들은 그냥 무언가를 하고 싶은 것이다.

권오규는 어차피 막을 수 없는 일이라면 수색에 농행하는 게 나을 거라는 판단을 내렸다.

"좋아요. 섬 남자들 몇 명을 부르겠습니다. 섬 지리에 밝은 주민들을 한 명씩 끼워 조를 나눕시다. 그 남자가 섬에 있다면 이 날씨에 폐가에 은신하고 있을 가능성이 클 테니 폐가를 중심으로 둘러봅시다."

임하랑은 회의적인 표정으로 고개를 저었다. 나리도 뒤로 빠졌다. 이윤동은 잔뜩 골이 난 얼굴로 휴게실에 들어가 소파에 털썩 앉았다. 결론적으로 권오규 순경과 공치수, 신만수, 최혁봉, 진정란이 수색에 참여하기로 했다. 신만수가 위험할지 모르니 꼭 가지 않아도 된다고 진정란을 말렸으나 진정란은 마음을 바꾸지 않았다. 최혁봉이 테라스 한구석에 놓인 캐비닛에 우비가 있는 것을 봤다며 가지고 오겠다고 했다. 그사이 권오규는 섬 남자들에게 도움을 청하는 전화를 걸었다.

연수원에 남아 있기로 한 이윤동, 임하랑, 나리는 복도를 오가며 준비하는 사람들을 피해 휴게실 소파에 모여 앉았다.

"뭐 말을 그따위로 해……. 안락의자 탐정 노릇? 하! 그럼 지는 열혈 기자 노릇이냐? 기자증이 무슨 권력이라도 돼? 졸라 잘난 척하네. 씨."

이윤동이 투덜거렸다.

"그 남자를 찾는다고 뭘 할 수 있다고 저러실까요. 찾을 수 있을 것 같지도 않고요. 폐가가 엄청 많다는데."

나리가 달래는 어투로 말했다. 예민한 신경에 밤새 시달렸는지 가수의 얼굴은 무척 수척했다. 주먹만 한 얼굴에 불안에 떠는 큰 눈이 유독 불거져 보였다.

임하랑은 창밖을 보았다. 빗줄기는 많이 가늘어졌다. 바람의 기세도 누그러지긴 했으나 아직 무시할 정도는 아니었다. 일기예보로는 이르면 오늘 저녁, 늦어도 내일 새벽에는 섬이 태풍의 영향권에서 벗어날 거라고 했다. 하루만 더 버티면 되는데 그게 쉽지 않은 모양이었다.

"어제 나리 씨가 써준 음계 말이죠. 피리 소리……."

소파 팔걸이에 팔꿈치를 올려놓고 턱을 괸 채 임하랑이 말했다.

나리는 새삼스럽게 놀라며 입을 동그랗게 벌렸다. 자기가 음계를 써준 사실조차 잊고 있던 모양이었다.

"아, 네……."

"덕분에 암호를 풀었어요."

이윤동이 투덜거리는 걸 멈추고 임하랑을 향해 귀를 쫑긋 세웠다.

그때 노란색 우비를 입은 진정란이 휴게실로 들어왔다. 두툼하고 튼튼한 재질의 작업용 우비로 샛노란색에 여러 개의 주머니가 달려 있었다. 발목까지 내려오는 우비를 입은 진정란이 종종걸음으로 걸어와 탁자에 놓인 손수건을 집어 들었다. 아침을 먹고 탁자에 놓고 간 것을 찾으러 온 것이었다.

"아…… 정말 귀여우세요."

나리가 풋, 하고 웃었다. 창백한 얼굴에 간만에 웃음기가 돌았다.

"유치원생 같죠?"

진정란이 우비 양옆을 손으로 들어 펼치며 웃었다.

"밖에 남자들 입은 거 봐요. 얼마나 웃긴데."

"저 예고 때 교복 같아요."

나리가 미소 지었다.

"형광인가봐요? 다행이네요. 서로 잃어버리기라도 하면 안 되니까."

임하랑이 심드렁하게 말했다.

"하하. 잃어버리긴요. 섬 주민들과 3명씩 조 짜서 움직일 거니까 걱정할 거 없어요. 뭐랄까, 그 남자를 진짜 찾을 수 있을 거라고는 생각 안 해요. 그냥 한 공간에 여러 사람이 갇혀 있으니까 감정 대립도 생기는 것 같고…… 그래서 나가서 몸을 움직이는 게 낫겠다는 생각에 가는 거니까요. 공치수 기자님도 나가서 힘을 빼야 성질을 풀지 않겠어요?"

여기서 아까의 상황이 마음에 걸린 듯 진정란이 이윤동에게 시선을 돌렸다.

"참. 이윤동 작가님, 기분 많이 상하셨죠? 공 기자님이 말이 좀 거칠어서……. 상황이 좀 그렇잖아요. 성격이 급해서 그렇지 나쁜 마음은 아닐 거예요. 작가님이 이해하세요."

"아, 네. 감사합니다. 그래야죠."

이윤동이 노랑머리를 긁적거렸다.

"그건 그렇고, 저…… 아까 했던 그 말……."

암호 얘기로 어서 돌아가고 싶은 이윤동이 임하랑을 보며 말을 꺼냈지만 이어진 세 여자의 수다에 묻혀버렸다.

나리는 진정란이 입은 병아리색 우비가 어쩌나 귀여운지 시선을 떼지 못했다.

"우리 조카 유치원복 같기도 하고. 아! 말 나오니까 조카 보고 싶다!"

"나리 씨 나이에 벌써 조카가 있어요?"

진정란이 물었다. 나리의 나이가 스물넷. 조카를 갖기에는 다소 이른 나이이긴 했다.

"네. 언니가 일찍 결혼해서. 벌써 다섯 살이에요. 얼마 전 리얼리티 프로에 저 조카랑 잠깐 나왔는데. 진짜 귀여워요. 게시판에도 난리 났어요. 리틀 나리라고."

"노란 교복이면, 희연 예고 나오셨나보죠?"

임하랑은 우리나라에서 연예인을 가장 많이 배출하는 예고의 교복을 떠올리며 말했다. 많은 청소년 연예인이 그 학교의 상징인 노란 교복을 입고 찍은 사진이 인터넷에 흔히 떠돌았다.

"맞아요. 희연 예고 교복이 전국 예쁜 교복 콘테스트 1위에 꼽혔잖아요? 농담 아니라 진짜 희연 예고 교복 입겠다고 예체능 지원하는 애도 있다니까요."

"그런 콘테스트는 어디서 하는 거예요? 나 때는 고등학교 때 교복을 입기 시작했어도 나 다니던 학교도 그렇고 주변에도 교복 입는 학교가 없어서, 요즘 애들 교복 입고 지나가는 거 보면 예쁘고 부럽기도 하더라고. 후후."

진정란이 우비의 지퍼를 올리며 말했다.

"그런데 정말 괜찮으시겠어요? 저희랑 그냥 여기 있지 그래요."

나리가 다시금 걱정스러운 표정을 지었다.

"괜찮다니까 그래요. 이제 갈게요."

진정란이 복도로 나가 똑같은 우비를 입은 남자들과 섞여 아래층으로 내려갔다.

그때쯤 이윤동은 궁금증으로 거의 졸도할 지경이 되었다.

"그러니까, 암호가 뭡니까? 네? 피리 소리의 암호가?"

임하랑은 이윤동과 나리에게 피리 소리 음계의 암호를 빠르게 설명했다.

"복수완성? 대나무는?"

나리가 작고 하얀 손을 모으고 중얼거렸다.

"그러니까, '대나무는'을 잇는 말이, 아니, 소리가 곧 울릴 거라는 말이죠? 그럼 제가 안 나가고 있길 잘했네요. 피리 소리를 듣고 빨리 해석해야 하니까."

지금까지 마냥 겁에 질려 있던 얼굴에 책임감에서 비롯된 용기가 깃들었다. 창백했던 얼굴에 혈색이 도는 것 같았다. 임하랑은 나리의 변화가 반가웠다.

"맙소사! 그런 거였어?"

미스터리 마니아로서 먼저 암호를 풀어내지 못한 것에 낭패감을 느끼며 이윤동이 무릎을 쳤다.

"대나무는…… 길다."

나리가 소곤거렸다.

"대나무는 날카롭다."

이윤동이 말을 받았다.

"대나무는 무기다."

"대나무는 잊지 않는다."

"대나무는 자란다."

"대나무는 소리를 낸다."

가수와 웹툰 작가가 번갈아 문장을 완성시켰다. 어떤 문장도 번뜩이는 영감을 불러오지는 못했다. 잠시 침묵이 흘렀다.

"……돌아가면 반드시 이 사건을 소재로 스토리 짜서 만화를 그릴 겁니다. 지금 그리는 건 빨리 연재 종료해버리고! 이걸 안 그리면 만화가로서 직무유기지! 이렇게 당하고만 있는 게 억울해서라도 그려야겠다!"

이윤동이 오기가 치미는 목소리로 소리쳤다.

"아, 저 이윤동 작가님 만화 본 적 있어요."

나리가 말했다.

"엇. 정말요?"

이윤동이 얼굴을 발그레 붉혔다.

"네. 재밌었어요. 그림체도 귀엽고. 조회 수도 높던데 인기 많으신 것 같아요."

"에이. 아니에요. 미스터리 만화다 보니 좀 마니악하죠. 순위도 낮고. 뭐, 좋아하는 사람은 좋아하지만요. 하하."

임하랑도 새벽에 본 이윤동의 만화를 떠올렸다. 나쁘지 않은 솜씨였다. 서로를 잘 모른 채 만나서 그렇지 다른 사람들도 각자의 분야에서 의외의 재주꾼일 수도 있겠다는 생각이 들었다.

"그래도 M 포털에 연재하시는 것만 해도 대단한 거죠. 웹툰 연재처 중엔 최고잖아요."

나리의 칭찬에 이윤동의 입이 귀에 걸렸다.

"나리 씨야말로 우리나라 최고의 가수잖아요. 전 진짜 그렇게 생각해요. 나리 씨도 노래를 만드세요. 이 사건에 대해! 꼭이요!"

"그럴 수 있을지 모르겠어요."

"엥? 왜요? 실화를 노래로 잘 만드시잖아요? 이런 경험이 또 어디 있다고요."

"범인이 밝혀질까요?"

나리가 초록색 단발머리를 귀 뒤로 넘기며 이윤동에게 불안한 시선을 보냈다.

"혹시나 미결이 되면…… 실제 사건을 소재로 곡을 만드는 건 위험해 보여서요. 진실이 무엇인지, 언제 밝혀질지 모르는데."

"나리 씨는 이 사건이 해결되지 않을 것 같아요?"

임하랑이 물었다. 나리가 어깨를 으쓱했다.

"워낙 이상하고…… 치밀하니까요."

"걱정 마세요. 우리나라 경찰 수사력은 우수하다고요. 지금 우리가 고립되어 있으니까 막막해 보이는 거죠."

임하랑은 나리가 아니라 자기 자신에게 말하는 투로 중얼거렸다.

"경찰이 본격적으로 수사를 시작하면 건물주 정명선의 소재도, 살인 방법도 머지않아 밝혀질 거라고요. 부검을 하고, 과학수사를 하면."

"그럴까요?"

"범인도 그걸 잘 알고 있을 텐데."

임하랑이 턱에서 손을 떼고 목소리를 높였다.

"그런데 왜 이런 복잡한 사건을 저질렀을까요?"

"잇츠 쇼 타임!"

이윤동이 양팔을 벌리며 턱을 치켜올렸다. 웹툰 작가는 예능 프로그램 진행자처럼 거만한 표정을 지었다.

"쇼는 언젠가 끝나지만, 그래도 시작되어야 하는 것이죠."

임하랑은 과장된 몸짓을 하는 이윤동을 지나치다 싶을 만큼 빤히 보았다. 어색해진 이윤동이 양팔을 내렸다.

"웃겨요?"

이윤동이 입을 비죽거렸다.

임하랑은 정신이 딴 데 팔린 듯 대꾸하지 않았다.

"그거예요."

한참 만에 입을 뗀 임하랑이 말했다.

"뭐요?"

"쇼!"

툭 내뱉듯 말을 던지고 임하랑은 소파에 깊숙이 기대앉아 자기만의 생각에 빠져들었다.

이야깃거리가 떨어졌는데도 셋은 휴게실을 떠나지 않았다. 가끔씩 나리와 이윤동이 짧은 대화를 주고받았다. 좋은 아이디어라도 떠올랐는지 이윤동이 방에서 노트를 가지고 나와 끼적거렸다. 임하랑은 무심코 이윤동의 노트를 보았다. 웹툰 작가는 돔과 숙소동의 모습을 그리고 있었다. 사물에 대한 뛰어난 관찰력과 기억력으로 이윤동은 살인사건이 일어난 돔 내부의 풍경을 매우 사실적으로 재현해냈다. 나리는 작은 시집을 손에 들었는데 진짜로 읽는 건지는 알 수 없었다.

느리지만 꾸준히 시간은 갔다. 사람들이 수색을 나간 지도 2시간가량 지났다. 조금 약해졌다고는 하지만 비바람을 뚫고 섬 구석구석을 뒤지는 일은 쉽지 않을 것 같았다. 임하랑은 비에 젖어 무거워진 샛노란 우비를 입은 사람들이 곧 헛수고를 마치고 지쳐서 돌아오기를 기다렸다.

삐삑 삐삑 삐삑 삐삑삑 삐삑.

휴게실에 있던 세 사람이 동시에 깜짝 놀라 고개를 쳐들었다.

삐삑 삐삑 삐삑 삐삑삑 삐삑.

피리 소리가 울렸다. 11음, 다섯 글자였다.

임하랑은 휴대전화의 녹음 기능을 켰다. 나리는 긴장한 듯 어깨를 오그렸다가 이내 자신의 본분을 깨닫고 메모지를 제 앞으로 끌어당겼다. 이윤동은 땀이 찬 손을 바지에 닦으며 나리의 작업을 지켜보았다.

피리 소리는 또 10분 동안 울렸다. 음을 받아 적기 충분한 시간이었고 나리의 청음 능력은 뛰어났다. 아직 피리 소리가 울리고 있는 사이에 나리가 임하랑에게 메모를 건넸다.

C/D2#   A/D2#   F/F#   D2/A2#/D   E/C#

임하랑은 자기가 작성해놓은 표를 보며 재빨리 해석을 마쳤다. 나리와 이윤동이 머리를 모으고 임하랑이 종이에 적은 글귀를 바라보았다.

구부러진다

피리 소리가 그쳤다.

동시에 이윤동이 소리쳤다.

"구부러진다! 대나무는 구부러진다!"

"임하랑 씨 예상이 맞았어요. 문장이 완성됐어요!"

나리가 임하랑의 한쪽 팔뚝을 잡고 흔들었다. 이윤동은 자리에서 벌떡 일어나 휴게실 내부를 거닐었다.

"대나무는 구부러진다, 대나무는 구부러진다……. 이게 무슨 뜻이지? 뭘 의미하는 걸까? 구부러진다…… 대나무는 구부러진다……."

웹툰 작가는 보이지 않는 대상을 향해 중얼거렸다.

"뭘 얘기하고 싶은 거지? 응? 대나무는 구부러진다니? 그래, 당연하지. 대나무는 구부러지지. 그래서 하고 싶은 말이 뭐야?"

피리 소리의 암호는 풀었지만 누가 무슨 의도로 울리는 것인지 모를 삑삑거리는 소리는 여전히 공포를 불러일으켰다. 불안한 감정이 공기를 타고 서로에게 전해졌다.

"우리, 아래층에 내려가보죠."

임하랑이 자리에서 일어섰다.

대나무는
구부러진다

1층에는 대나무로 만든 온갖 잡다한 물품들이 펼쳐져 있었다. 엊그제 호죽 죽향 연수원에 처음 들어왔을 때 사람들의 눈길을 사로잡았던 전시물들이었다. 까마득한 옛날 같은데 고작 이틀 전의 일이었다.

임하랑이 눈으로 전시대와 벽을 훑었다.

"우리 지금 이걸 왜 보고 있는 거죠?"

이윤동이 답답하다는 듯 물었다.

"대나무라는 물질은 실로 다양한 특성을 지녔단 말이죠."

임하랑의 눈길이 곰방대, 대자리, 죽부인을 향했다.

"일단 대나무는 길게 자라요. 이렇게 긴 물건을 만들 수 있죠. 표면이 차갑고 매끈해서 여름 용품으로 많이 활용되고요."

"속이 비어 있어서 불면 소리가 나죠. 그 자체로 관악기예요."

나리가 말을 받았다. 가수는 피리와 통소, 대금을 바라보았다.

"가늘게 실처럼 쪼개서 엮을 수도 있고."

임하랑의 시선이 죽립, 키, 바구니, 소쿠리, 채반을 거쳐 죽통 그릇에 이르렀다.

"마디가 있는 것을 이용해 그릇으로 사용할 수도 있고요."

"뭐, 그렇죠. 그럼요. 날카롭게 깎으면 무기도 되고."

이윤동이 기름을 먹이고 구워 거무죽죽한 윤기가 흐르는 죽 창을 가리켰다.

"네, 맞아요. 그리고."

임하랑은 벽에 걸린 대나무 낚싯대를 올려다보았다.

"구부러지죠. 탄성이 있다고요."

"그래서 범인이 뭘 말하고 있는 거죠?"

이윤동이 임하랑에게 바짝 다가왔다.

"살해 방법."

임하랑의 어투가 단호했다. 나리가 임하랑을 보며 큰 눈을 끔 뻑거렸다. 물리학도는 설명을 이어갔다.

"범인은 우리가 이 사건을 풀기를 바란다고요. 피리 소리는 일 관적으로 사건의 실체에 대한 힌트를 주고 있단 말이죠. 첫 메시 지로 이 사건의 동기가 복수에 있다는 걸 분명히 했어요. 여기서 복수란 40년 전 김형주 살인사건에 대한 복수라는 건 짐작할 수 있겠죠? 범인이 깔아놓은 여러 장치를 통해서 말예요. 열흘 전 치안센터에 도착한 김형주 살인사건 기록. 바늘 상자 속에 넣어 둔 혀 등등. 사건의 why를 알려줬으니 그다음은 how에 대한 힌트라고 봐도 되지 않을까요?"

이윤동이 머리를 한쪽으로 갸웃거렸다.

"으흠. 조풍기는 대나무에 찔려 죽은 거 맞아요. 범행 도구가 대나무라는 건 누구나 안다고요. 그런데 구부러진다니……."

"네. 겉으로 보기에 조풍기는 죽창에 찔려 죽었죠. 죽창에 찔릴 때 몇몇 가느다란 대나무가 구부러지거나 탄성에 흔들렸을 수는 있지만, 그걸 가지고 구부러졌다고 표현할 것 같진 않고. 그런데요, 우리는 아직 조풍기가 어떻게 바닥에서 3m 높이의 죽창에 찔려 죽은 건지 밝혀내지 못했단 말이죠. 방금 전의 소리는 그 해답으로 가는 힌트가 아닐까 싶은데."

"여기 내려온 것은……."

나리가 입을 열었다.

"대나무로 만든 것 중에 탄성을 이용한 게 뭐가 있는지 살펴보려는 거죠?"

"네. 그런데 별로 없네요."

임하랑은 낚싯대에서 활로 눈을 옮겼다. 활은 두 개 걸려 있었다. 하나는 대나무를 반달 모양으로 휘어서 만들었고 다른 하나는 대나무 몸체에 무소뿔을 붙인 화려하고 위력적인 것이었다. 전자는 수렵용이고 후자는 전투용으로 보였다.

"낚싯대와 활 이외에는 탄성을 이용한 물품이 딱히 보이진 않아요. 활도 제작할 때만 탄성을 이용해서 구부린 것이지 사용할 때는 구부러진다고 보기 어렵고요."

임하랑은 조풍기와 김형주가 어릴 적에는 대나무로 활과 새총을 만들어 작은 짐승을 잡고 놀던 친구였다는 것을 기억했다. 권오규 순경이 40년 전 사건에 대해 설명하며 했던 말이다. 대나무 활에 한 번 더 눈이 갔다. 대나무가 지천으로 깔린 호죽도 소년들은 대나무 활을 만들어 노는 것이 일상이었을 것이다.

활 아래 전시대에는 편전과 통아가 있었다. 엊그제 역사소설가 최혁봉이 신이 나서 설명했던 조선시대의 특수 무기였다. 대나무를 반으로 가른 통아를 활에 걸고 통아의 굴곡에 편전을 넣어 쏘는 방식이었다. 편전은 일반 활보다 짧은 대신 속도가 빨라 갑옷을 꿰뚫을 정도로 살상력이 높고 멀리 나아간다.

"대나무로 장대높이뛰기라도 한 걸까."

이윤동이 쓴웃음을 지었다.

"잠든 조풍기를 한 손에 끼고 저쪽 끝에서 장대높이뛰기로 뛰어올라 죽창 위로 툭 던지는 거죠. 아니면 낚시라도 한 건지. 거, 어디냐. 경사로나 부엌 천장에 올라가 낚싯대로 조풍기를 들어 올려 죽창 위로 툭."

임하랑이 한쪽 눈썹을 치켜올렸다.

"낚싯대요?"

나리가 반응했다.

이윤동이 파하핫, 웃으며 수습했다.

"그냥 해본 말이에요. 됐어요, 됐어. 임하랑 씨 또 탄성률이 어떻고 중력이 어떻고 힘이 어떻고 하면서 말도 안 되는 소리라고 설명할 필요 없음! 물리학 강의 듣지 않아도 안다고요. 조풍기 할아버지가 아무리 체구가 작았기로서니 사람이 배구공도 아니고 가능할 리가 없죠."

나리가 실없는 소리를 한 이윤동을 질책하며 매운 눈길을 보냈다. 이윤동은 장난스럽게 낄낄거렸다.

임하랑은 한쪽 손으로 턱을 괴었다.

"돔 건물에 뭐가 있었죠?"

"네?"

이윤동이 되물었다.

"돔 건물에요. 물건이 뭐가 있었냐고요. 아! 아까 이윤동 작가님 돔 그림 그리고 있었죠? 그것 좀 갖다주세요. 빨리요!"

임하랑이 목소리를 높였다. 다급함이 묻어나왔다. 이윤동과 나리는 어리둥절해하며 서로의 얼굴을 바라봤다.

이윤동이 임하랑의 기세에 밀려 2층 휴게실로 올라가 노트를 가지고 왔다. 이윤동의 그림을 놓고 머리 셋이 모였다.

임하랑이 말했다.

"그래요. 기다란 테이블이 있었죠. 12명은 앉을 수 있는 목재 테이블이요. 테이블과 식당 사이에는 커다란 대나무 화분이 있었고요. 대나무 높이가 거의 돔 천장까지 닿을 듯했단 말이죠."

"테이블 뒤쪽 구석에는 소파 세트. 그리고 죽창 설치물. 와, 기억력 정말 좋으시다."

나리의 칭찬에 이윤동이 부끄러운지 어깨를 으쓱했다. 임하랑이 그림의 한 부분을 손가락으로 짚었다.

"경사로 밑에는 장애인 보조기구가 있었죠. 휠체어, 목발, 들 것, 지팡이 등등. 휠체어 가지고 장난치다가 최혁봉 작가님이 공 중에 뜬 거 생각나죠?"

나리가 웃었다.

"네. 그뿐인가요. 이윤동 작가님이 갑자기 천장 유리창을 열어 서 물바다가 됐잖아요."

"하하. 그랬죠. 그땐 내가 왜 그랬는지, 원."

이윤동이 뒷머리를 긁적이며 말했다.

바깥의 빗소리가 가깝게 들려왔다. 이윤동은 물벼락을 맞고 서서 모두의 지탄을 받았던 그때의 기분을 다시 느꼈다. 고작 이 틀 전의 일이었다. 풍랑이 이는 바다를 힘겹게 건너와 홍막내 할 머니의 안내에 따라 연수원을 막 둘러보고 난 때였다. 그날은 앞 으로 무슨 일이 벌어질지 몰랐다. 먹구름이 몰려오고 폭우가 내 리기 시작했지만 거한 음식과 술에 취해 불안도 느끼지 못했다.

하지만 다음 날 새벽. 섬에서 보낸 첫 밤.

누군가 술주정뱅이 할아버지 조풍기를 바닥에서 3m 높이의 죽창에 꽂아 죽였다. 그리고 이윤동은 수면제로 추정되는 약물 에 취해 반 환각 상태에서 소리를 지르며 비바람 치는 언덕을 올 랐다. 약물이 불러일으킨 고양감에 기세가 등등했다가 끔찍한 걸 보고 사지를 덜덜 떨며 내려왔다.

다시 생각해도 소름이 끼쳤다.

"이윤동 작가님."

임하랑이 부르는 소리에 이윤동은 현실로 돌아왔다.

"네에? 왜요?"

"그날 새벽에 언덕을 배회하다가 돔 창문에 붙은 얼굴을 봤다고 하셨죠? 주름진 좀비 같은 얼굴."

마치 자신의 생각을 읽고 있던 것 같은 질문에 이윤동은 놀랐다. 임하랑의 길고 매서운 눈매가 신묘한 기운을 내뿜었다.

"그…… 그게 왜……."

"이 작가님이 보셨던 게 사실일 수 있을 것 같아서요."

"어휴. 일 났네. 일 났어!"

정문이 벌컥 열리며 물을 뚝뚝 흘리는 우비 차림의 남자 둘이 들어왔다. 전시대 근처에 서 있던 셋의 얼굴이 자연히 문 쪽으로 돌아갔고 그걸로 임하랑과 이윤동의 대화는 중단되었다. 남자 둘이 우비의 모자를 벗었다. 공치수와 최혁봉이었다. 사고가 생긴 듯했다. 둘의 지친 얼굴에 곤혹스러움이 배어 있었다.

"무슨 일 생겼어요?"

나리가 물었다.

"신만수 피디가 빗길에 미끄러져서 발목을 접질렸습니다. 멍들고 완전 퉁퉁 부었어요. 발목인지 정강이인지 구분이 안 간다니까요. 빗길이 생각보다 너무 미끄러워서."

공치수가 우비의 지퍼를 내리며 말했다. 초록색이 섞인 샛노란 우비는 확실히 이 상황과 어울리지 않게 귀여운 면이 있었다.

하지만 그걸로 농담을 할 분위기는 아니었다.

"어머, 그럼 지금 어딨어요? 신만수 피디님은?"

"보건소에서 치료받고 있죠. 권오규 순경님과 진정란 씨도 거기 같이 있고요. 엑스레이 찍어 보니 다행히 뼈는 안 부러졌다는데 인대가 두 군데나 찢어졌대요."

뿌옇게 김이 서린 안경을 벗어 닦으며 최혁봉이 말을 이었다.

"그 사람들은 보건소에서 점심 먹고 올 거예요. 우리는 곧 홍할머니가 여기로 갖다주실 거고. 신만수 피디가 지금은 통증이 너무 심해서 잠시 보건소에 있기로 했어요. 좀 가라앉으면 다 같이 이쪽으로 오겠다고 합니다."

수색에 성과가 있었는지는 물어볼 필요도 없는 듯했다. 불안과 조급증을 억누르지 못하고 시작된 무모한 수색은 한 사람의 부상으로 종료되었다. 이윤동은 '그럼 그렇지' 하는 표정으로 한쪽에서 공치수를 흘겨보았다.

공치수와 최혁봉이 아이구, 소리를 내며 소파에 몸을 던졌다. 임하랑, 이윤동, 나리도 소파에 둘러앉았다.

"아…… 신만수 피디 오면 2층까지 또 어떻게 옮기지?"

고개를 젖히고 천장을 올려다보며 최혁봉이 탄식했다. 키 크고 몸이 다부진 신만수를 현장에서 업어서 옮기느라 진이 빠진 모양이었다.

"누가 돔에 들어가서 휠체어 가지고 오면 안 되나. 이럴 때 쓰라고 있는 걸 텐데……"

안 될 말이었다. 돔은 사건 현장으로 봉쇄된 데다가 봉쇄를 잠깐 푼다고 해도 휠체어 하나 빼내겠다고 거기 들어갈 배짱 있는 사람도 없을 터였다.

"보건소 장비를 가져오든지 하겠죠."

"에고, 모르겠다. 알아서 하겠지. 될 대로 되겠지."

"휠체어가 있으면 좋을 것 같긴 하네요."

"내 말이."

"한 100킬로 나가는가봐요. 신 피디요. 그런 것 같죠?"

물 먹은 솜처럼 소파에 늘어진 두 사람이 말을 주거니 받거니 했다.

"히히히히."

무슨 생각을 했는지 최혁봉이 가슴을 들썩이며 웃었다.

"돔에 있는 휠체어 그거, 기립형 가져다가 옮겼다가는 잘못하면 튀어 나가서 성한 발목도 부러질 텐데. 저 텅겨 나갔던 거 생각나죠? 아, 공치수 기자님은 모르시겠구나. 늦게 오셔서."

공치수는 대꾸할 기운도 없다는 듯 끙끙거리기만 했다.

"장애인 보조기구를 돔보다는 숙소동에 비치해두는 게 나았을 텐데요."

임하랑이 말하며 널찍한 로비를 둘러보았다.

"돔은 식당의 기능을 할 뿐이고 숙박객이 자고 생활하는 대부분의 장소는 여기 숙소동인데, 이상하죠? 공간이 없는 것도 아닌데 말예요."

"그건 그렇네요."

나리가 동의했다.

"이 건물에서 그 정도 이상한 건 이상한 축에도 못 들어요. 참!"

최혁봉이 양발을 들어 올렸다가 내리며 그 탄성으로 벌떡 몸을 일으켰다.

"우리 나가 있는 사이에 피리 소리, 또 울렸죠? 맞죠?"

"네. 그랬어요. 밖에서도 들렸어요?"

이윤동이 답했다.

"맞구나! 그때 마침 제가 여기서 가까운 곳에 있었거든요. 울리는 것 같더라고요."

"그렇습니까? 전 못 들었는데요? 또 울렸습니까?"

공치수가 목을 까딱 들었다.

"도대체 뭘까, 그 소리는. 어디에 장치를 숨겨 놓고 울리는 거야? 알람이라도 설정해놨나? 뭔 뜻이야 대체. 사람 미치게 하려는 건지 뭔지."

최혁봉이 투덜거렸다.

"무슨 뜻인지는 이제 알아요. 임하랑 씨가 암호를 풀었어요."

나리가 말했다.

"네에?"

공치수와 최혁봉이 동시에 자세를 고쳐 앉으며 임하랑과 나리, 이윤동을 둘러보았다.

"아까 울린 소리는 '구부러진다'라는 의미였어요."

임하랑은 공치수와 최혁봉을 향해 피리 소리 음계와 한글 자음 모음의 매칭에 관한 설명을 오늘만 해도 세 번째로 되풀이했다. 둘은 입을 떡 벌리고 들었다.

"뭔가 은유적 표현 아닐까요?"

최혁봉이 음식을 입에 한가득 문 채 말했다.

홍막내가 커다란 양푼에 비빔밥을 비벼 카트로 끌고 왔다. 다섯은 1층 로비 소파에서 음식을 받아 펼쳐놓고 먹기 시작했다. 격한 외부 활동을 하고 들어온 공치수와 최혁봉은 무척 배가 고팠는지 눈 깜짝할 사이에 한 그릇을 비우고 두 그릇째 덜어 부지런히 숟가락질을 했다.

"그러니까 진짜로 살인 과정에서 대나무가 구부러졌다는 것이 아니라 뭔가 비유적인 표현 아니냐 이거죠."

"뭘 비유하는 건데요?"

이윤동이 시큰둥하게 물었다.

최혁봉이 각종 나물과 계란 프라이를 넣고 고추장에 비빈 밥을 크게 한 숟가락 퍼서 입에 넣고 우물거렸다. 일단 말을 던져놓고 본인도 생각하는 중이었다.

"음…… 옛날부터 대나무는 선비의 강직함을 상징했잖아요? 곧게 쭉 자란다고 선비의 올곧음과 비유되곤 했죠. 그런데 실제는 그게 아니죠. 대나무는 쉽게 구부러져요. 그러니까 쭉 뻗어나가 올바른 것처럼 보이지만 알고 보면 그게 아니고, 뭔가 이율배

반적인…… 그러니까 뭔가 왜곡된 사실이 있는데…… 그러니까 그게…….”

“많이 드세요. 빨리.”

이윤동이 양푼을 최혁봉 쪽으로 밀었다.

“입맛이 없으세요?”

나리가 임하랑의 얼굴을 살폈다.

임하랑은 밥을 먹는 둥 마는 둥 몇 숟가락 뜨고는 곰곰이 생각에 잠겨 있었다.

“아뇨. 많이 먹었…….”

말도 끝내지 못하고 임하랑은 생각에 파묻혔다. 다양하게 흩어진 사실들이 하나의 가설 아래 모이고 있었다. 상위의 가설과 하위의 가설이 가지를 뻗으며 서로 연결됐다. 사실들이 몽글몽글 무리지어 모였다.

‘어떻게’와 ‘왜’가 동일한 맥락에서 비슷한 비중의 가치 싸움을 했다. ‘어떻게’가 인지적인 문제라면 ‘왜’는 심리적인 문제였다.

그러나 둘은 다르지 않았다.

두 작가는 피리 소리의 의미를 두고 서로 아무 말이나 주고받으며 투닥거렸다. 나리는 임하랑에게서 관심을 거두고 자기 근심에 빠져들었다.

‘왜’에 대한 생각을 어떻게 확신할 수 있을까. 그것을 어떻게 처리해야 할까.

자동차 바퀴가 진흙을 가르는 소리가 났다. 정문 앞에 호죽도 보건소 승합차가 다가와 멈춰 섰다.

승합차 문이 열리고 권오규와 진정란이 내렸다. 그 뒤로 오른쪽 발에 반깁스를 한 신만수가 바닥에 목발을 짚으며 차에서 내렸다. 권오규가 옆에서 부축했다.

로비 소파에 앉아 있던 다섯 명이 모두 일어나 정문으로 다가갔다.

"좀 더 안정되면 오시죠. 왜 이렇게 일찍 오세요?"

최혁봉이 물었다.

"이제 한결 괜찮아요. 빨리 와서 방에서 쉬는 게 낫겠다 싶어서요."

피로와 통증에 시달려서인지 혈기 좋던 신만수의 얼굴이 수척해 보였다. 목발은 신만수의 키에 맞지 않았다. 졸지에 목발을 짚게 된 신만수의 동작이 영 서툴렀다. 권오규와 공치수가 각기 신만수의 한쪽 팔을 자기 어깨에 걸고 부축했다. 진정란이 목발을 받아 들고 따라왔다. 승합차 운전석에서 반백의 보건소장이 내렸다. 보건소장은 문가에서 권오규를 향해 몇 마디 당부의 말을 던지고는 다시 승합차에 올라 연수원을 떠났다.

신만수가 권오규와 공치수 사이에서 한 발로 방아깨비처럼 뛰어 2층 자기 방으로 갔다. 모두 신만수의 부상을 걱정하며 신만수의 방으로 몰려 들어갔다.

"모두에게 짐만 되고 참 민망하네요."

침대에 누워 호흡을 가다듬으며 신만수가 말했다.

"좀 자야겠어요. 전 괜찮습니다. 피곤하시죠? 다들 눈 좀 붙이세요."

환자의 말이 떨어지자마자 그 앞에서 공치수가 하품을 쩍 했다. 진정란도 눈을 거의 반쯤 감고 있었다. 고된 수색 작업에 환자 후송까지 해내느라 수색조는 모두 지칠 대로 지친 모습이었다.

복도로 나온 진정란, 공치수, 최혁봉, 권오규는 빨려 들어가듯 자기 방으로 쏙 들어갔다. 저녁 먹을 때까지 씻고 한숨 자겠다고 했다. 권오규는 방에서 경찰서에 보고하는 업무도 해야 할 터였다.

임하랑은 2층 휴게실 소파에 자리 잡았다. 팔짱을 낀 채 눈을 감고 다시 '어떻게'와 '왜'의 문제에 관해 숙고했다.

나리가 한쪽에서 악상이라도 떠올랐는지 허밍으로 노래를 불렀다. 이윤동은 노트에 '복수완성', '대나무는', '구부러진다'라는 글귀를 적고 주위에 대나무 그림을 그렸다. 다시금 돔과 숙소 동의 구조를 그리며 뭔가 골똘하기도 했다.

임하랑은 결정을 내렸다.

조건이 달린 결정이었다. 생각이 정리돼서 기뻤다. 조건이 맞는다면 임하랑은 자기에게 맡겨진 일을 할 것이다. 나리가 이 무대에서 피리 소리의 음정 기호를 적는 역할을 기꺼이 떠맡았듯이 임하랑은 문제를 푸는 탐정 역할을 하면 된다.

임하랑은 고요한 만족감으로 보이지 않게 씩 웃었다.

죽기 전에

———————

죽은 남자들

———————

빗줄기가 실처럼 가늘어지더니 드디어 그쳤다.

대나무 숲 전체를 휘청거리게 하던 바람도 이제 위쪽 이파리만 쥐고 흔들 정도의 위세만 부렸다. 태풍이 물러가고 있었다. 3일간 흠뻑 젖은 나뭇가지와 지붕 처마에서 물이 뚝뚝 흘렀다. 사위가 지나치게 조용해졌다.

임하랑, 이윤동, 나리는 계속 2층 휴게실에 머무르며 각자 할 일에 골몰했다.

방문 열리는 소리에 이어 둔탁한 발걸음 소리가 들렸다. 뒷머리가 베개에 눌려 납작해진 최혁봉이 어슬렁어슬렁 휴게실에 들어왔다. 살집 좋은 얼굴이 더욱 통통 부었다.

"홍 할머니가 저녁거리 가지러 두 명만 좀 오라고 하시는데요."

최혁봉이 하품을 하며 목덜미를 긁었다.

"신만수 피디에게 연락하셨대요. 신 피디가 방에서 저에게 전화했더라고요."

"그래요? 제가 가죠."

이윤동이 일어섰다.

"두 분만 가셔도 될까요?"

나리가 시집을 무릎에 내려놓으며 물었다.

임하랑은 말없이 소파에 파묻혀 있었다. 임하랑은 오후 내내 소파에 던져놓은 마네킹처럼 꼼짝도 하지 않았다. 주변에서 하는 말도 들리지 않는 듯했다.

"아, 그럼요. 이윤동 작가랑 둘이 갔다 오면 되죠. 갑시다."

소설가와 웹툰 작가가 같이 1층으로 내려갔다.

"벌써 저녁 먹을 때가 되었네요."

둘만 남은 휴게실에서 나리가 중얼거렸다.

임하랑은 대꾸하지 않았다.

권오규, 공치수, 진정란은 아직까지 곤히 자는지 방에서 나오지 않고 있었다. 신만수는 홍막내의 전화를 받고 깬 뒤 다시 잠들었거나 다친 다리를 높이 올려둔 자세로 침대에 누워 있을 것이다. 신만수를 방에 옮겨놓고 나와 각자의 방으로 흩어진 뒤로 방 밖으로 나온 사람은 방금 전 최혁봉뿐이었다.

"임하랑 씨!"

나리가 임하랑의 팔뚝을 툭 쳤다.

"네?"

잠에서 깨기라도 한 듯 임하랑이 나리를 물끄러미 보았다.

"도대체 무슨 생각해요? 점심 먹을 때부터 불러도 대답도 안 하고. 자리에서 꿈쩍도 안 하고."

나리가 임하랑을 흘겨보았다.

"무시당하는 것 같단 말예요."

"아…… 네."

"아, 네, 하지 말고 얘기 좀 해주세요. 대체 무슨 생각을 하느라 그러는 거예요?"

임하랑은 손깍지를 끼고 팔을 앞으로 뻗었다가 당기며 몸을 풀었다. 그러나 눈빛은 아직 자기만의 세상을 헤매고 있는 듯 몽롱했다.

"그냥 이것저것."

"이것저것 뭐요?"

"파편적인 사실들이죠."

"예를 들어?"

단둘이 침묵 속에 남고 싶지 않았는지 나리의 질문이 집요했다.

임하랑은 어깨를 으쓱했다.

"예를 들어…… 40년 전 사건에서 강흥무는 왜 퉁소를 한 손에 잡은 채 빈 죽통을 메고 현장에 들어갔는가. 그런 의문들이요."

"네?"

나리가 얼굴을 찌푸리며 반문했지만 임하랑은 엉뚱한 말을 계속했다.

"왜 김형주를 찌른 대나무 통의 첫 번째 마디만 뚫려 있지 않았던 걸까. 왜 하필 첫 번째 마디만."

"그랬던가요? 음…… 그리고요?"

앞으로 흘러내린 머리를 쓸어 넘기고 임하랑은 잠시 사이를 띄운 뒤 말했다.

"왜 장애인 보조기구가 숙소동이 아닌 돔에 있는 걸까."

"그 얘긴 아까도 했죠."

"그리고 중력과 위치 에너지, 탄성, 대나무에 대해서……."

나리는 떨떠름한 표정을 지었다.

"그리고 우리들의 직업과 나이에 대해서……."

"직업? 나이?"

"그리고 이야기의 힘에 대해서. 그런 것들을 생각하고 있었죠."

가까운 곳에서 딸깍, 문 열리는 소리가 들렸다. 휴게실 맞은편 209호실에서 제복 차림의 권오규 순경이 역시나 퉁퉁 부은 얼굴로 나왔다.

"다들 어디 계십니까?"

휴게실 안으로 머리를 들이밀고 권오규가 물었다. 나리가 최혁봉과 이윤동은 홍막내 할머니 집으로 저녁거리를 가지러 갔고, 다른 사람은 방에 있다고 말했다. 권오규가 긴 다리를 휘청이며 들어와 휴게실 소파에 합류했다. 낮잠을 자고 일어나서인지 낮에 수색을 마치고 돌아왔을 때에 비하면 얼굴이 훨씬 좋아 보였다.

"휴. 태풍주의보가 해제됐습니다. 오늘 저녁에 경찰 헬기를 띄울 수 있을 것 같다고 합니다. 다행입니다. 여러분들도 빨리 집에 돌아가셔야 할 테고요."

젊은 경찰은 진심으로 후련한 표정을 지었다. 호죽도에 유일한 경찰로서 현장을 통제하느라 마음고생이 적지 않았던 것이다. 사건은 기괴하고 복잡하기 이를 데 없지만 경찰 인력이 와서 본격적으로 수사를 시작하면 하나씩 풀려 가리라. 20대 초보 경찰의 어깨에 난데없이 지워진 커다란 짐을 내려놓을 시간이 다가오고 있었다.

최혁봉과 이윤동이 밥을 가지고 돌아왔다. 최혁봉이 보자기에 싼 쟁반을 양손에 들고, 이윤동이 한 손에는 밥을 담은 플라스틱 통을, 다른 손에는 국을 담은 주전자를 들었다. 홍막내는 두 남자에게 저녁거리 운반을 맡기고 본인은 오지 않았다. 매 끼니 8명이 먹을 밥을 해 대는 것도 꽤나 힘든 일일 것이다. 연수원 건물주를 자칭한 사람에게 목돈을 선불로 받아 둔 책임감으로 해낸 일일 텐데, 홍막내의 고생도 곧 끝날 조짐이 보였다. 비가 그친 것을 보고 다들 내일은 집에 돌아갈 수 있을 거란 말을 하며 휴게실 탁자에 밥상을 차렸다.

"와, 정말 죽은 듯이 잤네."

"벌써 저녁 먹을 때예요?"

공치수와 진정란이 앞서거니 뒤서거니 목을 주무르며 휴게실로 들어왔다. 낮잠에 개운해진 모습이었다. 다들 손을 합쳐 밥과

국을 푸고 반찬을 담은 찬합을 펼쳤다.

"신만수 피디는 방에 따로 갖다주는 게 낫겠죠?"

들어오자마자 수저통을 받아들고 탁자에 수저를 놓으며 진정란이 말했다.

"아, 그래야겠네. 어디 따로 담을 접시가 있을까요?"

최혁봉이 적당한 식기를 찾아 탁자를 둘러보았다.

그때였다.

삑삑삑 삑삑삑 삑삑삑 삑삑삑 삑삑 삑삑삑 삑삑삑 삑삑삑 삑삑 삑삑 삑삑.

또 울렸다.

아직 끝난 게 아니었다.

모두 분주히 움직이던 손을 멈추고 천장을 올려다보았다.

지금까지 중 가장 긴 피리 소리의 음이 반복해서 울리고 또 울렸다.

"젠장!"

공치수가 버럭 소리쳤다.

삑삑삑 삑삑삑 삑삑삑 삑삑삑 삑삑 삑삑삑 삑삑삑 삑삑삑 삑삑 삑삑 삑삑.

나리가 서둘러 메모지를 제 앞으로 끌어당기고 피리 소리의 음을 주의 깊게 들었다.

"씨발! 또 뭐야!"

이윤동이 손가락을 입에 가져다 대며 "쉿!" 하고 공치수를 노려보았다. 통제되지 않는 상황에 놓이면 벌컥 화부터 내고 보는 공치수가 단호한 이윤동의 행동에 성질을 죽이고 입을 닫았다. 피리 소리에 집중해야 할 상황이었다.

나리가 메모지에 한 음 한 음 음정 기호를 적었다. 이번 피리 소리는 꽤 길어서 청음에 시간이 걸렸다. 적어놓은 음을 몇 번씩 고쳐가며 확인을 거듭하다 보니 10분이 지났고 피리 소리는 멈췄다.

가수 나리는 의무를 다해 다행이라는 듯 한숨을 쉬었다.

"이번엔 좀 어려웠어요. 하지만 이게 맞을 거예요."

임하랑은 나리가 내미는 메모지를 받아 들었다. 권오규, 이윤동, 최혁봉, 공치수, 진정란도 일제히 고개를 빼고 메모지를 보았다.

"그나저나 다들 암호에 대해 알고 계시군요? 전 아침에 일어나자마자 임하랑 씨가 밤새 풀었다고 설명해줘서 들었는데……."

권오규가 사람들 얼굴을 두리번거리며 중얼거렸다.

C/G2# E/G2#/F C2/G2#/D D2/D2#/C C/A2# D2/F#/D
C2/F#/A2# D2/D2#/C C2/F#/BB E/C#

이번엔 열 글자나 됐다. 사람들의 눈이 메모지에 적힌 음정 기호와 임하랑이 펼쳐놓은 표 사이를 바쁘게 오갔다.

"네 번째 글자의 음과 여덟 번째 글자의 음이 완전히 같아요."

자음		모음	
ㄱ	C	ㅏ	C#
ㄴ	D	ㅑ	D#
ㄷ	E	ㅓ	F#
ㄹ	F	ㅕ	G#
ㅁ	G	ㅗ	A#
ㅂ	A	ㅛ	C2#
ㅅ	B	ㅜ	D2#
ㅇ	C2	ㅠ	F2#
ㅈ	D2	ㅡ	G2#
ㅊ	-	ㅣ	A2#
ㅋ	-		
ㅌ	-		
ㅍ	-		
ㅎ	-		

임하랑이 암호풀이를 하며 말했다.

"아홉 번째 글자에서 시옷을 나타내는 B음이 두 번 반복되는데 쌍자음인 것 같아요. 처음 나타나는 패턴이네요. 받침이 쌍시옷이에요."

작업이 끝나고 글자 열 개로 구성된 하나의 완전한 문장이 드러났다.

그들은 죽기 전에 죽었다

"맙소사! 이건 뭔 또 개소리야!"

"개소리는 '멍멍'이죠! 조용히 해요! 생각 좀 하게."

이윤동이 또 대뜸 소리치는 공치수에게 짜증을 냈다.

"죽기 전에 죽었다······ 죽기 전에 죽었다······."

권오규가 반복해서 중얼거렸다.

"이것도 뭔가 은유적인 표현인가?"

최혁봉이 말했다.

"그들?"

나리가 아랫입술을 잘근거리며 덧붙였다.

"그들이라고 했어요. '그'가 아니라."

"오호. 그러네요. 굳이 '그들'이라고 표현한 건······ 이유가 있 겠죠?"

진정란이 두려움과 기대가 담긴 눈으로 임하랑을 보았다.

"복수의 대상이 이미 정해져 있었다는 뜻 아니야?"

공치수가 빈정거렸다.

"복수할 마음을 품은 때부터 너는 이미 내게 죽은 거나 다름 없다는 엄포 아니겠느냐고. 니들은 이미 죽은 거나 마찬가지야! 내가 죽일 거니까! 이런 거!"

"'그들'이라고 한 것은······."

나리가 그 문제를 다시 언급하자 임하랑이 말을 받았다.

"네. 이 섬에서 살해당한 사람은 두 명이죠. 김형주와 조풍기. 1979년과 2019년. 40년의 차이를 두고 두 사람이 죽었단 말이죠. 그 두 사람을 뜻하는 거겠죠. 그들은 죽기 전에 죽은 거라고요. 둘 다."

임하랑은 사람들을 둘러보며 말을 이었다.

"그 둘은 겉으로 드러난 것으로 추정되는 방법과는 다른 방법으로 죽임을 당했어요. 최혁봉 작가님 의견이 어느 정도 맞는 거죠. 은유적인 표현. 진실을 가리키는 비유죠."

"이게 다 무슨 상황인 거죠?"

휴게실 문가에서 누군가 겁에 질린 목소리로 소리쳤다. 휴게실에 모여 있던 7명의 눈길이 문 쪽으로 향했다.

신만수가 목발을 짚고 서 있었다.

"피리 소리가 또 울린 건 뭐고…… 죽기 전에 죽었다니…… 그건 무슨 말이에요? 무슨 말씀들을 나누고 있는 거예요?"

임하랑은 피로가 몰려오는 걸 느꼈다.

피리 소리의 암호에 대해 하루에 네 번 되풀이해서 설명하는 상황은 피하고 싶었다. 임하랑은 이윤동에게 넌지시 부탁하는 눈빛을 보냈다. 임하랑의 신호를 알아들은 이윤동이 신만수에게 피리 소리의 법칙에 대해 대신 설명을 했다. 신만수는 목발을 내려놓고 소파에 앉아 입을 떡 벌리고 들었다.

탁자에 차려진 음식에는 아무도 손을 대지 않았다. 음식은 이미 차갑게 식었고 그 누구도 식욕 따윈 느끼지 않았다.

"음, 이제 다 정리되었어요."

임하랑의 선언이 장중했다. 모두의 시선이 물리학도 탐정에게 집중됐다.

"이제 모두 알았다고요."

"……뭘요?"

권오규가 물었다.

"40년 전 사건과 어제 새벽 일어난 사건의 진실."

임하랑이 양손을 들어 올리며 뻔하지 않느냐는 듯한 말투로 대답했다.

7명의 사람들이 모두 임하랑을 쳐다보았다.

침묵이 흘렀다.

"진짜야?"

공치수가 미간을 좁히며 물었다.

임하랑이 자신만만한 표정으로 고개를 끄덕였다.

"말해봐요. 어서!"

신만수가 소리쳤다.

"누구예요? 범인이 누구냐고? 어떻게 죽인 거예요?"

"알아내긴 한 것 같은데, 정말 다들 듣고 싶으세요?"

다른 사람들의 조바심은 아랑곳하지 않고 임하랑이 천연덕스러운 표정으로 모두를 둘러보았다.

"아니, 당연하죠. 그걸 말이라고 해요? 알았으면 말을 해봐요. 감질나게 굴지 말고!"

최혁봉이 목소리를 높였다.

"아니면 임하랑 씨. 저와 먼저 따로 말씀을 나누는 것이……."

권오규가 일어서며 말했다. 같이 나가자는 권오규의 손짓을 임하랑은 무시했다.

"그런데요. 제가 알아낸 것과, 알아낸 것을 모두의 앞에서 말하는 건 다른 문제인데요."

"이봐. 장난해?"

공치수가 화를 냈다.

"오늘 저녁에 경찰 헬기를 띄울 수 있다고 하니, 조금 기다렸다가 경찰에게 제가 알아낸 것을 말하면 되겠죠."

"치. 입이 근지러워 못 견딜걸?"

공치수가 코웃음을 치며 도발했다.

임하랑이 어이없다는 듯이 피식 웃었다. 끝까지 마음에 들지 않는 사람이다. 성질 급하고 거칠고 자기중심적이다. 그러나 범죄 탐사 기자로서의 명성은 괜히 쌓인 게 아니었다. 거친 행동 안에 비수 같은 날카로움이 있었다.

"말하지 않을 거면 알아냈다고 왜 말해? 이봐. 학생! 재밌지? 이 상황이? 모두가 네 입을 쳐다보고 안달 내고 있는 이 상황이 즐겁지? 사실은 말하고 싶어서 죽을 지경이잖아? 빨리 말해봐. 맞나 틀리나 보자구."

임하랑은 기자의 검게 탄 얼굴을 쳐다보며 입가를 움찔거렸다.

기자의 말은 반쯤은 맞고 반쯤은 틀렸다.

"좋아요."

임하랑은 고개를 돌려 정면을 보며 공치수를 외면했다.

"지금까지 3일간 우리는 호죽도에서 일어난 2개의 살인사건을 마주해야 했죠. 하나는 엊그제 발생한 조풍기 살인사건이고, 다른 하나는 40년 전 발생한 섬 청년 김형주 살인사건이죠. 두 개의 사건은 서로 연결되어 있어요."

사람들 모두, 비아냥대던 공치수까지도 임하랑의 말에 집중
했다.

"일단 40년 전 사건의 진실부터 설명할게요. 40년 전에 이 섬
에서 실제로 무슨 일이 벌어졌는지 밝히는 것 자체는 뭐, 위험하
지 않죠. 그거 하나만으로는 누구에게도 무해하니까요. 하지만
엊그제 살인사건은 다르단 말이죠."

임하랑은 잠시 말을 끊었다가 이었다.

"40년 전 사건에 대한 설명이 끝나고 난 뒤, 조풍기 살인사건
에 대해서는, 지금 여기서 밝히는 게 나은지 어떤지는 그때 가서
결정하도록 하죠."

사람들은 무거운 침묵으로 대답을 대신했다. 계속하라는 뜻
이었다.

임하랑은 어깨를 한번 으쓱했다.

"그럴 만한 이유가 있다고요. 만약 제가 다 말하게 된다면, 다
들 제가 왜 그랬는지 이해하실 거예요."

박제된 진실

"자, 먼저 40년 전 김형주 살인사건을 살펴보자고요."

임하랑의 제안에 따라 모두 1층 로비로 자리를 옮겼다. 그것이 사건을 설명하는 데 더 효율적이라는 이유였다. 다리를 다친 신만수까지 무사히 소파에 둘러앉자 임하랑이 입을 열었다.

"김형주 사건의 범인은 오배춘입니다. 그건 의심할 여지가 없지 않습니까."

권오규가 외쳤다. 경찰 조직을 대변하기라도 하는 듯 강경한 목소리였다.

"아니에요."

임하랑이 안타까운 눈으로 권오규를 보았다.

"왜요? 왜 그렇게 확신하십니까?"

"범인이 오배춘이라면 누구도 40년이나 지난 지금, 그 사건으로 인하여 복수를 할 이유가 없잖아요. 목격자 소년 박재귀에게 빙초산을 먹일 이유도 없단 말이죠. 참고로 박재귀에게 빙초산을 먹인 사람은 조풍기였다는 것이 이 섬에 사는 할머니의 증언으로 밝혀졌죠. 그렇죠, 권 순경님?"

권오규는 침을 꿀꺽 삼켰다. 임하랑과 함께 섬 주민 윤후슬에게 들은 말에 의하면 분명 그런 결론이 났었다. 귀에서 귀로 전해졌든 미루어 짐작했든 호죽도에서 알 만한 사람들은 다 아는 사실이었다. 그것에 죄책감을 느낀 주민들은 '바늘 상자 속에 든 혀'라는 호죽도 버전의 민담을 만들었다.

권오규는 그렇다고 답했고 사람들 사이에 파문이 일었다.

"그럼 범인은 조풍기?"

공치수 기자가 말했다.

"그날의 상황을 다시 한 번 살펴보죠."

임하랑은 공치수의 질문은 무시하고 말을 이어갔다.

"1979년 9월 17일. 그날은 1년간 호죽도를 시끄럽게 한 군사용지 수용 문제를 결정하는 투표를 하는 날이었죠. 해군 장성 출신인 강태왕이 호죽도 토지 일부를 군사용지로 팔아 이권을 챙기려고 호죽도에 내려왔단 말이죠. 강태왕의 아들 강홍무가 아버지의 손발이 되어 호죽도 청년들을 선동하고 다녔고, 조풍기가 강홍무에게 적극적으로 가세했고요. 반면 어촌계장의 아들인 김형주는 군에서 제대하고 호죽도에 돌아와 군사용지 수용 반대 운동을 주도했죠. 섬 여론은 반분되었고 결국 강홍무와 김형주는 도민 투표로 이 문제를 결정하기로 했어요. 그날이요."

모두 익히 아는 내용이지만 군소리 없이 귀를 기울였다.

"이런 정황으로 볼 때 그날 김형주를 죽여야 할 강한 동기가 있었던 사람은 강홍무와 조풍기라고 할 수 있죠. 실제로 김형주가 죽자 투표는 취소되었고, 김형주라는 큰 걸림돌이 없어지자 이후 군사용지 수용 문제는 강홍무 측의 의도대로 술술 풀려갔어요. 그해 12월 군사정권의 대표자인 대통령이 암살당하지 않았다면 그대로 문제없이 진행되었을 거예요, 아마도."

그때 이윤동이 한 손을 까딱 들었다.

"잠깐만요. 오배춘도 살인 동기가 있었는데요? 오배춘도 강홍무 일당이었다고 하잖아요. 군사용지로 거론되는 지역에 땅도 일부 소유하고 있었으니 김형주를 눈엣가시로 여겼을 테고. 체포된 뒤 자백도 했잖아요."

"자백 문제는 크게 개의치 않아도 될 것 같은데 말입니다."

공치수가 심드렁한 말투로 끼어들었다.

"그 시대 경찰들이 어땠는지 생각하면 말이죠. 그 시절엔 강력 사건이 발생하면 어떻게든 빨리 해결하라는 상부의 압력이 엄청났습니다. 민주적 정당성 없이 세워진 군사정권은 범죄를 억제하고 질서를 바로잡는 걸로 민심을 사려 했거든요. 경찰은 용의자로 점찍은 사람을 두드려 패서라도 하루 빨리 자백을 받아 사건을 해결하기 급급했죠. 수사기관에서 고문을 하는 건 비일비재했고 지금처럼 문제가 되지 않았습니다. 정보나 공안 쪽에는 아예 고문 담당 경찰도 있었고 말이죠."

공치수는 범죄 탐사 전문 기자였다. 경찰이 강압 수사로 무고한 사람을 범인으로 만든 사건을 취재한 경험이 다수 있는 것이다.

현직 경찰인 권오규의 표정이 좋지 않았다.

"네, 맞아요. 자백은 강압적으로 이루어진 것 같아요. 사건이 일어난 전후 사정을 볼 때 오배춘이 범인이라는 건 명백해 보였으니까요. 경찰은 자백을 받기 위해 수단 방법을 가리지 않았을 테죠. 다시 한 번 범행 시간대의 상황을 떠올려볼까요? 당시 김형주의 집 앞 정자에는 섬 주민 7명이 술을 마시거나 그물을 손질하면서 머물러 있었죠. 정자에서는 김형주의 집을 내려다볼 수 있었고요. 주민들은 김형주가 안채에서 나와 창고로 들어가는 것을 봤어요. 이후 강홍무가 정자에 와서 주민들에게 투표 문제를 언급하며 말을 걸었죠. 그러다 분위기가 싸해지자 강홍무는 사과하는 의미로 통소를 연주했고 주민들은 흥겨워하며 연주를 즐겼고요. 그때까지 김형주가 있는 창고에는 아무도 접근하지 않았다는 게 섬 주민 7명과 강홍무의 진술로 확인됐어요. 주민들이 강홍무의 통소 연주에 흠뻑 빠져 있긴 했지만, 누군가 김형주의 집 대문을 거쳐 창고로 들어가려면 정자 앞을 꼭 지나가야 했고, 설사 범인이 대문이 아닌 곳을 통해 접근했다 치더라도 창고 문은 틀이 잘 맞지 않아 여닫으면 큰 소리가 났다고요. 정자에 있는 주민들 몰래 누군가 창고 안으로 들어가는 것은 불가능했어요."

임하랑은 사람들에게 골고루 눈길을 주며 말을 이어갔다. 당시 강홍무가 통소를 연주하던 중에 오배춘이 잔뜩 화가 난 표정으로 나타나 김형주의 이름을 부르며 창고로 들어갔다는 것, 얼마 뒤 오배춘이 옷에 피를 묻힌 채 혼비백산하며 창고를 나와 도망쳤다는 것, 섬 주민 7명과 강홍무가 즉시 창고에 들어가보니 김형주는 등에 대나무 통이 꽂혀 죽어 있었다는 것. 따라서 김형주를 죽인 사람은 오배춘이라고 볼 수밖에 없다는 것.

"자, 하지만 제가 아까 오배춘은 범인이 아니라고 말했잖아요? 저는 오배춘이 범인이 아니라는 가정 하에 누가 김형주를 죽일 기회와 방법을 갖고 있었는지 생각해봤어요."

사람들은 일제히 몸을 앞으로 숙이고 임하랑의 말을 경청했다.

"그런데 먼저 생각해봐야 할 것이 있단 말이죠. 글자를 읽지 못하는, 아마도 난독증이 있었던 것으로 추정되는 일곱 살짜리 섬 아이. 박재귀는 범죄 현장에서 과연 무엇을 본 걸까요? 박재귀가 무엇을 봤기에 조풍기는 그 아이에게 빙초산을 먹여 입막음을 했던 걸까요?"

"아, 맞다! 박재귀는 주민들과 강홍무가 정자에서 얘기를 나누고 있을 때 피리를 불면서 나타났다가 강홍무에게 혼쭐이 났었죠!"

최혁봉이 외쳤다.

"맞아요. 강홍무가 박재귀의 피리를 부러뜨리고는 썩 꺼지라고 했죠. 그래서 정자의 분위기가 어색해진 거고요."

나리가 뒤를 이었다.

최혁봉이 중요한 깨달음을 얻은 듯 무릎을 쳤다.

"옳거니! 박재귀는 살인이 벌어졌을 때 그 주변에 있었던 거예요! 멀리 가지 않고!"

"맞아요. 그러다 무언가를 본 것이죠. 그게 뭘까요?"

임하랑이 잠시 사이를 띄웠다가 말했다.

"그리고 강홍무는 왜 빈 죽통을 현장에 메고 들어갔을까? 저는 이 의문을 해결해야 했어요."

"빈 죽통?"

반깁스한 발목을 살살 만지며 달래던 신만수가 반문했다.

"강홍무는 퉁소를 한 손에 든 채, 퉁소 케이스인 빈 죽통을 어깨에 메고 창고에 들어갔단 말이죠. 시체를 발견한 뒤엔 다른 사람은 경찰에 신고를 하라고 내쫓고 경찰이 올 때까지 혼자 시체 주변에 10분 정도 머물렀어요. 왜 그랬을까요?"

나리는 아까 전 빈 죽통 얘기를 처음 들었을 때처럼 얼굴을 찌푸리며 말했다.

"자꾸 빈 죽통을 강조하는 이유는, 그러니까 그 죽통에……."

"현장에서 무언가를 회수해서 빈 죽통에 넣었던 거죠. 진짜 살인범과 살인 방법을 암시하는 증거가 되는 무언가를. 그러기 위해 다른 사람들을 몽땅 내쫓아 현장에 혼자 남았던 거란 말예요. 지켜보는 눈이 없을 때 시체 주변에서 현장을 조작할 수 있었던 때는 오직 그때, 그럴 수 있었던 사람은 오직 강홍무뿐이었어요. 이후 도착한 경찰은 시체 발견자인 강홍무의 죽통에 뭐가 들어 있는지 뒤져볼 생각은 하지 않았을 거라고요."

"오! 강홍무가 죽통에 뭔가를 넣는 장면을 박재귀가 본 거군요?"

나리의 영민한 질문에 임하랑은 고개를 끄덕였다.

"김형주의 작업대 오른쪽 면에 창문이 나 있던 거 기억나요? 박재귀는 아마도 그 창문을 통해서 강홍무가 시체 주변에서 무언가를 회수하여 죽통에 넣는 장면을 봤던 게 아닐까 싶어요. 강홍무는 박재귀가 자신을 봤다는 걸 알아챘고요. 강홍무가 한 행동이 어떤 의미인지 박재귀는 아마 이해하지 못했을 거예요. 하지만 박재귀가 자기가 본 걸 누군가에게 말한다면? 그것은 진실의 방향을 가리키는 치명적인 단서가 되는 거였죠."

"강홍무가 현장에서 무엇을 회수한 거죠?"

이윤동이 안달을 냈다.

"우선, 죽통에 들어갈 수 있을 만한 작고 무거운 물체. 아마도 2kg 정도는 나가야 했을 거예요. 강홍무는 김형주의 등을 찌른 대나무 창 속에서 그것을 손으로 꺼내 자기의 빈 죽통에 넣었을 거예요. 그것은 아마도……."

임하랑은 자리에서 일어나 전시대 쪽으로 걸어갔다. 사람들의 시선이 임하랑의 움직임을 따라갔다. 임하랑은 전시대 뚜껑을 열고 그 안에서 펜촉 모양의 검은 쇳덩이를 꺼내 들었다.

"이런 거 아니었을까요? 호죽도는 예전에 갈치가 많이 잡히던 섬이었어요. 갈치 낚시에 쓰는 이런 낚시 추는 흔하게 있었겠죠. 이거 하나에 400g 정도 나간다 치면, 5개만 넣어도 2kg이 되죠. 더 넣을 수도 있었을 거고요."

공치수가 임하랑에게 다가가 낚시 추를 건네받아 손에 들었다. 탐사 전문 기자는 크기에 비해 묵직한 낚시 추를 손가락으로 돌려보더니 물었다.

"범인은 왜 김형주를 찌른 대나무 창 속에 이런 걸 넣었지?"

"대나무 통의 무게를 높이고 무게 중심을 앞으로 옮기기 위해서죠. 기억나시나요? 김형주를 찌른 대나무 통은 날이 있는 앞부분의 마디 하나만 뚫려 있지 않았다는 거. 추를 넣기 위해서 그런 거죠."

공치수가 생각을 더듬으며 거무스름한 얼굴을 찡그렸다.

"어제 말한 그 문제 때문에? 회전축 뭐라고 한 거. 대나무는 가벼워서 무게 중심이 뒤쪽에 있기 때문에 던져도 힘 있게 나가지 못하고 빙글빙글 돌다 떨어진다고 한 거?"

"맞아요. 그러나 앞쪽에 추를 달아놓으면 무게 중심, 곧 회전축이 앞으로 옮겨지고 안정적으로 날아갈 수 있게 되죠."

"그럼 범인은 추를 단 대나무 창을 던져서 김형주의 등을 맞혀 죽였다?"

임하랑은 고개를 가로저었다.

"아무리 추를 달았다고 해도 던지는 걸로는 등을 꿰뚫을 수 없어요. 그럴 만한 파워가 나오지 않거든요. 명중률 문제는 제쳐

두더라도."

젊은 물리학도는 어리둥절해하는 사람들 사이로 걸어와 앉았다. 공치수는 그 자리에 서서 시선만 임하랑을 따랐다.

"창고 안에 들어가지 않고 김형주의 등에 대나무 창을 꽂으려면 어떻게 해야 할까요?"

교사가 학생들에게 문제를 내는 말투였다.

학생들은 잠시 웅성거렸다.

"……지붕창?"

미스터리 마니아 이윤동이 소심한 우등생처럼 작게 내뱉었다.

"딩동댕! 지붕창이죠. 지붕창은 앉아서 작업하는 김형주의 등을 정확히 사선으로 내려다보는 위치에 뚫려 있었어요. 대나무 창은 지붕창을 통해 들어왔어요. 그렇게밖에는 볼 수 없단 말이죠. 하지만 지붕 위에서 손으로 던진 것은 아니에요. 그럼 어떻게 했을까. 해답은 조금 전 우리들이 같이 들었다고요."

"같이 들었다고요? 아, 그거? 그들은 죽기 전에 죽었다?"

가장 늦게 피리 소리의 암호에 대해 들었던 신만수가 중얼거렸다. 임하랑은 보일 듯 말 듯 고개를 끄덕이며 긍정했다.

"김형주의 시신은 부검을 하지 않았어요. 그렇죠, 권 순경님?"

"으잉? 부검을 안 해요? 살인사건인데?"

이윤동이 두꺼운 안경알 속 눈알을 굴리며 권오규를 보았다.

권오규는 방어하는 말투로 말했다.

"지금이야 살인사건 피해자라고 하면 거의 무조건 부검을 하지만…… 그때는 1979년이었지 않습니까. 부검을 할 수 있는 의사도 시설도 열악했습니다. 살인사건이라도 사인이 명확하고 유족이 원하지 않으면 부검을 안 하고 넘어가기도 했습니다."

이윤동이 아무리 그래도 믿지 못하겠다는 듯 고개를 갸웃했다.

"부검을 하지 않고 육안 검시로만 끝냈기 때문에 피해자가 입은 상처에 대해 면밀한 감식을 하지 못했을 거란 말이죠. 부검을 했다면 대나무 통으로 입은 상처 외의 상처를 발견할 수 있었을 텐데요. 피해자가 '죽기 전에 죽은' 것을 증명하는 상처 말이에요."

임하랑은 아직까지 로비에 서 있는 공치수를 지나쳐 다시 전시대 근처로 걸어갔다. 임하랑의 눈이 벽을 훑었다.

임하랑은 손을 길게 뻗어 벽에 걸린 활을 내렸다. 두 개의 활 중 대나무만을 구부려 만든 활을 골랐다. 이어서 그 밑 전시대에서 편전을 꺼내 들었다. 조선 시대의 병기. 짧은 대나무 화살.

"김형주는 등에 대나무 창을 맞기 전, 먼저 화살을 맞았어요."

임하랑은 활에 편전을 대충 걸고 쏘는 시늉을 했다.

"김형주의 집 뒤쪽, 지붕창이 나 있는 방향에는 울창한 대나무 숲이 있었죠. 최고 30m에 이르는 왕죽이 빽빽이 자라 있었다고요. 범인은 대나무 숲 사이 적당히 높은 나무에 올라가요. 전에 누군가 말한 적 있죠? 대나무 숲이라고 대나무만 있는 건 아니라고. 제법 멀리 있는 나무 위에 올라가 있으면 빽빽한 대나무에 가려 정자에 있는 사람들 눈엔 띄지 않았을 거예요. 범인은 나무에서 지붕창으로 보이는 김형주의 등을 겨누고 활로 화살을 쏘는 거죠. 활쏘기에 아주 능숙한 사람이었을 거예요. 정자에 있는 사람들이 강홍무의 통소 연주에 빠져 있을 무렵 화살은 초고속으로 지붕창을 통과하여 김형주의 등에 내리꽂히는 거죠."

임하랑은 오른손으로 편전을 치켜들고 사선 아래 방향으로 내리그었다.

공치수가 가까이서 무섭게 눈을 치켜뜨고 임하랑의 손끝을 쏘아보았다.

젊은 물리학도의 설명이 이어졌다.

"화살 끝에는 낚싯줄이 연결되어 있어요. 범인은 화살 끝에 구멍을 내어 낚싯줄을 통과시키고 다른 쪽 끝도 나뭇가지에 묶었을 거예요. 등에 화살을 맞은 김형주는 그대로 책상에 엎드려 쓰러지는 거죠. 심장을 맞았다면 즉사. 그야말로 죽기 전에 죽었겠죠. 범인은 화살 끝과 연결된 낚싯줄을 팽팽하게 잡아당겨 거기에 앞쪽에 추를 매단 날카로운 대나무 통을 통과시켜 내려 보내는 거예요. 대나무 창 마디의 막에는 낚싯줄이 통과할 만한 작은 구멍을 미리 뚫어놓았을 거고요. 추에 의해 무게 중심이 앞쪽으로 이동된 대나무 통은 낚싯줄이 만든 경로에 따라 안정적으로, 중력가속도에 의해 빠른 속도로 내려가는 거죠. 정자에 모인 주민들이 여전히 강홍무의 통소 연주를 즐기고 있는 사이 길이 1m 20cm에 지름이 8cm인 날카로운 대나무 창이 초고속으로 내려가 김형주의 등을 꿰뚫는 거예요."

이 시점에서 임하랑은 몸을 돌려 권오규를 보았다.

"발견 당시 대나무 통 마디의 막 한쪽 구석이 조금 깨져 있었다는 말씀을 하셨죠? 찌를 때의 충격 때문에 깨진 것 같다고 하시면서요."

"아……."

권오규는 넋이 나간 표정으로 고개를 끄덕였다.

"대나무 통이 김형주의 등에 꽂히면서 김형주의 몸 밖으로 나와 있는 화살 끝과 대나무 막이 충돌했겠죠. 그때 막이 깨졌지 않을까 싶어요."

"말도 안 돼! 뭐 그런 영화 같은 일이!"

소리친 사람은 영화 프로듀서 신만수였다.

"현장에는…… 현장에는 화살이 없었잖아요? 김형주의 등에는, 그러니까 거기에는, 화살이 꽂혀 있지 않았다고요!"

나리가 흥분한 목소리로 더듬거렸다.

"강홍무가 추를 회수할 때 같이 회수한 거죠. 강홍무는 김형주의 등에 꽂힌 대나무 통 속으로 손을 넣어 화살을 뽑아 죽통에 넣었어요. 몸에 깊숙이 박힌 화살을 뽑는 게 쉽지는 않았겠지만 온 힘을 다해 했겠죠. 화살을 숨기기에 죽통만큼 좋은 게 어디 있겠어요? 어쩌면 박재귀는 강홍무가 화살을 뽑는 장면을 보았을 수도 있어요. 그렇다면 더더욱 박재귀의 입을 막아야만 했겠죠. 죽은 사람의 몸에서 화살을 뽑았다는 말이 새나가면 누구라도 의심스러워 할 테니까 말이죠."

"미끄러뜨린 대나무 창이 어떻게 사람의 등을 꿰뚫을 수 있습니까?"

신만수가 거의 울상이 된 얼굴로 물었다.

이어지는 물리학도의 말투는 당당했다.

"높은 곳에서 미끄러뜨리면 충분히 가능하거든요. 위치 에너지 때문이죠. 대나무 창의 무게가 대나무와 추의 무게를 합쳐 3kg이라고 치자고요. 범인이 창고에서 10m 떨어진 10m 높이의 나무에서 화살을 쏘았다고 가정해봐요. 이럴 때 대나무 창이 갖는 위치 에너지는 중력가속도 곱하기 질량 곱하기 높이. 중력가속도를 9.8이라고 하면 9.8 곱하기 3 곱하기 10. 곧 물리학적으로 대나무 창이 갖는 일의 크기는 총 294줄(J)이죠. 그 정도면 충분해요. 우리는 위치 에너지를 과소평가하는 경향이 있는데요, 고층 아파트에서 떨어뜨린 못에 머리를 맞으면 못이 머리에 박혀 죽을 수도 있다고요. 몇 년 전에는 아파트 베란다에서 어린 아이가 장난으로 떨어뜨린 벽돌에 머리를 맞은 아주머니가 사망한 사건도 있었죠. 어쨌든 이후 범인은 낚싯줄을 잡아당겨 화살에서 낚싯줄을 회수하는 거죠."

"나무에서 화살을 쏜 범인과 강흥무가 공범이군."

임하랑의 곁에서 공치수가 말했다.

"그렇죠. 공범끼리 사전에 치밀하게 계획한 범행인 거죠. 강흥무가 정자에서 퉁소를 불어 사람들의 눈길을 빼앗는 동안 나무에 올라가 있는 범인이 화살을 쏘고, 대나무 창을 내려뜨리고,

낚싯줄을 회수하는 거죠. 강홍무의 통소 연주가 공범끼리의 신호였을 거예요. 강홍무는 통소를 연주하며 사람들의 눈길을 자신에게 묶어두고, 공범에게 착수 신호를 보내고, 동시에 자신의 알리바이도 만드는 거죠. 아마도 그래서 강홍무는 그 전에 피리를 불며 돌아다니는 박재귀에게 괜히 화를 내며 박재귀의 피리를 부러뜨린 것 같아요. 공범이 박재귀의 피리 소리를 자기의 통소 소리와 혼동하면 안 되니까."

"공범은 조풍기?"

공치수의 물음에 임하랑은 어깨를 으쓱했다.

"그래요. 조풍기는 아침 일찍 배를 몰고 나가는 척하고는 섬의 어느 구석에 배를 대고 대나무 숲으로 들어와 대기하고 있었겠죠. 일을 마친 뒤에는 강홍무로부터 섬 아이 박재귀에게 범행도구 회수 장면을 들켰다는 사실을 전해 들었고요. 그래서 아마도 강홍무의 지시에 따라 박재귀에게 빙초산을 먹인 것 아닐까요."

"그래놓고는 오배춘에게 계획적으로 죄를 뒤집어씌웠군요!"

그때까지 묵묵히 앉아 있던 진정란이 소리쳤다.

임하랑은 턱에 검지를 대고 톡톡 두드렸다.

"글쎄요, 그 부분은 계획적인 건 아닌 것 같아요. 오배춘은 정말 우연히 그 자리에 와서 범인으로 몰린 것 같거든요. 범인들로서도 예상 못 한 상황 아니었을까요? 오배춘이 정확히 그 타이밍에 나타나 시체를 발견하도록 계획할 수 있었을까."

"강홍무가 미리 오배춘을 회유해놓은 거죠! 근처에 숨어 있다가 자기가 퉁소를 연주하면…… 그러니까 어떤 곡을 연주하기 시작하면 그것을 신호로 나타나 김형주를 찾아 들어가라고!"

이윤동이 얼굴을 붉히며 소리쳤다. 추리 만화가의 상상력이 가동하기 시작한 것 같았다.

임하랑은 회의적인 표정으로 고개를 저었다.

"뭐, 어떤 식으로든 오배춘이 때맞춰 그 자리에 나타나도록 회유했다고 치죠. 범인으로 몰린 오배춘은 자기가 속았다는 걸 바로 알았을 거예요. 누구에게 어떤 식으로 회유당했다는 사실을 수사 과정에서 말했겠죠. 하지만 오배춘은 초기에 무죄를 주장하면서도 그런 말은 하지 않았어요. 뭐, 말했어도 당시에는 묵살되었다고 쳐도요. 그렇다면 사회가 바뀐 뒤에, 나중에라도 억울함을 호소하지 않았을까요? 그냥 무조건 무죄를 주장하는 것보다 구체적 진술이 뒷받침된 호소는 신빙성을 갖추기 마련이니까. 그때에도 공치수 기자님 같은 범죄 탐사 기자가 있었을 테고 그렇다면 보도를 통해 억울함을 사회에 알릴 기회가 있었을 거란 말이죠. 하지만 오배춘은 1991년에 교도소에서 사망할 때까지 그런 시도를 한 것 같지는 않아요."

"어허, 흠."

자신의 이름이 거론되자 공치수는 의외로 쑥스럽다는 표정으로 헛기침을 했다.

"오배춘을 속여서 억울한 범인으로 만드는 건 범인들로서는 위험부담이 너무 크단 말이죠. 무엇보다 살인과 관계된 사람은 적을수록 좋아요. 공범 두 명도 너무 많다고요. 범인들의 목표는 그날 김형주를 죽이고, 자기들은 용의선상에서 완벽히 빠지는 것까지였을 거예요. 제 생각엔…… 만약 그때 오배춘이 나타나는 변수가 없었다면요. 적당한 때에 조풍기가 나타나 모두가 보는 앞에서 김형주가 있는 창고에 들어갈 구실을 만들지 않았을까 싶어요. 그리고 강홍무든 조풍기든 한 명이, 또는 둘 다 현장에 남아 경찰이 오기 전에 화살과 추를 회수하지 않았을까요? 그랬다면 아마도 사건은 미궁에 빠졌겠죠. 1970년대의 밀실 살인사건이 되었을 거예요. 강홍무와 조풍기로서는 자기들이 범인으로 몰리지 않으면 그만이었으니까 미제 사건이 되든 말든 상관없었을 거고요."

"그렇다면 오배춘이……."

권오규가 입을 뗐다. 목이 잠겨 있었다.

"너무 억울하게 범인으로 몰린 거군요. 하필 재수 없게 그때 그 자리에 나타나서……."

임하랑은 조용히 대나무 활을 다시 벽에 걸고 편전을 원래의 자리에 두었다. 물리학도는 잠시 사람들에게 등을 보이며 서 있다가 돌아섰다. 얼굴 근육이 굳고 눈가에 힘이 들어가 있었다.

"여기까지예요. 40년 전 사건의 진실."

모두들 임하랑이 풀어놓은 과거 사건의 진상을 곱씹는 듯 생각에 잠겼다. 표정들이 엄숙했다. 공치수가 이 사이로 끌끌거리는 소리를 내며 말했다.

"하! 70년대의 오판 사건이군. 그러니까……."

"이 작은 섬에서 벌어져…… 아무의 관심도 받지 못하고 잊혔던 거군요. 기껏 민담으로만 남은 거네요. 섬사람들이 완전히 모른 척하기에는 마음에 걸려 민담을 바꿔 말하는 걸로 죄의식을 상쇄한 이야기……."

진정란이 깊이 공감한 듯 슬픈 표정을 지었다. 자신이 블로그에 남긴 민담이 품은 의미를 생각해보는 것 같았다. 나리는 양손으로 얼굴을 감싸고 고개를 깊이 떨구었다.

"하지만 그 민담이 진실을 알리는 하나의 단서가 되긴 됐네요. 바늘 상자 속에 넣어둔 눈알, 아니지. 바늘 상자 속에 넣어둔 혀 말예요. 어쨌든 참 기막힌 일이네."

이윤동이 한마디 거들었다.

"그때 내가 있었어야 했는데! 그럼 뒤집어났을 텐데! 아 씨, 세상에 너무 늦게 태어났어!"

공치수가 고개를 절레절레 젓다가 임하랑을 보고 말했다.

"그래서? 조풍기 사건은? 어떻게 연결되는 거지? 그거랑 이거랑 무슨 관계인 거야?"

임하랑의 시선은 혼란스럽다 못해 울상을 짓고 있는 권오규 순경에게 향해 있었다. 권오규는 과거의 선배 경찰이 저지른 잘못에 일말의 책임을 느끼는 것 같았다.

"한 가지 확인해야 할 게 있어요."

"확인?"

"그게 확인이 되면 말하죠. 모두 앞에서. 조풍기 사건의 진실을요."

지속적인 시선을 느꼈는지 권오규가 고개를 들어 임하랑을 보았다. 다른 사람들도 40년 전 사건의 진실을 말하고 난 뒤 조풍기 사건에 대해 말할지 말지를 결정하겠다는 조금 전 임하랑의 말을 떠올리고 긴장했다.

"권 순경님, 돔에 들어가서 제가 말하는 물건을 찾아와주실 수 있을까요?"

권오규의 눈이 휘둥그레 커졌다. 다른 사람들의 반응도 별반 다르지 않았다. 갑자기 봉쇄된 범죄 현장에 들어가달라는 요청이라니. 죽창에 찔려 죽은 시체가 있고 사방에 튄 피가 굳어 있는 그곳에. 더구나 조금만 기다리면 정식 수사 인력이 도착하여 수사를 시작할 판인데. 몇 명은 어제 목격한 끔찍한 살인 현장을 떠올리고 몸을 떨었다.

임하랑이 나직이 덧붙였다.

"이 자리에서 말하는 게 좋을지 어떨지 확신이 필요하거든요. 확인되면 말할게요. 돔에요, 제가 말하는 곳에. 조풍기를 죽인 흉기가 남아 있다면 말이죠."

무거운 침묵 속에 모두들 권오규가 돌아오기를 기다렸다.

자기가 봉인한 테이프를 뜯고 끔찍한 사건 현장에 다시 들어 갔다 나올 것을 결심하기까지 권오규의 번민은 말도 못하게 컸 다. 청년 경찰은 이 말 저 말을 우물거리며 보는 사람이 애처로울 정도로 고민했다.

임하랑의 태도는 단호하고 명료했다.

돔에 그 물건이 있는지 확인되지 않는 한 자신이 추리한 내용 을 말할 수 없다는 입장이었다. 타협의 여지는 없었다.

권오규는 임하랑이 지금까지 보여준 명쾌한 추리력을 신뢰했 다. 한마음이 된 다른 사람들의 은근한 강요도 버티기 어려웠다. 하지만 무엇보다 저 자신의 호기심에 지고 말았다. 20분가량 고 민한 끝에 권오규는 돔으로 발을 옮겼다.

청년 경찰이 돌아올 때까지 누구도 입을 열지 않았다. 사람들이 모여 앉아 있는 숙소동 1층은 먼지가 가라앉는 소리도 들릴 듯 엄숙하고 고요했다.

드디어 권오규가 1층과 2층을 잇는 경사로에 나타났다. 파란 색 제복 셔츠가 땀에 푹 젖어 있었다. 키 크고 앳된 얼굴의 경찰 은 얼얼한 표정으로 천천히 경사로를 내려왔다. 비닐장갑을 낀 경찰의 손에는 약 5m 길이의 녹색 대나무 장대가 들려 있었다. 반들거리는 인공적인 녹색이었다. 장대의 한쪽 끝을 타고 내려 온 핏줄기가 검게 굳어 말라붙어 있었다. 핏줄기의 시작이 된 장 대 끝에는 짧은 칼날이 달려 있었다.

칼날은 피투성이였다.

"세상에!"

몇몇이 소리쳤다.

권오규가 가까운 벽에 장대를 기대 세웠다.

"임하랑 씨."

임하랑은 묘하게 생기가 도는 표정으로 고개를 끄덕였다.

"말씀하신 대로…… 테이블 다리 속에…… 들어 있었습니다."

"역시!"

임하랑은 피가 굳어 붙은 녹색 장대를 올려다보았다.

하얗게 질린 얼굴들 틈에서 공치수가 가까스로 목소리를 냈다.

"이게 범행 흉기라고?"

"네."

임하랑이 일어서 장대 쪽으로 한 발짝 다가갔다.

"정확히 말하자면, 대나무의 탄성을 이용하는 도구인, 장대높이뛰기 폴이죠."

대나무는 구부러진다.

두 번째와 세 번째 피리 소리가 말해준 문장이 모두의 머릿속에 살아났다. 누군가 귀에 대고 속삭이듯 그 문장은 똑똑히 되풀이되었다. 대나무는 구부러진다.

"약속대로 말해야겠네요."

임하랑은 녹색 장대에 최대한 가까이 얼굴을 들이댔다.

"이게 바로 말해도 좋다는, 아니, 제발 말해달라는 뜻이니까요."

신만수는 입을 떡 벌렸고, 최혁봉은 얼굴이 하얗게 질렸으며, 나리는 두려움에 떨었고, 진정란은 무릎 위에 얹은 손을 꼭 쥐었다. 공치수조차 조금은 질렸다는 표정이었다. 권오규는 피 묻은 죽창을 가지고 돌아올 때의 얼얼한 표정 그대로였다.

임하랑만이 활기 있는 얼굴로 관중을 훑어보았다.

"시작할까요?"

쇼를 시작하는 종이라도 울린 듯, 임하랑은 뚜벅뚜벅 걸어 사람들 앞에 섰다.

"우리는 범인이 조풍기를 어떻게 3m 높이의 죽창 설치물에 꽂아 죽일 수 있었을까를 생각해봤지만 해답을 찾지 못했잖아요? 경사로와 죽창 설치물과의 거리를 생각해봤을 때 자살설은 금방 부인되었고, 당시 비가 많이 내렸다는 점을 고려하면 지붕창을 통해 떨어뜨렸을 거라는 가설도 맞지 않았단 말이죠."

임하랑이 최혁봉을 바라보며 말했다. 최혁봉은 양손을 들어 올리며 자기 생각이 틀렸다는 것을 재차 인정했다.

"천장에 달린 고리에 줄을 걸어 조풍기를 매달아 진자운동을 시킨 다음 떨어뜨리거나, 그 상태에서 테이블 위에서 죽창 설치물 쪽으로 밀어 떨어뜨렸을 거라는 가설도 폐기! 핏자국이 튄 형태와…… 그 뭣이냐. 피타고라스의 정리에 의해서!"

그 가설을 제기했던 공치수가 앞서서 냉소적으로 말했다.

"맞아요. 그래도 두 분은 가설을 세워보기라도 하셨지, 저는 도무지 살해 방법을 떠올릴 수 없었거든요. 피리 소리가 힌트가 되지 않았다면 아마 생각해낼 수 없었을 거란 말이죠."

"대나무는 구부러진다……."

이윤동이 중얼거렸다.

"그렇죠. 피리 소리는 대나무의 구부러지는 특성, 탄성에 주목하라고 말했죠. 저는 탄성을 이용한 대나무 제품이 뭐가 있을까, 여기 내려와 전시물들을 보면서 생각해봤지만 활과 낚싯대 말고는 딱히 없었죠. 그때 이윤동 작가님이 저와 대화를 나누는 중에 장대높이뛰기라는 걸 언급했어요."

"제…… 제가요?"

"지금은 장대높이뛰기에 쓰는 장대를 유리섬유로 만들지만 예전에는 대나무를 사용했다고 하거든요. 눈이 번쩍 떠지는 느낌이었죠. 왜 그걸 모르고 있었을까? 여러분, 돔의 구조를 가만히 떠올려보세요. 거기 장대높이뛰기를 할 수 있는 모든 것이 갖취져 있다고요."

"제가 장대높이뛰기라는 말을 했다고요?"

이윤동은 여전히 어리둥절한 모양이었다.

임하랑은 무시하고 말을 이어갔다.

"우선 도움닫기를 할 수 있는 긴 경사로가 있죠. 다음엔 장대를 꽂을 수 있는 바닥의 홈. 죽창 설치물 주변에는 사방으로 난쟁이조릿대 화분이 바닥에 박혀 있었잖아요? 그중 하나는 경사로가 난 방향과 정확히 일치되어 있었고요. 그 화분을 들어내면 장대를 꽂을 수 있는 홈이 만들어진다고요. 그리고 장대는? 물론이 섬에는 널린 게 대나무죠. 하지만 장대높이뛰기의 장대로 쓰려면 쪼개짐을 방지하는 어떤 가공이 필요할 거라는 생각이 들었단 말이죠. 범인이 별도로 준비한 장대가 있을 것 같았죠. 그건자연적인 대나무와는 구별되는 특징을 가졌을 것이고 범행 후에는 피에 젖었을 거라고요. 연수원 주변에 아무렇게나 버리면 눈에 띄기 쉬워요. 당시엔 비바람이 심했지만 조금 더 걸어가 바다에 버리는 수고를 했을 수는 있겠죠. 하지만 저는 이 사건의 성격상 범인이 왠지 장대를 버리지 않았을 거라는 생각이 들었어요. 장대는 언젠가 발견되기를 기다리면서 현장 주변에 있을 것 같았단 말이죠. 그럼 어디에 숨기는 게 적당할까?"

"그래서 테이블 다리를 떠올렸던 겁니까?"

권오규가 물었다.

"그거예요. 돔에 있는 긴 테이블은 다리가 직육면체 형태였어요. 처음 테이블에 앉아 다리를 꼬았다가 테이블 다리에 발을 부딪쳤던 기억이 났죠. 아래가 막혀 있었던 거예요. 직육면체 안이 다 채워져 있지는 않을 테고 비어 있을 거라고요. 겉으로는 여닫을 수 있는 장치 같은 건 보이지 않았는데 당시엔 그냥 슬쩍 봤을 뿐이니까요. 그래서 자세히 살펴보면 겉으로는 잘 눈치채기 힘든 수납 장치가 있지 않을까 생각했던 거죠. 어쨌든 돔에 5m 길이의 대나무 장대를 숨길 만한 장소는 거기뿐이니까 말이죠."

"다리 끝부분 판자를 힘주어 위로 밀었더니 조금 올라갔습니다. 그 부분 테이블 상판에 홈이 있었던 모양입니다. 겉으로는 그렇게 보이지 않았지만 말입니다."

권오규가 벽에 기대 세워놓은 피 묻은 죽창을 가리키며 말을 이었다.

"그 안에 저게 있었습니다."

"아, 생각났다! 맞다, 맞아. 내가 장대높이뛰기로 점프해서 조풍기를 죽창 쪽으로 던진 거 아니냐고, 그런 말을 했었죠!"

마침내 기억을 떠올린 이윤동이 기쁜 목소리로 외쳤다.

"이 작가님, 지금 그게 중요한 게 아니잖아요?"

최혁봉이 이윤동에게 짜증을 내고는 계속 말했다.

"그럼 뭔가요? 자살이에요? 조풍기가 저 장대를 들고 경사로를 뛰어 내려가 붕 떠서 죽창 위로 몸을 던진 거예요?"

"그럴 리가 없잖아요. 죽은 시체가 죽창을 테이블 밑에 넣어놓고, 난쟁이조릿대 화분도 원위치시켰겠어요?"

신만수가 코웃음을 쳤다.

"물론 이건 살인이에요."

임하랑은 전시대 쪽으로 걸어가 벽에 걸린 거무죽죽한 죽창을 집어 들고 다시 사람들 앞에 섰다. 탐정은 양손을 벌려 죽창을 쥐고 등을 보였다.

임하랑은 몇 발짝 앞으로 걸으며 설명을 이어갔다.

"장대높이뛰기는 운동 에너지를 장대의 탄성력에 의해 위치에너지로 전환하여 높은 바를 뛰어넘는 운동이란 말이죠. 선수는 일정 거리를 뛰어와 바닥에 장대를 짚고 위로 도약하죠. 빠른 속도로 뛰어올수록 장대는 더 많이 휘게 되고, 다시 본래의 상태로 돌아가려는 장대의 탄성력에 의하여 선수는 높이 날 수 있게 되는 거예요."

임하랑은 바닥에 죽창을 꽂고 도약하는 시늉을 했다.

"선수에게는 크게 두 방향의 힘이 필요해요. 도움닫기 할 때 뛰어가는 힘과 장대를 짚고 위로 도약하는 힘."

의아해하는 사람들 사이에 죽창을 짚고 선 임하랑은 신만수의 다친 발과 최혁봉의 퉁퉁한 얼굴을 번갈아 바라보았다.

"그런데요. 돔 안에는 의식이 없는 사람도 빠른 속도로 도움닫기하고, 또 도약하게 할 수 있는 도구가 하나 있단 말이죠."

탐정의 질문.

최혁봉이 답했다.

"휠체어!"

이윤동이 뒤를 이었다.

"아아아! 기립형 휠체어구나! 레버가 고장 난!"

"제기랄! 믿을 수가 없군!"

공치수가 화를 냈다.

임하랑은 기쁜 표정으로 고개를 끄덕였다.

"신만수 피디님이 오늘 다쳤을 때, 우린 이런 의문을 가졌잖아요? 휠체어가 있으면 편할 텐데, 왜 휠체어는 객실 손님이 주로 생활하는 숙소동이 아니라 식당이 있는 돔에 비치되어 있는 걸까. 그리고 첫날 최혁봉 작가님이 기립형 휠체어를 타봤다가 튕겨 나갔을 때도 이상하지 않았어요? 왜 위험하게 휠체어 레버가 고장 난 채로 둔 걸까요. 마치 어디가 고장 났는지 확인해보란 듯이 큼직하게 '고장'이라고 적어놓고 말이죠."

"범인은 조풍기를 기립형 휠체어에 태운 거군요. 우리 모두 수면제를 먹고 깊이 잠들어 있을 때요."

진정란이 분한 듯 떨리는 목소리로 말했다.

"맞아요. 그런데요, 일단 구체적인 설명에 들어가기 전에 전제해야 할 게 있어요. 범인은 두 명이라는 거."

임하랑은 손가락 두 개를 펼쳐 보였다.

이윤동이 바로 답했다.

"그 장화 발자국 말하는 거죠?"

"댓츠 롸잇! 숙소동 현관에서 경사로를 거쳐 돔 입구까지 이어졌던 장화 흙발자국 기억하시죠? 사건 현장에도 범인의 동선을 따라 죽창 설치물 근처까지 이어져 있었다고요. 장화를 신고 밖에서 들어온 사람이 한 명 있어요. 그날 이윤동 작가님이 수면제 부작용으로 밖을 배회하다 흙발자국을 남기고 방으로 돌아왔는데, 장화 발자국 위에 이윤동 작가님의 발자국이 겹쳐 있는 걸 봤거든요. 장화의 주인이 이윤동 작가님이 밖에서 돌아오기 전에 이미 돔으로 침입해 있었다는 증거죠."

"누구야? 그 사람이? 우리가 생각하는 사람 맞지? 박재귀지? 나랑 같이 섬으로 들어온 남자! 입술에 흉터가 있던 그 남자!"

공치수가 답을 재촉했다.

"그 사람이 누군지는 일단 접어두고요. 범인이 두 명이라는 것만 일단 염두에 두고 범행 방법을 생각해보자고요. 제가 왜 범인이 두 명이라고 하냐면요. 조풍기를 기립형 휠체어에 태워 장대높이뛰기를 시키는 작업이 아무래도 한 사람으로는 불가능해서 그렇거든요."

임하랑은 잠깐 말을 끊고 물을 마셨다. 중요하고 복잡한 설명을 하기 전에 쉬어가는 시간이었다.

물리학도 탐정은 머릿속으로 범행 과정을 재현해보고는 준비를 마쳤다.

"범인 두 명을 A와 B라고 할게요. 일단 범인들은 의식이 없는 조풍기를 기립형 휠체어에 태워 경사로가 시작되는 지점에 둬요. 그리고 둘 다 죽창 설치물 앞으로 가죠. 휠체어에는 죽창 설치물까지 닿는 긴 끈을 연결해두었을 거예요. 자, 이제부터 우리는 장대높이뛰기의 원리를 생각해봐야 해요. 뭐가 갖춰졌죠? 도움닫기를 할 경사로가 있어요. 그리고 장대높이뛰기 폴이 있죠. 끝에 작은 칼날이 박혀 있는 장대높이뛰기 폴."

임하랑이 벽에 기대 세워져 있는 피투성이 녹색 장대를 가리켰다.

"저 폴은 우리가 이 연수원에 왔을 때부터 돔의 테이블 다리에 숨겨져 있었을 거예요. 자, 그다음엔? 폴을 꽂을 홈이 필요하단 말이죠. 범인은 죽창 설치물 정면의 난쟁이조릿대 화분을 들어내서 치워두죠. 자, 홈도 준비가 됐다고요. 이제 선수가 도움닫기를 하면 되겠죠?"

나리가 양어깨를 치켜올리며 부르르 떨었다. 살인사건 피해자를 장대높이뛰기 선수로 비유하는 잔인함에 소름이 끼친 모양이었다.

임하랑은 복잡한 이론을 학생에게 어떻게든 이해시키려는 열성적인 교사 같은 표정으로 설명을 이어갔다.

"범인 한 명이 휠체어에 연결된 끈을 잡아당기는 거예요. 그럼 긴 경사로를 따라 휠체어가 내려오면서 선수는 도움닫기를 시작하죠. 그럼 범인 A는 폴을 들고 칼날이 있는 쪽을 선수에게 겨눈 채 선수가 점프할 지점까지 오기를 기다리는 거죠. 그 지점에 선수가 도달했을 때 A는 선수의 가슴에 칼날을 박고 폴의 다른 쪽 끝을 홈에 끼우죠. 자, 아까 장대높이뛰기를 하려면 어떤 방향의 힘이 필요하다고 했었죠? 도움닫기 하는 힘. 이건 휠체어를 탄

선수가 중력에 의해 경사로를 미끄러져 내려오면서 만들어져요. 위치 에너지죠. 위치 에너지는 중력가속도 곱하기 물체의 질량 곱하기 높이. 그러니까 휠체어 자체의 무게와 조풍기의 몸무게를 합한 것만큼의 무게에 경사로의 높이, 거기다 중력가속도를 곱한 만큼의 위치 에너지가 생기는 거죠. 장대높이뛰기 선수가 전속력으로 도움닫기 하는 속도 이상의 속도가 붙을 거란 말이죠. 그리고 또 무슨 힘이 필요하다고 했죠?"

임하랑은 학생의 반응을 이끌어내려 질문을 던졌다.

최혁봉이 답을 했다.

"위로 점프하는 힘."

"맞아요. A가 선수의 가슴에 칼날을 박고 폴의 다른 쪽 끝을 홈에 끼우는 그 찰나, 대나무 폴이 홈과 선수의 몸 사이에서 크게 구부러진 그 순간, B는 옆에 서 있다가 기립형 휠체어의 고장난 레버를 당기는 거죠. 조풍기는 위로 튀어 오르는 힘을 갖게 돼요. 엊그제 최혁봉 작가님이 튀어나갔듯이."

최혁봉이 모두에게 다 들릴 정도로 크게 침을 꿀꺽 삼켰다.

"자, 대나무 폴의 탄성력 플러스 위로 점프하는 힘에 의해 선수의 몸은 장대높이뛰기를 하듯 공중으로 날아오르죠. A는 폴의 끝을 홈에서 빼고 선수가 높이 날아오를 수 있게 폴을 들어 올렸을 거예요."

임하랑이 이윤동에게 시선을 돌렸다.

"이윤동 작가님이 그날 새벽에 본 좀비 얼굴은 조풍기 아니었을까요? 장대높이뛰기 원리로 뛰어올라 지붕창에 부딪친 조풍기의 얼굴 말이죠."

"어헉……."

이윤동이 입을 떡 벌렸다.

이윤동의 머릿속에서 다시 한 번 사람의 얼굴 껍질이 돔의 지붕창에 철썩 붙었다 떨어졌다. 비바람이 치는 새벽, 홀로 배회하던 언덕 위에서 본 그 소름 끼치는 얼굴.

"A는 조풍기의 몸이 지붕창에 부딪히고 튕겨 나와 죽창 설치물 위에 뜨는 순간을 노려 아래에서 폴을 잡아당겼겠죠. 조풍기의 몸이 죽창 설치물 위로 낙하하도록. 그 뒤 폴을 세게 당겨 조풍기의 몸에 박힌 칼날을 빼냈을 거고요. 이 과정은 A와 B가 폴을 잡고 같이 했을 수도 있겠죠."

학생들 사이에서 신음이 흘렀다. 탐정의 설명은 계속됐다.

"범인 두 명은 레버가 고장 난 기립형 휠체어와 장대높이뛰기 폴을 이용해서 사람의 몸을 죽창 설치물 위로 날리고, 또 정확한 지점에서 폴을 잡아당겨 사람을 죽창 설치물 위로 낙하시키는 연습을 수없이 했을 거예요. 집념을 담은 피나는 연습을 거쳤다는 걸 가정한다면, 이 방법으로 조풍기를 3m 높이의 죽창 설치물에 꽂아 죽일 수 있죠. 경찰 수사가 시작되고 부검을 하면 조풍기의 가슴에 칼날이 박혔던 상처가 있는지 여부가 드러나겠죠. 저 장대에 달린 칼날과 상처가 일치하는지, 장대에 묻은 피가 조풍기의 피인지도 밝혀질 거고요."

"세상에!"

권오규 순경이 소리쳤다.

"제가 왜 범인이 두 명이라고 한지 아시겠죠? 정확한 순간에 조풍기의 몸에 칼날을 꽂고 또 휠체어의 레버를 누르는 복잡한 연결 동작을 한 사람이 다 하기는 어려웠을 거예요. 물리적으로 전혀 불가능한 건 아니라고 하더라도, 현실적으로는 불가능하다고 봐야 돼요."

"좋아! 좋아! 그래! 방법은 알았어!"

공치수가 입술에 침을 튀기며 소리쳤다.

"누구야? 범인이 누구냐고?"

"아까 말했듯이 범인 중 한 사람은 장화를 신고 외부에서 들어온 사람이고."

임하랑은 전시물인 죽창을 제자리에 갖다 놓으며 늦장을 피웠다.

애타는 모두의 시선이 임하랑을 따라 움직였다.

"정말 상투적인 말인데…… 다른 한 범인은……."

임하랑은 사람들의 얼굴을 눈에 새겨 넣듯 하나하나 바라보았다.

"이 안에 있어요."

WHO DONE IT (1)

————————

"호죽 죽향 연수원의 법적 소유자이자 메일과 전화통화로 우리를 이곳에 초대한 정명선. 그 사람은 이곳의 진짜 주인이 아니라는 건 모두 짐작하고 계시잖아요? 그는 범인의 대리인일 뿐이죠. 범인은 태풍이 올라오고 섬이 고립될 가능성이 높은 날짜를 골라 우리를 초대했죠. 우리가 묵기로 예정된 3박 4일 중 섬이 고립되는 때를 노려 범행을 저지르려고 했을 거예요. 첫날 밤, 예보보다 일찍 태풍이 올라오자 범인은 그날 조풍기를 죽이기로 마음먹었던 거고요. 그래서 우리가 잠들기 전 마신 댓잎차에 수면제를 넣은 거란 말이죠. 우리가 댓잎차를 마시려던 바로 그때 댓잎차에 수면제를 넣을 수 있었던 사람은 우리 중 누군가일 수밖에 없죠. 적어도 범인 중 한 명은 우리 안에 있는 거예요. 호칭을 생략하고 말하자면, 바로 저 임하랑, 공치수, 이윤동, 최혁봉, 진정란, 나리, 신만수 중에 범인이 있어요."

"잠깐요."

신만수가 다소 흥분한 표정으로 손을 들었다.

"우리 7명은 모두 댓잎차를 한 잔씩 마셨어요. 범인은 댓잎차를 우려낸 주전자에 수면제를 넣었을 거고요. 제 기억에 유리컵은 임하랑 씨가 한꺼번에 가져왔고 진정란 씨가 컵에 차를 따랐고요, 우리는 각자 아무 컵이나 집어 들어 마셨어요. 범인이 자기가 마실 컵만 피해서 다른 사람 컵에만 수면제를 넣을 수는 없었을 텐데요? 그럼 범인도 똑같이 수면제를 마셨다는 얘기가 되는데요?"

"수면제는 장기복용하면 내성이 생기죠."

예상 질문에 답을 하듯 임하랑의 말투는 침착하고 단호했다.

"그런 사람은 다른 사람과 같은 양의 수면제를 마셔도 잠들지 않는다고요. 반면 수면제를 처음 복용하는 사람은 단시간에 기절하듯 잠들게 되거든요. 이윤동 작가님처럼 밤에 깨어 음식을 먹거나 주변을 배회하는 부작용을 겪기도 하고요. 범인은 수면제에 내성이 있는 사람이었을 거예요."

신만수가 끄응, 소리를 내며 물러났다.

"피리 소리가 말해주었듯이 이것은 과거 김형주 살인사건에 대한 복수란 말이죠. 그럼 생각해보죠. 김형주 살인사건으로 인하여 조풍기에 대해 복수심을 품을 만한 사람은 누구일까요?"

"박재귀! 그 남자잖아!"

공치수가 외쳤다.

임하랑이 고개를 끄덕였다.

"네. 박재귀는 사건을 목격했다는 이유로 목소리를 잃는 상해를 입었어요. 하지만 이 안에 박재귀로 보이는 사람은 없으니까 일단 제외해두고요. 그리고 또? 살해당한 김형주의 유족이 있죠. 억울하게 김형주를 죽인 범인으로 몰린 오배춘의 유족도 있고요. 권 순경님? 김형주와 오배춘의 유족으로 생존해 있을 만한 사람은 누가 있죠? 모두에게 말씀해주세요."

권오규는 질문을 받고 잠시 당황스러워하다가 손에 든 수첩을 넘겼다.

"어…… 김형주의 어머니는 사망했고, 여동생 김옥주가 한 명 있습니다. 사건 당시 23세였고요. 오배춘은 아내가 살아 있다면 아마 70세가 넘었을 거고…… 당시 아홉 살이던 딸 오성자가 있습니다."

"우리 7명의 나이를 한번 죽 말씀해주시겠어요? 조풍기가 죽고 모두 모인 자리에서 조사하면서 우리 신분증을 확인하셨잖아요."

권오규는 임하랑의 진지한 눈빛을 받고 다시 수첩을 넘겼다. 젊은 경찰은 연수원 손님들의 신분 확인을 했을 때 적어둔 메모를 읽었다.

임하랑(여, 1999년생, 21세) 고구려대학교 물리학과 2학년, 서울
김나리(여, 1996년생, 24세) 가수(활동명 나리), 서울

이윤동(남, 1985년생, 35세) 웹툰 작가, 일산

최혁봉(남, 1984년생, 36세) 역사소설가, 서울

공치수(남, 1980년생, 40세) 《탐사주간》 기자, 인천

신만수(남, 1980년생, 40세) 굿조이엔터테인먼트 프로듀서, 과천

진정란(여, 1978년생, 42세) 반유무역 직원, 서울

"감사합니다. 자, 김형주 살인사건이 발생한 지 딱 40년이 흘렀어요. 김형주의 유족으로는 현재 63세인 여동생 김옥주가 있고 오배춘의 유족으로는 현재 49세인 딸 오성자가 있는 거죠. 오배춘의 아내는 살아 있다 해도 70세가 넘었을 테니 제외해도 되겠죠. 당시 김형주의 여동생 김옥주는 미혼이었다고 들었어요. 사건 이후 결혼을 해서 아이를 낳았다고 하면 최고 40세인 자녀가 있을 거예요. 오배춘의 딸 오성자도 성장해서 자녀를 낳았다면 10대나 20대 자녀가 있을 거고요. 아주 일찍 아이를 낳았다 해도 30세를 넘었다고 보긴 어렵겠죠. 이렇게 김형주 살인사건의 3대 유족까지 포함한다면 우리 중 누가 해당될 수 있을까요?"

"아니, 저는 제 부모님이 고향에 눈 시퍼렇게 뜨고 살아 계세요. 김형주나 오배춘의 유족이라니요. 당치도 않게."

신만수가 코웃음을 치며 말했다.

"일단 기계적으로 생각해보자고요. 20대인 저, 임하랑과 나리 씨는 오성자의 딸이거나 김옥주의 딸일 가능성이 있죠. 30대인 이윤동 작가님과 최혁봉 작가님은 김옥주의 아들일 가능성이

있고요. 올해 40세인 공치수 기자님과 신만수 피디님도 김옥주의 아들일 가능성을 배제할 수 없어요. 올해 42세인 진정란 씨만 사건 관련자의 유족일 가능성에서 제외되는 거죠."

"와, 소거법인가요?"

추리 만화가 이윤동이 말했다.

"앨러리 퀸처럼 한 명씩 제거해 나가는 거예요? 일단 진정란 씨가 용의자에서 제거된 거네요!"

하지만 이 방법론에 관심을 보인 사람은 직업적 흥미가 발동한 이윤동뿐이었다. 다른 사람들은 신만수를 필두로 자신의 부모가 누구고 자신의 신분이 얼마나 확실한지에 대해 와글와글 떠들어댔다. 사람들은 40년 전 남쪽 외딴 섬에 살았던 김형주나 오배춘이란 사람과 자신을 연결 짓는 것이 얼마나 터무니없는 시도인지 말하며 불쾌감을 감추지 않았다.

"허튼소리 그만하고 당장 우리 부모님과 통화해보라고요! 네? 권 순경님이 확인해보시든가요!"

신만수가 권오규에게 자기 휴대전화를 내밀며 소리쳤다.

"흥! 곡부 공 씨 조상님이 놀라서 무덤에서 뛰어 나올 소리하고 있다."

공치수가 비아냥거렸다.

"저는 가수라고요! 사생활을 감추고 싶어도 감출 수가 없어요!"

나리가 입술을 일그러뜨리며 말했다.

"부모님과 같이 몇 번 TV에 나온 적 있으니까 찾아보세요. 너무 어이가 없잖아."

임하랑은 소란을 예상한 듯 잠시 소강상태가 되기를 기다렸다.

떠들 만큼 떠든 사람들이 어쩌다 동시에 입을 다문 순간을 놓치지 않고 임하랑이 말했다.

"자자, 범인에게 1차적인 복수 대상은 강흥무였을 거예요. 범인이 언제부터 복수를 계획하고 준비를 시작했는지는 모르지만 호죽도에 이 연수원을 지을 만큼의 부를 쌓고 구체적인 살해 계획을 세우려면 짧지 않은 시간을 투자해야 했을 테죠. 하지만 강흥무는 2010년도에 갑작스러운 심장마비로 죽었어요. 범인의 심정이 어땠을까요?"

아직 불만이 남은 얼굴로 사람들은 임하랑의 질문에 대해 각자 생각해보는 듯했다.

"허무했겠지요."

권오규가 말했다.

"네. 수십 년간 이를 갈아온 복수의 대상이 병으로 죽어버리다니 허무함이 말도 못했을 거란 말이죠. 그래서 범인은 마지막 남은 복수 대상인 조풍기에게 더욱 집착하게 되었을 거예요. 강흥무의 몫까지 더해서 더 화려하게, 더 강렬하게 복수해주리라 생각하지 않았을까요. 자, 다시 돌아와서요."

임하랑은 나리를 바라보았다.

"나리 씨는 연예인이죠. 딱 봐도 '아, 가수 나리구나!' 하고 알아볼 수 있는 사람이란 말이죠. 범인은 본명을 숨기고 다른 신분으로 위장해 있을 텐데요. 유명 가수 나리 씨로 위장하기는 아무래도 어려울 거란 말이죠."

"그렇다니까요. 제 사생활은 다 공개된 거나 마찬가지예요."

나리가 그제야 흥분을 가라앉히고 말했다.

"제가요, 여기 모인 분들에 대하여 인터넷 검색을 해봤어요. 태풍으로 고립되었지만 와이파이는 빵빵 뚫려서 인터넷을 문제없이 사용할 수 있었거든요. 역시 우리나라의 인터넷 통신망은 뛰어나서요."

임하랑이 자기 스마트폰을 들고 흔들었다.

"모두들 각자의 분야에서 남긴 흔적들이 온라인에 남아 있더라고요. 요즘 시대에 약간이라도 공적인 분야에서 일하다보면 온라인에 흔적을 안 남기기가 더 힘들죠. 최혁봉 작가님은 작가협회에서 찍은 사진과 작가 소개를 확인할 수 있었죠. 어떤 작품을 내셨는지도 온라인 서점에서 찾아봤고요. 이윤동 작가님은 M 포털에 연재한 웹툰에 작가 사진이 있었고, 인터뷰 기사도 있었고요. 공치수 기자님은 기자협회상을 탔을 때의 시상식 기사와 사진이 있었어요. 신만수 피디님은 영화 제작 발표회에서 찍은 사진이 올라와 있었고요. 진정란 씨는 '샤로니의 민담 따라 둥둥'이라는 블로그를 꽤 오랫동안 성실히 관리해오셨더라고요. 근무하시는 반유무역이라는 회사도 실제로 있다는 걸 확인했고요. 마지막으로 저는 경찰청에서 상을 받은 기사와 대학신문의 인터뷰 기사가 인터넷에 올라와 있어요."

임하랑은 말하며 한 명 한 명의 표정을 면밀히 관찰했다.

"그런데요, 제가 지금 말한 내용 중에서 하나 이질감이 느껴지는 게 있지 않아요?"

아무도 대답을 못 하고 우물쭈물 서로의 얼굴만 바라보았다.

"이질감?"

공치수가 되물었다.

"어떻게 아무도 모를 수가 있죠?"

임하랑은 어이가 없다는 듯 목소리를 높였다.

"자! 각자 자기가 복수를 꿈꾸는 40년 전 살인사건 관련자의 유족이라고 생각해봐요. 상상력을 발휘해보라고요! 나는 내 신분을 숨기고 이 자리에 초대받은 사람으로 위장해야 한단 말이죠. 누구로 위장하는 게 가장 좋을까요? 아니, 누구로 위장할 수 있을까요? 이래도 모르겠어요?"

임하랑은 손가락으로 나리를 가리켰다.

"유명 연예인?"

나리가 몸을 움찔했다.

"시사주간지 기자? 탐사 보도 분야에서 나름 활약이 큰 그 기자는 기자협회상을 받을 때의 사진이 인터넷에 올라와 있단 말이죠."

임하랑은 빠르게 다음 사람을 가리키며 말을 던졌다.

"아니면 웹툰 작가? 역사소설가? 아니면 영화 프로듀서? 인터넷으로 조금만 검색해보면 실물 사진을 건질 수 있는 문화예술계 종사자들로 위장할까요? 아니면 저, 임하랑으로 위장할까요? 저는 경찰청에서 상을 받을 때 본의 아니게 한 차례 신분을 증명했죠. 나라에서 주는 상이니까요. 어느 대학에 다니는 누구인지도 기사로 알려져 있고요."

탐정의 높아진 언성에 모두 숨을 죽였다.

그 자리에 있는 사람 중 단 한 사람만이 언급되지 않은 채 남았다.

젊은 물리학도 탐정은 그 사람을 뚫어져라 바라보며 목소리를 낮췄다.

"모 무역회사에 근무하는 블로거라면 어떨까요."

그녀의 얼굴에 일그러진 미소가 걸렸다.

"그 사람은 오랫동안 그 블로그를 실제로 운영하죠. 블로그에는 민담에 대한 기록이 착실히 쌓여 있단 말이죠. 40년 전 이 섬에서 발생한 살인사건을 소환한 민담도 있고요. 그 사람은 자기가 그 블로그를 운영하는 A라고 말하죠. 하지만 그 사람이 A가 맞는지는 블로그가 증명해주진 못하거든요. 그 사람은 다른 사람들처럼 온라인에 얼굴 사진이 등장하지도 않고요."

"아……."

나리가 비명 같은 탄성을 질렀다.

임하랑이 매섭게 뜬 눈으로 해당 블로거를 보았다.

"그렇지 않아요. 진정란 씨?"

상대는 말이 없었다.

임하랑이 급히 말을 고쳤다.

"아, 아니죠. 그렇지 않나요. 오성자 씨?"

상대가 찡그린 듯한 미소를 무너뜨리며 탐정의 시선을 맞받았다. 사람들 틈에 늘 조용히 묻혀 있던 그녀의 차분한 표정이 내부에서 뿜어 나오는 알 수 없는 에너지로 당차게 돌변했다. 창밖으로 한바탕 큰 바람이 불고 대나무 이파리가 후드득 소리를 내며 빗물을 털어냈다.

WHO DONE IT (2)

━━━━━━━━━

상대는 지갑에서 주민등록증을 꺼내 탁자에 올려놓았다.

"경찰이 제 신분을 확인하지 않았던가요?"

임하랑은 주민등록증을 쳐다보지도 않았다.

"반유무역이라는 회사에 다니는 마흔두 살 진정란 씨는 실재하겠죠. 하지만 당신은 아니에요. 신분증 위조야 쉬운 일이죠. 진짜 진정란 씨에게는 며칠 동안 어떤 섬에 초대받아 간다고 주위 사람에게 말하게 한 뒤 여행을 떠나게 하면 되고요. 협조를 받은 건지 속인 건지는 모르겠지만요."

"제가 이 주민등록증에 나온 사람이 아니라는 걸 어떻게 알죠?"

상대가 섬뜩하게 변한 표정으로 따져 물었다. 아마추어 민담 연구자인 40대 여성. 동남아 토속 공예품을 수입하는 작은 무역 회사의 직원. 평범하고 흐릿했던 이미지의 그녀는 방금 다른 사람이 되었다. 사람들은 놀랍고 혼란스러운 표정으로 임하랑과 그녀 간의 팽팽한 대결을 지켜보았다.

"우리 중에 신분을 위장한 사람이 있는데요. 우리 중 누군가가 나이를 속이고 있다면, 그 사람을 위장한 사람이라고 봐도 되지 않을까요?"

임하랑은 물러날 생각이 없었고 상대도 호전적으로 맞받았다.

"제가 마흔두 살이 아니라고요?"

"네. 당신은 마흔아홉 살 오성자잖아요."

"일곱 살이나 나이를 속였다고요? 제가요? 그게 가능해요?"

상대가 한 손을 뒤로 돌려 머리끈을 풀었다. 파마머리가 찰랑거리며 내려왔다. 겉보기에는 42세인지 49세인지 딱 집어 판단하기 어려운 얼굴이었다.

"당신은 오늘 아침에 무심코 자기 나이를 밝혔어요. 방심하셨던 건지."

"도통 무슨 소린지, 원."

"진정란 씨와 나이가 비슷한 신만수 피디님이나 공치수 기자님이 그 자리에 있었다면 뭔가 틀렸다는 걸 바로 알 수 있었겠지만, 오늘 아침 그 자리엔 상대적으로 나이가 어린 세 명만 있었거든요. 저와 나리 씨, 이윤동 작가님이요."

살살 손 빗질을 하며 뭉친 머리카락을 풀던 상대가 양 눈 사이를 찡그렸다. 아침의 상황을 떠올려보는 듯했다.

"오늘 아침, 당신은 박재귀를 찾는 수색에 참여한다며 노란 우비를 입고 저와 나리 씨, 이윤동 작가님이 앉아 있는 휴게실에 나타났잖아요. 나리 씨가 샛노란 우비 색깔이 귀엽다고 자기가 나온 예고 교복 같다는 말을 했을 때, 당신은 뭐라고 했죠?"

"여기서 교복 얘기가 갑자기 왜 나와?"

공치수가 빈정거리는 말투로 끼어들었지만 임하랑은 개의치 않았다.

"그때 당신이 말했죠. 나 때는 고등학교 때 교복을 입기 시작했어도 나 다니던 학교도 그렇고 주변에도 교복 입는 학교가 없었다. 요즘 애들 교복 입고 지나가는 거 보면 예쁘고 부럽기도 하다고."

"그랬죠."

상대가 살짝 의심을 품은 얼굴로 답했다.

"여기서 교복 얘기가 왜 나왔냐면요."

임하랑이 공치수를 힐끗 보고는 말을 이었다.

"우리나라 교복 자율화 조치가 1983년에 시작돼서 1986년에 끝났기 때문이죠. 아, 정확한 연도는 인터넷으로 찾아봤어요. 교복 자율화 조치. 1983년 군사정권 시절에 학생들의 심리적 위축감을 없애고 개성을 발현하게 한다는 이유로 일괄적으로 교복 말고 사복을 입게 한 거요. 그러다 1986년 2학기부터 교복을 입을지 사복을 입을지 학교에서 선택할 수 있게 바뀌었죠."

"하!"

상대가 그제야 짚이는 게 있는 듯 입을 동그랗게 벌리고 소리쳤다.

"42세 진정란 씨는 1978년생이죠. 1991년에 중학교에 들어가 1997년에 고등학교를 졸업하는 나이예요. 반면 현재 49세인 오성자 씨. 오배춘의 딸 오성자 씨는 1971년생. 1984년에 중학교에 들어가 1990년에 고등학교를 졸업하는 나이라고요. 42세 진정란은 교복 자율화 세대가 아니지만 49세 오성자는 중학교 시절 교복 자율화 조치의 적용을 받았죠."

상대는 아랫입술을 살짝 깨물었다.

"'나 때는 고등학교 때 교복을 입기 시작했다'고 말씀하신 거요. 그건 중학교 시절에는 교복을 입을 수 없었다는 뜻이죠. 86년 2학기에 교복 착용이 허용되었지만 학교에서 교복을 다시 도입하는데는 시간이 좀 걸렸겠죠. 그래서 당신이 다니던 고등학교뿐 아니라 주변에도 교복을 입는 학교가 없었던 거죠?"

"뭐 그까짓 말 한 마디로 내가 나이를 속였다고 확신한 거예요? 그냥 내가 살던 동네 학교가 죄다 교복 자율화 조치가 해제되고도 몇 년이 지나도록 교복 도입을 안 했을 뿐인데? 변화가 좀 늦은 동네였거든요."

"아! 그렇게 응수를 하신단 말이죠."

임하랑이 팔짱을 끼며 입꼬리를 살짝 들어올렸다.

"어떡하죠. 그 점은 그렇게 모면할 수 있다고 쳐도, 조금 전 피리 소리의 암호에 대해 대화하는 중에 비로소 당신이 범인이라는 확신을 가지게 됐는데요."

"잠깐만요. 그러니까 진정란 씨가 조풍기를 죽인 범인이란 말입니까? 아니, 이분이…… 그러니까 진정란 씨가 아니라 오배춘의 딸 오성자란 겁니까?"

뒤늦게 상황을 정리할 정신이 든 권오규가 해쓱한 얼굴로 말했다.

"그, 그렇다고 하잖아요. 지금."

이윤동이 옆에서 더듬거렸다.

상대가 설명을 요구하는 표정으로 임하랑을 올려다보았다.

자, 다음 수를 던져봐.

탐정은 상상의 체스 판으로 기꺼이 손을 뻗었다.

"전 오늘 새벽에 피리 소리의 암호를 풀었어요. 그래서 오늘 아침 마주친 권오규 순경님께 피리 소리의 암호에 대해 처음으로 말했죠. 모두 모인 자리에서 말한 게 아니다 보니, 그 뒤에도 다른 사람이 등장할 때마다 계속 설명을 해야 했어요. 여러분들이 오전에 수색을 하러 나간 뒤 연수원에 같이 남은 나리 씨와 이윤동 작가님께 설명했고요, 그다음엔 수색에서 먼저 돌아온 최혁봉 작가님과 공치수 기자님께 설명했단 말이죠. 같은 얘기를 여러 번 하려니 좀 지치더라고요. 자, 그 뒤에는 상황이 어떻게 돌아갔죠?"

"그게…… 제가 다쳤죠."

신만수가 반깁스한 다리를 내려다보며 말했다.

"그래서 권오규 순경님과 최혁봉 작가님만 먼저 연수원으로

가시고, 저와 공치수 기자님과 진정란 씨, 아, 그러니까 진정란이
라고 본인의 이름을 밝힌 저분, 이렇게 셋은 보건소에 있다가 점
심을 먹고 보건소장님 차를 타고 연수원으로 왔어요."

"맞아요. 그 뒤에는요?"

"어…… 모두 저를 방으로 옮겨 눕혀주시고, 각자 쉬러 가셨
죠. 저는 한숨 자고 저녁 먹으러 2층 휴게실에 왔다가 여러분들
이 피리 소리가 또 울렸다는 둥 죽기 전에 죽었다는 둥 영문 모
를 말들을 해서…… 무슨 말씀을 하시는 거냐고 물었고요."

"그래서 그땐 제가 신만수 피디님께 암호에 대해서 설명했어
요. 그러니까 제가 설명한 것까지 합치면 총 네 번의 설명이 있었
던 거네요."

이윤동이 말했다.

임하랑이 고개를 끄덕였다.

"네. 그 네 번의 설명을 통해서도 오직 단 한 사람, 암호의 설
명을 듣지 못한 사람이 있어요. 하지만 그 사람은 우리 모두 암
호 얘기를 한참 나눌 때에도 아무런 질문도 없이 앉아 계셨죠.
마치 이미 다 알고 있는 것처럼."

사람들의 시선이 다시 그 한 사람에게 향했다. 그녀는 어느 순
간부터 고개를 숙이고 알 수 없는 미소를 입에 머금고 있었다.

임하랑의 말이 계속됐다.

"신만수 피디님을 방에 눕히고 나와 최혁봉, 공치수, 권오규, 그
리고 진정란으로 칭한 당신은 곧장 방으로 들어갔죠. 저와 나리

씨, 이윤동 작가님은 휴게실에 머물렀고요. 그 시점까지 암호에 대한 설명을 듣지 못한 사람은 신만수 피디님과 당신, 둘뿐이었죠. 저녁식사 자리에 나타나기 전까지 당신은 밖으로 나오지 않았어요. 그사이에 누군가에게 암호에 대해 들을 틈이 없었던 거죠. 그러나 저녁식사 자리에서 피리 소리가 울리고 그 자리에 있던 모두가 그 의미에 대해 대화를 나눌 때도 당신은 가만히 앉아 있었어요. 뒤늦게 나타난 신만수 피디님은 도대체 무슨 말들을 하고 있는 거냐고 물었지만요."

탐정이 말을 마쳤다.

상대는 이번에는 즉각 맞수를 두지 않고 고개를 숙인 채로 휴대전화를 만지작거렸다.

"이 정도면 됐지 않아요? 당신이 범인인지 아닌지에 대한 설명은?"

임하랑은 상대의 의중을 꿰뚫는 시선으로 말했다.

"당신이 범인인지 아닌지를 가리는 게 그렇게 중요한 건 아니잖아요."

짝짝짝.

그녀는 휴대전화를 무릎 위로 던지고 천천히 손뼉을 쳤다.

갑작스런 박수 소리에 사람들은 질겁했다. 임하랑도 순간 눈썹을 움찔거렸다.

그녀가 고개를 들었다. 탐정을 팽팽히 쏘아보던 눈에 눈물이 고여 있었다. 전투적인 태도는 어느새 사라지고 솟아오르는 감정을 주체할 수 없는 듯 뭉클한 표정으로 그녀는 말했다.

"임하랑 씨, 이렇게 잘해주실 줄 몰랐어요."

짝짝짝.

그녀는 한 번 더 박수를 쳤다.

"제가 사람을 참 잘 골랐네요."

"뭐야, 인정하는 거야?"

공치수가 어이가 없다는 표정으로 외쳤다.

"그래요, 맞아요. 하랑 씨가 한 말이 다 맞아요. 저는 오성자예요. 40년 전 이 섬에서 일어난 살인사건의 억울한 누명을 쓰고 감옥에서 죽은 오배춘 씨의 딸이죠."

"아!"

나리가 탄성을 질렀다. 사람들 사이에 파문이 일었다.

"이런 세상에!"

"도대체 왜!"

"뭐야, 당신이 맞다고?"

여럿이 동시에 말을 뱉으며 수군거렸다.

"임하랑 씨, 이렇게 모두의 앞에서 진실을 밝히기로 결심해주신 것은……."

방금 자신의 정체를 밝힌 여자가 임하랑을 올려다보며 말했다.

"혹시 제 상황에 공감해주시는 거라고 기대해도 될까요?"

임하랑이 손가락으로 긴 머리카락을 쓸며 갸웃했다. 뭐라고 말해야 할지 난처한 표정이었다. 물리학도 탐정은 잠시 제 스스로도 확실히 알 수 없는 감정을 헤맸다.

"글쎄요. 꼭 그렇다기보다는."

"그건 아니에요?"

"뭐, 손해 볼 거 없잖아요. 당신이 맡긴 역할을 한다고 해서."

"살인자의 희망을 들어준다는 찝찝함은 없었고요?"

"결론이 달라질 일은 없으니까요. 살인자에게 빠져나갈 구멍을 주는 것도 아니고. 또……"

"또?"

"궁금해서요. 당신의 이야기. 이때가 아니면 당신에게 직접 이야기를 듣기 어려울 것 같아서. 곧 경찰이 올 거고, 체포되면 만날 수 없게 될 테니까요."

자기들만이 아는 대화를 주고받는 두 명을 번갈아 바라보며 사람들은 갈팡질팡했다. 오성자는 기쁨인지 후련함인지 모를 감정에 벅찬 얼굴로 임하랑에게 요청했다.

"좋아요. 어쨌든 고마워요. 그러면 제가 왜 그랬는지 먼저 사람들에게 설명을 해주시겠어요?"

임하랑이 잠시 살인자의 얼굴을 굽어보다가 씩 웃었다.

"그러죠."

————————

태풍이 지나간 자리에 간혹 잔바람이 불었다.

호죽 죽향 연수원 숙소동 1층 로비. 사람들이 자리를 정돈해 앉았다.

모두의 기대가 담긴 눈빛을 받으며 임하랑이 입을 뗐다.

"당신은 조풍기를 죽여 억울하게 살인자로 몰려 돌아가신 아버지의 복수를 하는 것과 동시에 김형주 살인사건의 비밀도 우리가 풀기를 바랐죠. 전시대에 놓아둔 눈알 장치와 호죽도에서의 민담 변형 이야기, 사건 열흘 전 치안센터에 투서한 사건 기록 등을 통해 끊임없이 40년 전의 살인사건을 떠올리게 했던 거예요. 따져보면 〈바늘 상자 속에 넣어둔 눈알〉이라는 민담에 대한 정보를 전해준 사람도, 그 민담이 호죽도에서 변형된 의미를 분석해준 사람도 다 당신이라고요."

이때 오성자가 손으로 무릎을 내려치며 탄식했다.

"아! 그 민담!"

살인자의 눈에 분노가 타올랐다.

"성장해서 제 고향이라는 이 섬을 몰래 오가며 탐문할 때 알게 됐어요. 〈바늘 상자 속에 넣어둔 눈알〉이라는 민담이 무엇인지, 그게 호죽도에서 어떻게 변형되어 전해지고 있는지, 우리 아버지 사건에 대해 섬사람들이 무엇을 알고도 숨겼는지…… 그걸 알았을 때 비로소 비밀은 풀리기 시작했어요."

"변형된 민담에 담긴 집단 죄의식 말이죠."

"하! 집단 죄의식이요?"

오성자는 코웃음을 치며 방금 그 말을 한 임하랑을 쏘아보았다.

"아니요. 그 민담의 키워드는 집단 죄의식이 아니에요. 다수가 공유했다는 이유로 무게를 덜어낸 죄, 집단적인 비겁함이에요!"

임하랑은 말없이 오성자의 분노가 수그러들기를 기다렸다. 오성자는 이내 크게 한숨을 쉬며 감정을 가라앉혔다.

"죄송해요. 말을 끊었네요. 계속하세요."

임하랑은 조금은 측은한 듯 오성자의 축 처진 어깨를 내려다보았다.

"당신은 김형주 살인사건과 비슷한 방식으로 조풍기를 살해하여 복수를 하고 또한 두 사건을 우리가 동시에 해결하기를 바랐죠. 그래서 피리 소리를 흘려 사건의 단서를 하나씩 던져준 거예요. 사건을 풀 수 있도록. 사실 피리 소리 힌트가 없었다면 사건을 풀지 못했을 거란 말이죠."

"피리 소리!"

무섭게 집중해서 듣고 있는 사람들 사이에서 이윤동이 외쳤다.

"첫 피리 소리의 뜻은 '복수완성', 조풍기의 시체가 발견되고 얼마 후에 울렸죠. 이 살인이 40년 전 사건의 복수라는 걸 분명히 한 거예요. 두 번째와 세 번째 피리 소리의 뜻은 '대나무는 구부러진다', 조풍기를 죽인 방법에 대나무의 탄성력이 이용된 것을 암시한 거고요. 장대높이뛰기 원리 말이죠. 조금 전 흘러나온 네 번째 피리 소리. '그들은 죽기 전에 죽었다'는 조풍기뿐 아니라 김형주도 죽창에 찔리기 전 다른 공격을 받았다는 걸 암시했죠."

"왜 이렇게 요란을 떤 거야? 복수를 하려면 혼자 조용히 할 것이지? 우리들은 뭔 죄야?"

공치수가 볼멘소리로 외쳤다.

이윤동이 뒤를 이었다.

"진짜 왜죠? 사람들을 모아놓고 대놓고 사람을 죽이고. 또 어디 풀어보라는 식으로 단서를 툭툭 던진 건 무슨 의도예요?"

최혁봉도 끼어들었다.

"잡혀도 상관없다는 거예요? 아니, 잡히고 싶다는 건가? 보통 범죄자들은 빠져나가려고 용을 쓰는데? 당최 이해를……."

오성자는 잔뜩 의문을 품은 사람들의 얼굴을 가만히 바라보기만 했다.

임하랑이 말했다.

"그게 말이죠. 이 범죄의 목적은 애초에 완전범죄가 아니었거든요."

오성자가 뜻 모를 미소를 지었다.

오싹한 전율이 사람들 사이를 타고 흘렀다.

"이 범죄의 목적은 들키는 데 있었죠. 오성자 씨는 섬의 고립이 풀리고 전문 수사 인력이 도착하기 전에 피리 소리가 흘려주는 단서의 도움을 받아 극적으로 범죄의 동기와 방법을 저와 여기 모인 사람들이 알아주길 바란 거라고요."

오성자는 임하랑에게 설명을 맡긴 채 그윽한 표정으로 허공을 보았다.

"그러니까 왜!"

신만수가 분개했다.

"이야기에는 힘이 있으니까요."

임하랑은 강렬한 눈빛으로 소파에 둘러앉은 사람들을 번갈아 쏘아보았다.

"여기 모인 사람들, 어떤 사람들이죠?"

물리학도는 먼저 나리를 가리켰다.

"가수. 사회성 있는 가사를 쓰는 싱어송라이터."

나리가 눈을 동그랗게 떴다.

"웹툰 작가."

이윤동이 입을 떡 벌렸다.

"역사소설가."

최혁봉이 통통한 볼살을 움찔거렸다.

"영화 프로듀서."

신만수가 다친 다리를 만지던 동작을 멈추고 어깨를 으쓱했다.

"범죄 탐사 기사를 주로 쓰는 시사주간지 기자."

공치수의 얼굴이 굳었다.

"모두 이야기를 전하는 사람들이죠."

사람들은 일제히 말을 잃고 서로의 얼굴을 번갈아 보며 임하랑이 한 말의 의미를 생각했다.

임하랑은 소파 팔걸이에 걸터앉았다.

"오성자 씨는 아무나 되는 대로 이곳에 초대한 것이 아니란 말이에요. 이 자리에 이야기꾼들을 불러 모았잖아요. 어떤 이야기는 사실보다도 더 강렬하게 계속 남기 때문이죠. 우리가 만난 첫째 날 술자리에서 말했듯이 이야기는 남아요."

"아하…… 그거 내가 했던 말인데……."

이윤동이 중얼거렸다.

"언제부턴가 김형주 살인사건의 비밀을 푼 오성자 씨는 오랜 기간 이 범죄를 계획했을 거예요. 오성자 씨는 아버지의 복수를 극적인 장소에서 극적인 방법으로 이뤘어요. 그 자리에 모인 이야기꾼들이 이것을 각자의 형식으로 이야기로 만들어 아버지의 억울함을 두고두고 사람들에게 전하기를 바라면서 말이죠."

그 사실이 이야기꾼들에게 건넨 파장은 무겁고 진중했다. 탄성을 지르며 사람들은 마음속에 하나씩 커다란 울림을 끌어안

왔다.

"언제부터 계획한 거죠?"

임하랑이 물었다.

고개를 든 오성자에 눈에는 다시금 눈물이 그득 고여 있었다.

"살인자의 아내와 딸로 산다는 게 어떤 건지 여러분들은 모르
실 거예요."

살인자는 감정이 북받친 듯 말을 끊었다가 다시 이었다.

"어머니는 처음엔 저에게 아버지의 존재를 숨겼어요. 전 아버
지가 어머니와 저를 버리고 도망간 그저 그런 사람이겠거니 생
각하고 살았죠. 어머니는 무작정 서울로 가서 함바집에서 일했
어요. 저를 교육시키느라 공사판에서 인부들에게 험한 욕을 들
으며 뼈가 부서져라 일하셨어요. 하지만 감옥에 있는 아버지와
이혼은 하지 않았고, 어머니도 저에게 언제까지나 숨길 수는 없
었어요."

오성자의 뺨에 그간 참아왔던 눈물방울이 톡 떨어졌다.

"어머니의 고달픈 삶에도 때론 남자가 다가왔거든요. 감옥에
있는 제 아버지의 존재를 알게 되자 번번이 떠나갔지만……. 그
러나 단 한 명 서로 마음이 통했다고 느꼈던 남자가 있었죠. 어머
니는 사랑에 빠졌어요. 아버지가 감옥에 가고, 쫓기듯 고향을 떠
난 이후 처음으로 행복해졌단 말이에요. 전 어머니가 행복해하
는 게 좋아서 어머니의 남자를 질투할 생각도 안 했어요. 어머니
는 감옥에 있는 아버지와 호적을 정리하고 그 남자와 새로 시작

할 생각까지 했어요. 그 과정에서 저도 아버지에 대해 알게 되었던 거죠."

오성자는 잠시 말을 끊고 괴롭게 신음했다.

"그 즈음 아버지는 교도소에서 무죄를 주장하며 자기 사건을 세상에 알릴 준비를 하고 있었어요. 법률 후원자를 만났거든요. 그런 움직임을 강홍무가 알게 되었던 거예요. 우리는 몰랐지만 강홍무는 호시탐탐 아버지와 어머니, 저의 동태를 감시하고 있었어요. 강홍무는 교도소에 찾아가 어머니와 저의 안전을 들먹이며 아버지를 협박했어요. 그리고 어머니에겐…… 어머니가 아버지에 대해 어떤 생각을 갖고 있는지, 아버지가 진정 살인을 저질렀다고 믿고 있는지 떠보기 위해 사람을 보냈어요. 그리고 어머니는 그 남자와 사랑에 빠져버린 거죠."

살인자는 눈을 감았다. 눈물 젖은 속눈썹이 파르르 떨렸다.

"어머니가 그 사실을 알게 되셨나요?"

임하랑이 물었다.

"네. 그리고 목숨을 끊으셨어요. 모욕감과 수치심에 더 살아갈 힘을 잃었다고 유서에 남기셨죠. 그리고 저에게는 이런 말을 남겼죠. 네 아버지는 사람을 죽이지 않았다. 너라도 아버지를 믿어야 한다. 믿고 아버지를 기다려서 둘이 행복하게 살아라."

숙연해진 분위기에 모두 입을 닫고 오성자의 다음 말을 기다렸다.

"저는 교도소에서 아버지를 만났어요. 아버지는 본인은 죄를 짓지 않았다고 말하며 우셨어요. 너는 살인자의 딸이 아니라고 하면서요. 하지만 세상에 억울함을 알릴 용기는 다 잃어버린 뒤였죠. 그래서 제가 대신 아버지의 사건을 조사하고 또 조사했어요."

"그러다 박재귀의 소재를 찾았던 거죠?"

"네. 벌써 20년 전에요. 박재귀는 그때까지 장애인시설에서 살고 있었어요. 재귀가 그날 무엇을 봤는지, 누가 재귀에게 빙초산을 먹였는지 알게 됐고, 그렇게 저는 40년 전 그날 실제로 무슨 일이 벌어졌는지 차근차근 알아냈어요. 하지만…… 하지만 그 전에…… 흐흑."

오성자가 울음을 터트렸다. 흐느끼면서 살인자는 끝끝내 말을 이어갔다.

"그 전에 아버지가 돌아가셨어요. 억울함을 하나도 풀지 못하고 모두에게 잊힌 채 살인자의 굴레를 짊어지고요. 모범수로 형기의 반 이상을 넘기며 살다가 어이없이 교도소 내 서열 다툼에 휘말려 죄수들에게 맞아 죽었죠. 또 강홍무였어요. 우리 아버지를 괴롭히도록 강홍무가 사주한 죄수들이었죠. 당사자들이 입을 열지 않아 증명할 방법은 없었지만 전 알 수 있었어요. 전 가족을 모두 잃었죠. 어머니가 평생 손이 닳도록 일해서 사둔 땅만 제게 남았어요. 그 땅은 나중에 서울의 부촌이 되었고, 전 많은 돈을 갖게 됐어요."

오성자는 수십 년을 갈아온 집념과 독기가 서린 눈으로 허공을 쏘아보았다.

"아버지가 돌아가셨을 때…… 세상은 거짓말처럼 조용했어요. 언제나 다른 중요한 뉴스들이 있기 마련이었고…… 교도소에서 싸우다 죽은 살인자의 사연에는 아무도 관심을 갖지 않았죠. 그때만 해도 저는 어렸고, 무엇을 어떻게 해야 하는지 몰랐어요. 하지만 시간이 지나고 어머니가 남긴 돈으로 제가 무엇을 해야 하는지 분명해졌어요. 복수도 복수지만 더 억울한 것은 세상이 아버지를 잊었다는 것이었죠. 저는 아버지를 세상 밖으로 다시 살려내야 했어요. 저는 조급했어요. 강홍무가 죄값을 조금도 치르지 않고 갑자기 죽어버리고 나서는. 남은 조풍기는 반드시 제 손으로 죗값을 치르게 해야 했거든요. 그래서였어요. 그래서 이 모든 일을 한 거예요. 조풍기를 죽이면, 그래서 아버지 사건이 세상에 알려지게 된다면, 강홍무의 죄도 드러날 테니까요."

양손에 얼굴을 묻고 오성자는 울었다.

임하랑이 물었다.

"박재귀는 지금 어딨죠?"

"……곧 여기로 올 거예요."

나리가 오성자와 임하랑을 번갈아 보며 떨리는 목소리로 말했다.

"공범은 역시 박재귀라는 사람인 거예요? 공치수 기자님과 같이 이 섬에 들어온 사람이요. 같이 조풍기 할아버지를 죽인……."

임하랑이 고개를 끄덕였다. 그럴 수밖에 없지 않냐는 표정으로. 그 사람 외에 누가 이 살인에 관여할 수 있겠냐며.

"역시! 내 말이 맞았잖아! 왜 그 말을 빨리 안 해!"

공치수가 소리쳤다.

임하랑은 크게 한숨을 쉬고 마지막 질문을 던졌다.

"연수원의 공식 건물주 행세를 한 정명선이나 진정란 씨는 누구죠?"

"그 사람들은 그냥 제가 부탁한 일의 의미가 뭔지도 모르고 제가 하라는 대로 한 것뿐이에요. 살인이 벌어질지도 몰랐고요. 모르고 한 일은 죄가 되지 않겠죠. 사법 피해자 모임에서 만난 사람들인데, 각자 나라에 억울한 사연 한 가지씩 품고 있는 사람이니까⋯⋯. 이 일을 처음부터 끝까지 다 알고 저와 같이한 사람은⋯⋯ 같이하기로 고집 피워서 결국 같이한 사람은 재귀뿐이에요. 우리는 오랜 시간 분노를 함께 나눴고⋯⋯ 재귀는 이 일에 결코 자기를 빼서는 안 된다고 했어요."

살인자는 고개를 푹 숙이며 고백을 마무리했다.

숙연해진 분위기에 아무도 말을 꺼내지 못했다.

그때 정문 유리문이 열렸다.

검은 점퍼를 입고 장화를 신은 남자가 터벅터벅 안으로 들어왔다. 남자는 바닥에 커다란 진흙 발자국을 남기며 사람들 가까이 다가왔다.

갑작스런 남자의 출연에 사람들은 그 자리에 얼어붙어 남자의 행동을 바라보기만 했다.

남자는 얼굴을 가린 점퍼의 모자를 벗었다.

입술을 세로로 가로지르는 화상 흉터가 당장 눈에 띄었다.

"저…… 저 사람이야! 나와 같은 배로 들어온! 박재귀구나!"

공치수가 남자를 가리키며 말했다.

권오규 순경은 자리에서 일어나 남자에게 한 발짝 다가가 이러지도 저러지도 못하고 어정쩡하게 섰다. 임하랑은 소파 팔걸이에 걸터앉은 그대로 상황이 돌아가는 것을 지켜보았다.

박재귀는 주머니에서 손바닥만 한 하모니카를 꺼냈다. 어릴 적 성대가 타버려 말을 하지 못하는 남자는 같은 음의 묶음을 반복해서 불었다.

"그래, 재귀야. 다 끝났어."

둘 사이 약속된 언어를 금방 알아들은 오성자가 고개를 끄덕이며 박재귀에게 다가갔다.

몸서리치는 한을 품고 이 섬을 떠나야 했던 어린 남녀. 40년의 시간이 흘러 중년이 된 두 남녀는 복수의 땅을 다시 밟았다. 오성자가 박재귀를 꼭 끌어안고 가만히 등을 토닥였다.

"모두 끝났어."

박재귀가 오성자에게 안긴 채 뻣뻣하게 웃었다.

"어떻게 이런 일이……."

나리가 눈물을 글썽거렸다.

투투투투투투투투투.

맑게 갠 하늘을 가르는 헬기 프로펠러 소리가 들렸다.

경찰이 오고 있었다.

오성자가 포옹을 풀고 사람들을 돌아보았다.

"이제부터는 이분들이 우리 이야기를 전해주실 거야."

프로펠러 소리가 점점 크게 다가왔다.

박재귀가 사람들을 향해 뻣뻣하게 허리를 숙였다. 박재귀는 다시 하모니카를 들고 같은 음의 묶음을 연달아 불었다.

"이분들이 해주실 거야."

오성자의 눈에서 마구 눈물이 쏟아져 나왔다.

임하랑을 비롯한 나머지 사람들이 일제히 나리를 보았다.

"……잘 부탁드립니다."

가수 나리가 하모니카 소리를 읽고 말했다.

"잘 부탁드립니다……라고 말씀하시네요."

박재귀가 갈라진 입술 흉터를 씰룩이며 이를 드러내고 웃었다. 40년 전 목소리를 잃은 남자와, 끔찍한 앙갚음으로 세상이 잊은 아버지를 살려낸 여자는 다가올 파국을 맞으며 서로 한 몸인 듯 끌어안았다.

임하랑은 복도에 모여든 군중 사이에서 날쌔게 움직여 창원지방법원 통영지원을 빠져나왔다. 재판이 끝나면 만나기로 정해둔 장소로 그날의 손님들이 하나둘 모여들었다. 뿌리염색을 하지 않아 반만 노랑머리가 된 이윤동이 먼저 도착했다. 뒤이어 최혁봉이 나타나 이윤동의 머리가 호죽 죽향 연수원의 돔 건물 같다며 놀렸다. 다시 죽이 잘 맞게 된 소설가와 웹툰 작가가 낄낄거리고 있는데 저 너머에서 키 큰 남자가 손을 번쩍 들고 다가왔다. 신만수였다. 아직도 발목이 불편한지 조금 절뚝거렸다. 사건 이후 인대 접합 수술을 받았다고 했다.

공치수는 조금 뒤에 나타났다. 공치수는 첫 재판이 열리기도 전에 《탐사주간》에서 김형주 살인사건의 진실을 파헤치는 밀착취재 기사를 연재하고, 사건 현장에 있었던 사람으로서 호죽도 살인사건의 경위를 생생히 묘사하는 특종을 터트려 화제의 기자가 되었다. 호죽도 살인사건의 증인 신문이 있었던 오늘 공치수는 김형주 살인사건을 취재한 기자로서 피고인 측 증인으로 채택되어 40년 전 사건에 대한 진술을 했다. 오성자와 박재귀는 일명 '호죽도 살인사건'이라고 이름 붙여진 조풍기 살인에 대해서는 모든 범죄사실을 인정하고 자백했다. 따라서 피고인 측 증인 신문은 조풍기 살인의 사실관계보다는 40년 전 사건의 실체와 그로 인한 범죄 동기를 조명하는 데 집중됐다.

"나리 씨는 장소 정하면 그쪽으로 온답니다. 아무래도 기자들 눈이 있으니까는."

공치수가 말하고 앞장섰다.

5명은 법원 뒤쪽 골목에 있는 카페에 자리 잡았다.

그날 이후 다 같이는 처음 만나는 거였지만 극단적인 경험을 함께 나눈 사이라 그런지 분위기가 어색하지는 않았다.

"내가 임하랑 학생 추리를 훔쳤다고 생각하진 않고? 나라면 좀 억울할 텐데……."

공치수가 커피를 꿀꺽 마시며 살짝 임하랑의 눈치를 봤다. 임하랑의 추리로 알게 된 사실을 제 생각인 양 기사로 쓴 것에 대한 미안함을 표현하는 것이었다.

"제가 그러시라고 했는데요, 뭘."

임하랑은 아무렇지도 않은 듯했다.

"흠흠."

공치수가 멋쩍게 헛기침을 하는데 카페 문에 달린 종이 울리고 나리가 들어왔다. 후드 티에 모자를 눌러쓰고 선글라스를 낀 차림이었다. 이번 재판에 나리가 방청할지도 모른다는 소식에 기자들이 잔뜩 모여들었다. 그러나 역시 경험 많은 연예인답게 기자 무리를 따돌리고 제대로 찾아왔다.

"반가워요."

나리가 선글라스를 벗으며 빈자리에 앉았다.

나리의 등장으로 테이블 전체가 환하게 빛나는 느낌이었다. 사건 이후 평상심을 되찾은 나리는 눈부시게 예뻤다.

"호죽도 살인사건을 배경으로 만화 스토리를 짜고 있어요. 재판 끝날 때쯤엔 그릴 수 있을 것 같은데요."

웹툰 작가 이윤동이 흐뭇한 표정으로 말했다.

"제목은 아직 안 정했는데 '대나무'가 들어갔으면 좋겠다는 생각은 있어요. 최 작가님은 뭐 작업 중인 거 있어요?"

"나는 뭐 역사소설가니까는 김형주 살인사건을 모티브로 해서 70년대 군사정권의 폭압에 대해서 써볼까 하고. 근현대 배경으로 쓰는 건 처음이라 힘들긴 한데요."

최혁봉이 머리를 긁적이며 말을 이었다.

"하지만 왠지…… 안 하면 안 될 것 같아서 말이죠."

"저도 재판 과정 다 중계하는 기사 낼 겁니다. 그래서 첫 재판부터 계속 방청하고 있죠. 그리고 시간 좀 지나면 1970년대와 80년대 범죄 사건에 대해서 뒤져볼 생각입니다. 우리가 뭐 놓치고 지나간 억울한 사건이 없는지. 나리 씨는요?"

나리가 환하고 예쁜 웃음을 지어 보이며 말했다.

"전 노래해야죠."

"언제 발표하십니까?"

"연말 예정인데, 발매일 정해놓고 거기 꼭 맞추기보다는 천천히 신중하게 하려고요. 그래야 할 것 같아요."

매번 재판을 방청하고 있는 공치수를 제외하고는 모두 사건 이후 처음 통영에 내려왔다. 사건에 대한 소회가 빠질 수 없었다. 정말 거짓말 같은 경험이었다고들 얘기를 나눴다. 끔찍한 살인으로 복수를 한 오성자와 박재귀에 대한 감정은 서로 조금씩 달랐다. 살인의 동기에 좀 더 공감하는 사람이 있었고, 그렇다고 사적 복수를 합리화하면 안 된다는 의견도 있었다.

하지만 그 경험을 통해 자기에게 숙제가 남겨졌다는 점에 대해서는 의견을 같이했다. 피고인들에게 공감하건 하지 않건 간에 이야기는 남길 필요가 있다. 물론 이야기의 방향은 피고인들이 아니라 이야기꾼의 관점과 세계관에 따라 정해질 것이다.

탐정에게는 어떤 과제가 남았는지 다른 사람들이 궁금해했다.

"저요?"

또 수업을 빼먹고 통영으로 내려온 임하랑이 손가락으로 머리카락을 빙빙 돌리며 말했다. 조금은 곤란한 말을 앞둔 듯한 표정이었다.

"음…… 이렇게 만났으니까. 만난 김에요. 여러분들에게 부탁이 있는데요."

5명의 시선이 임하랑에게 모였다. 기자, 웹툰 작가, 역사소설가, 영화 프로듀서, 가수의 호기심 가득한 눈빛이었다. 원래 유명했던 사람도 그렇지 않았던 사람도 사건 이후 조금씩은 더 유명해졌다.

"에잇! 제 유튜브 구독 좀 해주세요."

임하랑이 결심한 듯 스마트폰을 꺼내 화면을 터치했다.

"제가 채널을 개설했는데요. '하랑이의 케이팝 댄스 TV', 댄스 커버도 하고 리액션도 하고 토크도 하는 건데, 구독자가 27명밖에 안 돼요."

이야기꾼들의 표정이 난처해졌다.

"아…… 왜 그럴까요. 저 준비 되게 많이 했는데."

나리가 눈 근처를 긁적이며 선도적으로 자기 휴대전화를 꺼냈다.

"네, 뭐, 어려운 거 아니니까. 뭐라고 검색하면 나와요?"

고립된 섬에서 끔찍한 사흘을 함께 보낸 다섯 명은 끈끈한 동지애로 일제히 휴대전화에 머리를 숙이고 유튜브에 접속하여 구독 버튼을 눌렀다.

〈끝〉

작가의 말

전작《검은 개가 온다》는 소재부터가 어두운 내용의 글이었습니다. 자기가 쓰는 글의 영향을 받지 않을 도리가 없는지라 저는 꽤나 침울한 사람이 되었습니다. 복잡한 현실은 뒤로 물리고 오락성에 중점을 둔 본격 미스터리에 도전하게 된 건 어쩌면 필연적인 선택이었는지 모릅니다.

사회파 추리소설을 추구한다고 자주 말해왔지만 저는 여전히 애거사 크리스티나 앨러리 퀸, 시마다 소지와 신본격 작가들의 미스터리에 열광합니다. 우리가 추리소설이라고 부르는 이야기의 원형. 추리소설의 원초적인 즐거움을 일깨우는 본격 미스터리의 강렬한 매력을 저는 알고 있습니다. 언젠가 한 번은 본격을 써야겠다는 생각은 일찍부터 하고 있었습니다.

아주 기본적인 형식으로 쓰기로 결심했습니다. 그렇다면 등장인물들이 고립된 환경에서 죽어 나가는 클로즈드 서클이어야 했습니다. 본격 미스터리의 영원한 클리셰, 눈 덮인 산장과 태풍이 치는 섬 중에서 섬을 선택했습니다. 생각해보니 3천여 개의 섬이 있는 반도국에 살면서 고립된 섬 미스터리를 쓰지 않는 것은 안 될 일처럼 여겨졌습니다.

다음으로 살인의 분위기를 고조시킬 동요나 동화가 필요했습니다. 서양의 마더구스 같은 동요가 있으면 좋았겠지만 찾을 수 없었고, 우리나라 민담을 살펴보던 중 〈바늘 상자 속에 넣어둔 눈알〉이라는 이야기가 제목부터 눈에 들어왔습니다. 그리고 민담에 나오는 대나무라는 소재에 집착했습니다.

민담을 모티브로 고립된 섬에서 대나무를 이용하여 벌어지는 살인사건.

딱 여기까지만 발상을 떠올려둔 2년 전 초여름의 어느 날이었습니다. 아침에 눈을 떠 입고 있던 옷 그대로 배낭에 하루 묵을 짐만 챙겨 거제도로 내려갔습니다. 대나무가 많은 섬이 어딘지는 미리 검색해둔 상태였습니다. 첫날에는 지심도에 갔고 둘째 날에는 통영으로 넘어가 죽도라는 곳에 갔습니다. 대나무 숲 사진을 찍으며 다음 배가 올 때까지 4시간 동안 작은 섬을 몇 번이고 서성였습니다. 관광지가 아닌 섬에 혼자 나타나 돌아다니는 외지인에게 섬사람들이 보내는 의혹 어린 시선을 견디며 섬에서 벌어지는 살인사건을 상상했습니다.

여행의 느낌을 간직하고 돌아와 하나둘 이야기를 짜나갔습니다. 우선적으로 물리학도 탐정 임하랑의 캐릭터를 만들어놓고는 난감했습니다. 비록 중학생 수준의 물리학적 트릭이라도 만들어내기가 쉽지 않았습니다. 영국에서 물리학을 공부하다 여름방학에 잠깐 들어온 사촌 동생 송인혁에게 감수를 맡겼습니다. 친족관계를 이용해서 고급 전공자에게 기초 물리학 트릭에 대한 감수를 받을 수 있어서 좋았습니다.

민속학과 관련해서는 민속학 전공자이자 후배 작가인 이윤돌의 도움을 받았습니다. 추리소설가와 아는 사이라는 이유로 지식과 이름을 착취당하는 주변 사람들에게는 늘 감사한 마음을 갖고 있습니다.

그저 좋아서 시작한 일인데, 어느덧 추리소설을 쓰는 일이 삶과 구분될 수 없는 작업이 되어버렸습니다. 많이 쓰지는 못해도 꾸준히는 쓰고 싶습니다.

부족한 부분이 분명히 있지만, 이왕 책을 드셨다면 잘 쓴 점에 초점을 맞춰 즐겨주시면 좋겠습니다.

2019년 9월

송시우

*본문 중 〈바늘 상자 속에 넣어 둔 눈알〉 민담에 대한 내용은 아래 논문과 도서를 참고 했습니다.

강철중, 《한국민담 '바늘 상자 속에 넣어 둔 눈알'에 대한 분석심리학적 해석》, 심성연 구 23권, 2008.
임석재 저, 임혜령 편, 《다시 읽는 임석재 옛이야기 5》, 한림출판사, 2011.

대나무가 우는 섬

2019년 8월 30일 초판 1쇄 인쇄
2019년 9월 6일 초판 1쇄 발행

지은이 | 송시우
발행인 | 윤호권
책임편집 | 박윤희
책임마케팅 | 정재영·임슬기·박혜연

발행처 | (주)시공사
출판등록 | 1989년 5월 10일(제3-248호)

주소 | 서울특별시 서초구 사임당로 82(우편번호 06641)
전화 | 편집 (02)2046-2852·마케팅 (02)2046-2882
팩스 | 편집·마케팅 (02)585-1755
홈페이지 | www.sigongsa.com

ISBN 978-89-527-3908-7 03810

이 도서의 국립중앙도서관 출판예정도서목록(CIP)은 서지정보유통지원시스템 홈페이지
(http://seoji.nl.go.kr)와 국가자료종합목록 구축시스템(http://kolis-net.nl.go.kr)에서 이용
하실 수 있습니다.(CIP제어번호 : CIP2019033169)